Jens Rohark, Mario Krygier

DON ERIC UND DIE MAYA

Jens Rohark, Mario Krygier

Don Eric und die Maya

ISBN 3-938142-72-3

3. Auflage, 2006

http://www.docupoint-md.de

Layout: Marco Borchardt

Umschlagentwurf und Gestaltung: Marco Borchardt

Herstellung: docupoint GmbH, Magdeburg

Printed in Germany

Jens Rohark und Mario Krygier

Don Eric und die Maya

23. Dezember 2012
Werden die Götter wiederkommen?

Inhaltsverzeichnis

1. Auf den Spuren Don Erics

¡Bienvenido amigo! Also, Mario, herzlich willkommen in Mexiko! Schön, dass du kommen konntest!

Hallo, Jens! Nun bin ich auch mal hier auf dem Fleckchen Erde, für das du dich schon immer so begeisterst!

So ist es. Vor allem hier in Palenque wandeln wir auf heiligem Boden. Auf Schritt und Tritt entdeckt man etwas Neues.

Und das sagt einer, der sich hier super auskennt. Du wirst meine Augen sicherlich auf die interessantesten Details dieser erhabenen Kulissen der Mayageschichte lenken. Ziemlich heiß ist es hier!

Naja, an das subtropische Klima wirst du dich vielleicht in ein paar Tagen gewöhnen. Vielleicht auch nicht, ha, ha!

Mal sehen, was wir hier auf die Beine stellen werden, schließlich haben wir uns auch etwas besonderes vorgenommen.

Genieße den Aufenthalt und lass dich von der Atmosphäre inspirieren, so wie ich das immer tue, dann kann's morgen losgehen.

Genau, dann werden wir uns endlich an das Manuskript setzen. Ich bin hoch motiviert.

Ich doch auch, doch nun mach' dir's erst mal gemütlich!

*

Na, wie findest du Erichs Buch "Der Tag an dem die Götter kamen"?

Super! Ist sehr überzeugend geschrieben! Sehr geschickte Argumentation!

Das finde ich auch. Ist beeindruckend. Er ist wie ein Zauberer, der ein Zauberstück nach dem anderen aufführt.

Genau. Wie ein Magier. Also ich sehe so etwas gern. Schon als Kind haben mir Zauberkunststücke gefallen.

Aber jetzt reizt es mich auch, hinter die Kulissen zu schauen, also die Auflösung dieser Zaubertricks ist natürlich auch interessant!

Genau! Also manchmal möchte man natürlich wissen, wie ist es denn nun wirklich? Denn man weiß ja doch, dass es nur ein Trick ist!

Und das wollen wir jetzt in diesem Fall versuchen! Erich hat also den Zaubertrick vorgeführt und die Aliens hervorgucken lassen, wie das weiße Kaninchen aus dem schwarzen Zylinder. Und wir wollen da mal zeigen, was dahintersteckt.

Wir wollen enthüllen!

Aber nicht ihn, wir wollen ihn auch nicht bloßstellen ... Sondern die Inhalte beleuchten, das heißt diese Stellen untersuchen, wo uns seine Phantasie auf durchaus reizvolle Irrwege und Fehlschlüsse zu entführen versucht.

Wir wollen richtigstellen!

Dort wo wir uns auskennen, werden wir versuchen, ein einfaches Bild der oft kompliziert erscheinenden Wirklichkeit zu zeichnen, nicht nur für Mayainteressenten, aber besonders für diese. Oder frei nach Goethe: Wir wollen erklären, was die Mayawelt im Innersten zusammenhält.

Ich muss noch mal sagen, Erich ist in seinem Metier wirklich gut!

Allerdings. Es gibt ja auch gute und schlechte Zauberer. Er gehört zu den Besten!

Das muss man ihm lassen! Deshalb fühlen wir uns herausgefordert, eben gerade seinen Spuren zu folgen und seine Sicht auf die Maya und ihre Götter von unserem Blickwinkel aus zu hinterfragen.

*

Fangen wir mal an mit Erichs Ausführungen über Tikal und Copán.

Wie oft bist du da gewesen?

In Tikal etwa ein Dutzend mal. In Copán war ich dreimal. Schau mal hier. Er fragt: "War mein Spanisch unverständlich?" (Seite 8)[Däni90]. Das ist allerdings zu vermuten. Er schreibt auf Seite 9: "Buenos tardes!" Müsste heißen "¡Buenas tardes!" Dann schreibt er, dass ein Ingenieur ihn begrüßt mit "Bienvenidos, Don Eric!" Müsste heißen "¡Bienvenido, Don Eric!" Es handelt sich ja hier um eine Person.

Das ist doch durchaus zu entschuldigen. Bisher verband mich mit der spanischen Sprache neben ein paar einzelnen Vokabeln nur der Inhalt der Speisekarte meines Lieblingsmexikaners. Übrigens die Anrede "Don Eric" finde ich originell.

Ja, klingt doch gut!

Aber auch mit der deutschen Sprache scheint "Don Eric" Probleme zu haben. Er schreibt, dieser Ingenieur habe eine "archälologische [sic] Passion" *(S. 10) für die Maya-Kultur.*

Naja, sollte "archäologische" heißen. Aber vielleicht ist es ein neudeutscher Ausdruck für "Pseudo-Archäologie", ha, ha! Als Linguist habe ich ja gelernt, dass sich Sprachen weiterentwickeln!

Verzeihen wir Don Eric weitere Rechtschreibfehler, dann wird man uns diesbezüglich auch verzeihen. Sag mal, würdest du im Dschungel auch in einem "klammen, schimmligen Bett" *(S. 11), geplagt von Moskitos und Wanzen übernachten?*

Du machst wohl Späße? Also, wenn es fraglich ist, ob es ein anständiges Hotel gibt, dann nimmt jeder, der clever ist, eine Hängematte mit Moskitonetz und Schutzplane mit! Damit schläft man selbst bei Moskitos oder Regen prima! Hier ist ein Foto. So muss es aussehen!

Ich hätte ja besonders vor Skorpionen Angst.

Die kriechen natürlich manchmal in deine Schuhe, wenn diese irgendwo einladend herumstehen. Dann musst du eben früh nachsehen und die Schuhe ausklopfen! Aber so etwas weiß man ja! Übrigens ist so ein Skorpionstich für Frauen immer etwas schlimmer!

Warum das?

Weil das Skorpiongift für eine Weile die Zunge lähmt. Dann kann man eine Weile nicht sprechen!

Nun aber mal im Ernst: worüber schreibt denn Don Eric so? Ich sehe hier, dass er Tikal als die "älteste Stadt der Tiefland-Maya" *(S. 12) bezeichnet. Ist das denn richtig?*

Ist es nicht! Tatsächlich gibt es eine viel ältere Stadt, etwas nördlich von Tikal. Das ist die Stadt El Mirador. Diese Stadt war bereits in der Präklassik voll entwickelt, und erlebte gar nicht die klassische Zeit. Erst als El Mirador verlassen wurde, begann Tikal sich zu entwickeln. Übrigens gilt El Mirador heute als Geheimtipp unter den Mayafans. Es gibt noch keine gute Straße dahin. Von Tikal aus bietet man den hartgesottenen Maya-Globetrottern einen 5-tägigen Ausflug durch den Dschungel an. Gerüchten zufolge gäbe es eine Pyramide, die mehr als doppelt so hoch sei wie die höchste Pyramide von Tikal!

Wie hoch ist die höchste Pyramide von Tikal?

Über 70 Meter.

Diese hier bei Don Eric auf Seite 16?

Nein. Das sagt zwar Don Erics Bildunterschrift, aber die abgebildete Pyramide ist die Pyramide I, nur 44 Meter hoch.

Also hat da jemand geschlafen!

Ja. Wie auch bei der nächsten Bildbezeichnung. Da schreibt er: "Die Tempel I, IV und V liegen im rechten Winkel zueinander" (S. 17). Der im Vordergrund abgebildete Tempel ist aber Tempel II.

Na gut. Ist doch eigentlich nicht so wichtig, welcher Tempel welche Startnummer hat, aber die Daten müssen natürlich stimmen. Und dass allesamt zueinander im rechten Winkel stehen...?!

Hmm... Hier ist jedenfalls ein Foto von Tempel IV, auf der höchsten Pyramide Tikals. Habe ich von der Pyramide Mundo Perdido aus fotografiert.

Aber sag mal, da muss ja El Mirador eine gewaltig große Stadt gewesen sein! Warum weiß man denn nicht, wie hoch die Pyramiden sind?!

Weil alles noch wahnsinnig überwuchert ist! Man kann tatsächlich noch nicht feststellen, wo die natürliche Plattform aufhört und die Konstruktion der Pyramidenbasis anfängt!

Super! Das würde ich mir auch gern einmal anschauen!

In der nächsten Trockensaison werde ich mir die Sache mal anschauen. El Mirador ist eine der wenigen Mayastädte, die ich noch nicht besucht habe.

Da komm ich mit!

Von mir aus, aber vergiss die Hängematte nicht... Dann werden wir aber eine andere Route wählen. Wir werden von der mexikanischen Seite aus losgehen, von Calakmul aus in Richtung Süden.

Weißt du was, ich habe da noch eine Frage bezüglich der Zeit. Ich sehe da eine zeitliche Diskrepanz hier. Du sagst, Tikal habe sich ab 100 nach Christus entwickelt, aber Don Eric schreibt: "Tikal ist die älteste Maya-Stadt; *es wurden Daten gefunden, die auf das 8. Jhd. vor Christi Geburt zurückreichen." (S. 13).*

TEMPEL IV, TIKAL

Da hat sich Don Eric ein bisschen vertan, oder bewusst getrickst. Fakt ist, wenn es Inschriften mit Daten aus dem 8. Jhd. vor Christus gäbe, dann wäre das eine archäologische Sensation! Ist natürlich falsch! Das älteste Datum ist bislang das Datum auf der Stele 29, datiert auf den 8. Juli 292 nach Christus.

Wie kommt er dann auf das 8. Jhd. vor Christus? Hat er sich das ausgedacht?

Nein, hat er nicht. In Archäologiebüchern findest du die Angabe, dass die Maya schon ab dem 8. Jhd. vor Christus die Gegend um Tikal besiedelt hätten. Wir sprechen also hier von den ersten, sehr einfachen Strukturen, einigen Plattformen, Keramikresten, von den Archäologen auf das 8. Jhd. vor Christus datiert. Also noch keine Pyramiden, geschweige denn Inschriften! Oft fragen mich Gäste: "Wie alt ist die Stadt Soundso?" Dann frage ich immer: "Meinst du erste Besiedlungsspuren oder ab wann die Stadt ein größeres Zentrum war?" Denn dazwischen liegen in den meisten Fällen mehrere hundert Jahre. Zum Beispiel für Uxmal sagt man auch, dass die ältesten Spuren bis zum 8. Jhd. vor Christus zurückreichen, aber erst tausend Jahre später würden wir sie als die heutige Stadt erkennen. Man kann auch fragen: "Was ist das älteste Datum?" oder "Wann wurde die herrschende Dynastie begründet?" Und für jeden Fall kann es ein anderes Datum geben.

Du meinst also, dass Tikal seit etwa 800 vor Christus besiedelt wurde, seit etwa 100 nach Christus als Stadt bezeichnet werden kann, und erst für 292 das älteste Datum einer Inschrift nachweisbar ist?

Genauso ist es. Aber Don Eric hat das alles gleich in einen Topf geschmissen! Hier sind noch ein paar unklare Sachen. Er schreibt, es gäbe "große Ballspielplätze" (S. 13). Tatsächlich liegt neben Tempel I einer der kleinsten. Ist nur 12 Meter lang. Mir sind keine großen Ballspielplätze in Tikal bekannt. Von Tikal aus gibt es übrigens kein "Bewässerungssystem, das sich über die ganze Halbinsel Yukatán ausgedehnt hat" (S. 13). Die Be- und Entwässerungssys-

teme der Mayastädte sind immer nur lokaler Natur. Die "nach Plan angelegten Wasserspeicher" (S. 13) sind natürliche Erscheinungen. Nur der am Eingang gelegene Tümpel, wo sich ein paar Krokodile herumtreiben, wurde von den Maya künstlich angelegt. Die von Don Eric angegebene Einwohnerzahl von 50 000 - 90 000 gab es nicht, wie er schreibt, "zur Zeit von Christi Geburt" (S. 13), sondern zum Höhepunkt der Entwicklung der Stadt, gegen 700 nach Christus. Heute findet man in Archäologiebüchern die Zahl 70 000 für diese Zeit. Das heißt, Don Eric lag offensichtlich auch falsch mit der Vermutung, diese Zahl müsse "fraglos nach oben hin revidiert werden" (S. 13).

Das ist schon eine beachtliche Fehlersammlung.

Na, das ist noch gar nichts! Es kommt noch viel dicker! Auf Seite 20 schreibt er, wie manche "Neubauten" auf noch viel älteren Fundamenten errichtet wurden. Okay. Aber jetzt kommt's: "Ausnahmen galten lediglich für Pyramiden: Sie wurde auf jungfräulichem Boden errichtet, waren also von Anfang an da..." (S. 20/21). "Als die Pyramiden Tikals entstanden, gab es noch keine Menschenopfer, sie sind erst ab der Zeitenwende dokumentiert." (S. 21/22). Wie verstehst du denn das?

Na, seiner Beschreibung nach wurden alle Pyramiden vor Christus erbaut. Und sie sind die ersten Bauwerke und wurden auf jungfräulichem Boden erbaut, also zwischen 800 vor Christus und der Zeitenwende.

So muss man es verstehen. Ist natürlich vollkommen falsch! Alle großen Pyramiden wurden tatsächlich nach Christus erbaut, und sie wuchsen genauso auf älteren Konstruktionen empor wie auch Paläste, Plazas oder Ballspielplätze. Die größten Pyramiden wurden erst um 700 nach Christus erbaut.

Das ist schon ein dicker Hund!

Nun kommt noch etwas Schönes. Er erwähnt die Leidener Platte, ein Zeremonialbeil aus Jade. Wir wollen uns mal diese Inschrift anschauen, damit die Leser wissen, worum es geht. Hier heißt es: "Am 17. September 320 nach Christus wurde eingesetzt (als Herrscher) der König Mond-Vogel, der Schamane, der Himmlische, aus ???" Die letzte Hieroglyphe ist noch nicht entziffert. Sie ist einmalig. Einige meinen es sei eine frühe Form der Emblemglyphe von Tikal. Ich denke aber, es handelt sich hier um einen frühen König aus Copán. Jedenfalls schreibt Don Eric: "Sie zählt zu den ältesten Funden von Tikal" (S. 23). Das ist schon einmal falsch, denn gefunden hat man dieses Jadebeil in Puerto Barrios, an der Karibikküste Guatemalas. Weiter schreibt er: "15 Maya-Glyphen sind darin eingegraben. Nach einem nicht entzifferbaren Namen heißt es: » ließ sich hernieder dieser Herrscher der Himmelsfamilie von Tikal « " (S. 23).

Das scheint mir interessant, das Wort "Himmelsfamilie".

Mir auch. Denn das steht offensichtlich nicht im Text.

Nun wissen wir ja, dass er die Mayaschrift nicht lesen kann.

Das ist richtig. Aber das verlangen wir ja auch nicht von ihm. Seiner Meinung nach war ja diese Schrift noch gar nicht entziffert. Komisch, dass er dann aber doch eine Übersetzung anbietet. Nun gut, wichtig ist also nicht, dass die von Don Eric angebotene Übersetzung des Hieroglyphentextes falsch ist. Wichtig ist, woher er diese Information nimmt.

Na dann brauchen wir uns ja nur seine Quelle anzuschauen!

Tja, wenn er denn eine angegeben hätte! Es gibt nämlich keine!

Ist wohl in der letzten Trockenperiode versiegt, diese Quelle?

Auf den weiteren Seiten lässt er sich dann darüber aus, dass die Maya kein Steinzeitvolk gewesen sein könnten, sie müssten unbedingt Metallwerkzeuge gehabt haben. Diese hätten aber die Oberpriester raffinierterweise vor dem Volk versteckt!

Und vor allem vor den Archäologen!

Seltsam wirklich, dass man nie Metalle gefunden hat, von etwas Gold- und Kupferschmuck in absolut raren Fällen einmal abgesehen. Zur Zeit der Entdeckung hatten einige Maya schon Kupferbeile, aber die waren gerade erst im Kommen. Zur klassischen Zeit gab es jedenfalls keine Kupferwerkzeuge! Werkzeuge aus Eisen gab es nie!

Kann doch nicht alles weggerostet sein, wenn es was gegeben hätte!

Wir werden jetzt mal einen Test machen! Don Eric meint, mit Jade und Obsidian könne man unmöglich Kalkstein bearbeiten. Hier hast du ein kleines Jadebeil und ein Stück Obsidian. Hier ist ein Stück Kalkstein.

*Die Praxis ist das Kriterium der Wahrheit. ... Ja, geht prima. Ich merke, man braucht etwas Übung, um nicht zu viel abzuschlagen. Aber "*feinste Ziselierungen*" (S. 27) sind mit der Obsidianklinge gar kein Problem!*

Natürlich! Da fällt mir noch etwas ein. Es gibt ein gutes Beweisstück, dass sie auf jeden Fall auch andere Materialien als Metall verwendet haben. Schau dir mal dieses Paneel an. Es erwähnt Geburts- und Todesdatum des Herrschers Chan Bahlum von Palenque (23. 5. 635 bis 20. 2. 702) und das Meißeln des Altares, hier als "Kostbarer Stein" bezeichnet. Siehst du, womit er den Altar bearbeitet?

Mit einem Stück Hirschgeweih?

So ist es. Also Arbeitsinstrumente aus Metall gab es bei den klassischen Maya tatsächlich nicht. Deswegen sprechen die Archäologen aber noch lange nicht von einer "Steinzeitkultur", denn das ist für den mesoame-

rikanischen Kulturraum einfach ein widersinniger Begriff.

Und dann schreibt er, dass die Maya auch Wagen mit Rädern auf ihren Straßen benutzt hätten.

Richtig ist, dass man in Gräbern Kinderspielzeug aus Keramik findet, wobei einige Figuren auf Keramikrädchen rollern. Da schreibt er: "Alle an Maya-Stätten gefunden." (S. 30). Tatsächlich stammen sie aus Gräbern der Totonaken. Dieses Foto habe ich im archäologischen Museum in Jalapa gemacht. Von den Maya sind solche Figuren auf Rädern nicht bekannt, wobei aber so ein Fund nichts Besonderes wäre.

Nun ist das aber doch eine seltsame Sache: die Maya und benachbarte Völker scheinen Räder gekannt zu haben, aber Wagen für Personen- oder Materialtransport gab es wohl doch nicht, oder?

Nein, gab es nicht. Oder glaubst du, dass sie Wagen gehabt hätten, aber auf Hunderten von bemalten Keramikvasen der Maya hätte man "zufällig" keinen einzigen Wagen entdeckt, und "zufällig" hätten es die spanischen Eroberer versäumt, die Wagen in ihren Berichten zu erwähnen, wo sie doch sonst jedes Detail sorgfältig beschrieben haben? Auch in Dutzenden von mexikanischen Codexen hätte man "zufällig" kei-

nen einzigen Wagen gefunden, und in Dutzenden von Wandmalereien hätte man "zufällig" keinen Wagen entdeckt?

Ist äußerst unwahrscheinlich!

Meine ich auch. Ein einziger runder Stein ist da wohl kein Beweisstück.

Was sind denn da die Ursachen gewesen, dass sie keine Wagen oder Karren hatten? Denn Straßen hatten sie ja!

Denke mal daran, dass sie kein Metall hatten. Ist schon ein echter Hinderungsgrund. Es gab also keine Säge. Versuche mal, mit einem Jadebeil eine schöne Scheibe aus einem Baumstamm zu schlagen! Es ist natürlich nicht unmöglich, aber liegt nicht gerade auf der Hand auf diese Idee zu kommen. Außerdem gab es keine Zugtiere. Es gab weder Ochs noch Pferd noch Esel. Die Straßen tauchen erst später auf, im Norden Yukatans. Zur klassischen Zeit dienten die Flüsse im Landesinneren als Wasserwege. Man bewegte sich also gut genug auf Booten fort. Sie brauchten keine Wagen.

Das klingt mir doch logisch! Aber ist es nicht überraschend, dass die Maya in Yukatan Straßen bauten?

Für mich nicht. Im Norden Yukatans gibt es keine Flüsse. Diese fallen also als Transportwege weg. Aber die Maya mussten natürlich von Stadt zu Stadt gelangen. Dazu musste man eben Straßen bauen. Haben die Inkas ja auch gemacht. Und die hatten ja auch keine Räder.

Aber diese kannten wohl schon Heißluftballons, um sich ihre Scharrbilder von Nazca aus der Luft anzuschauen. Habe ich irgendwo bei Don Eric gelesen.

Warum nicht gleich ein paar Raumschiffe.... Also in Yukatan, wie gesagt, da ist das Buschwerk schon unangenehm dicht. Ich kann mir nicht vorstellen, dass der Mayakönig sich da mit der Obsidianmachete jedes Mal mühsam den Weg durch den Dschungel schlug, wenn er nach Chichén Itzá pilgern wollte. Da hatte der keinen Bock drauf! Der wollte schon etwas eleganter reisen!

Logisch! Sag mal, gibt es überhaupt Bilder davon, wie der Herrscher reiste?

Allerdings. Gut, dass du fragst. Schau mal auf Seite 20! Das Motiv stammt von einer Keramikvase aus Guatemala. Die Zeichnung ist von mir.

In der Sänfte. Nobel.

Hier ist noch etwas Lustiges: "Die Strecke Cobá - Yaxuna ist zehn Meter breit - ziemlich pompös für einen Prozessionsweg: 15 Personen hätten nebeneinander singen und marschieren können." (S. 31) Fällt dir was auf?

Moment mal: 10 Meter breit, und 15 Leute hätt'n da nebeneinander marschieren sollen? Das ergibt ja gerade mal 66 Zentimeter Platz für jeden! Also wären sie da gedrängt Schulter an Schulter "marschiert", ha, ha!

Und die am Rande hätten ständig Angst gehabt, vom Straßenrand zu fallen! Ich greif mir an den Kopf!

Zum Laufen braucht man doch Platz, und dann noch die Maya mit ihren Kostümen und Federschmuck und Lasten und so! Also da hätten doch, wenn sie bequem laufen wollten, höchstens 8 Leute nebeneinander gepasst!

Meine ich auch. Für einen Zeremonialweg ist also eine Breite von 10 Meter durchaus nicht übertrieben. Viele Weiße Straßen sind übrigens auch nur 4, 5 oder 6 Meter breit.

Na, dann ist das doch okay!

Klar, aber Don Eric meint, als Zeremonialweg hätte vielleicht auch ein ein Meter breiter Weg ausgereicht! Da hätten sie im Gänsemarsch marschieren können! Übrigens, wer in Yukatan lebt, weiß, warum man eine Straße lieber etwas breiter baut. Sie wuchern nämlich in diesem Klima ziemlich schnell zu!

Nun meint Don Eric auch, dass die Straßen bei den Maya zum Teil sehr lange gerade Abschnitte haben, bis zu 36 km weit, so dass also nur die Außerirdischen diese Straßen gebaut haben können! Wie haben es die Maya geschafft, diese gerade Strecken zu bauen?

Da gibt es drei Möglichkeiten. Erstens gibt es in Mexiko reiche Funde an Magnetit. Die Benutzung des Kompass kann man also nicht ausschließen. Zweitens gibt es die Möglichkeit, den Winkel zwischen Sonnenaufgang und Zielort festzustellen und jeden Morgen mit diesem Winkelmaß die weitere Strecke des Weges anzupeilen. Zwar weiß man den Winkel nicht absolut genau, aber doch ungefähr. Mit dieser Methode ergibt sich auf jeden Fall eine längere gerade Strecke! Eine dritte Möglichkeit sind natürlich Leuchtfeuer. Don Eric meint, ein Feuer sei "allenfalls ein paar Kilometer weit zu sehen gewesen" (S. 31). Du warst doch auch bei der Army! Kannst du dich noch erinnern, was man uns zum Thema "Streichholzanzünden nachts im Freien" einschärfte?

Na, auf jeden Fall, dass das verboten war. Nur in Räumen oder hinter Deckung, weil man ein brennendes Streichholz weiter sieht als man denkt!

So ist es! Ein zündendes Streichholz sieht man über einen Kilometer weit, wenn man genau in diesem Moment in die richtige Richtung schaut! Und ein großes Feuer sieht man durchaus bis 36 km weit! Auch gab es natürlich Pfade, wo die Einheimischen entlangliefen, wenn sie zum Maisfeld oder auf Jagd gingen. Sie kannten also durchaus schon in etwa den Weg, bevor sie eine Straße bauten! Da war es also nicht nötig, dass sie vorher "Schneisen durch den Urwald geschlagen" (S. 31) hätten!

Hast du das hier gelesen?

Was?

Na, nicht genug, dass die Maya Wagen hatten, sogar Motorräder hatten sie?

Ach so?!

Ja, hier schreibt er doch über einen Altar in Copán, der "erstaunlich an ein Motorrad erinnert" *(S. 64).*

Komisch, dass mir das entgangen ist! Hab´ mir schließlich jede

Skulptur genau angeschaut!

Herrlich ist das, Don Eric, einfach ein Treffer nach dem anderen! Mit dem Motorrad ist also der Maya-Oberindianer durch die Ppppprääääärrrrrriiiiieee gedüst!

Darauf trink ich einen!

Ich auch! Schenk 'nen Tequila ein!

¡Salud amigo!

¡Viva Don Eric!

¡Viva!

2. Das Geheimnis des Adlerkriegers

Hier ist ein interessantes Kapitel über Kolumbus. Der "genuesische Kapitän Cristóbal Colón" (S.85) stammte tatsächlich nicht aus Genua, Italien, obwohl das so noch in den meisten Geschichtsbüchern stehen dürfte. Das können wir also Don Eric nicht als Fehler anrechnen, denn als er sein Buch schrieb, war diese Tatsache noch unbekannt.

Da muss ich dir unbedingt etwas erzählen: vor einigen Jahren verbrachte ich mit meiner Familie eine ganz tolle Woche auf Korsika. Dort erfuhr ich, dass die korsische Stadt Calvi die Ehre beansprucht, Geburtsstadt von Kolumbus zu sein. Kannst du das Rätsel lösen, woher Kolumbus nun wirklich stammt?

Nun, bekanntlich hatte Kolumbus "in seinen beiden Testamenten von 1498 und 1506" geschrieben: "»siendo yo nacido en Génoba«"[wiki1], was heißen würde "ich, gebürtig in Génoba". Deutungen zum Ort Génoba gibt es wiederum verschiedene: 1) die Stadt Genua in Italien, 2) ein Dorf Genova auf Mallorca (das heute zu Palma gehört) und 3) die Republik Genua mit ihren Besitzungen auf Korsika. Oder 4) es ist gänzlich von Kolumbus erfunden.
Aufgrund neuester Forschungen weiß man, dass er doch aus dem heutigen Spanien stammte, genauer gesagt, aus Katalonien. Er war Katalane. Sein Leben lang hatte er seine Herkunft verschwiegen, selbst gegenüber seinem Sohn Hernando, welcher sein erster Biograph gewesen war. Nach dem Tod seines Vaters reiste Hernando nach Genua in Italien, um seine angeblichen Verwandten aufzuspüren. Doch seine Nachforschungen waren erfolglos. Kolumbus war offensichtlich nicht in einer armen Weberfamilie in Italien geboren. Sein Leben lang hat er nie einen Brief in italienischer Sprache geschrieben, nicht einmal an seinen Bankier in Genua oder andere italienische Geschäftsleute. Immer nur in Spanisch. Linguisten haben seine Briefe untersucht und festgestellt, dass er zweifelsfrei seit seiner Kindheit eine hohe Bildung erfahren hatte, vor allem, dass er typische Ausdrücke und

Schreibweisen wie im östlichen Katalonien der damaligen Zeit verwendete. Sehr wahrscheinlich stammte er aus Barcelona. Auch muss er seit frühester Jugend Erfahrung gesammelt haben in der Seefahrt. Er kann unmöglich erst mit 20 Jahren als armer Webersohn mit der Seefahrt begonnen haben. Mit so einer Herkunft hätte er auch nicht 1478 die adlige Felipa Moñiz, eine Dame aus Portugal heiraten können, deren Vater Gouverneur von Porto Santo gewesen war.

Da muss er aber handfeste Gründe gehabt haben, um seine Herkunft zu verschleiern!

Natürlich! Die angebliche Armut war es nicht. Wenn er sich seiner Armut geschämt hätte, hätte er sich auch seiner Familie geschämt. Aber er ist mit seinen Brüdern und seinem Onkel über den Atlantik gesegelt. Der Grund war ganz einfach, dass die Katalanen in der Jugendzeit des Kolumbus als Korsaren gegen die Kastillianer gekämpft hatten. Also konnte Kolumbus, als er bei König Fernando und Königin Isabel vorsprach, schlecht seine Herkunft preisgeben.

Ja, wäre wohl nicht gut ausgegangen, wenn er gesagt hätte: "Hallo, Ihr beiden, gebt mir Schiffe und Männer für eine Reise in den Westen; als Kapitän hab ich übrigens gute Erfahrungen, habe schließlich als katalanischer Korsar in meiner Jugend gegen Euch gekämpft!"

Außerdem war er wahrscheinlich Jude, und die Juden wurden zu Kolumbus´ Zeiten sehr grausam verfolgt vom spanischen Königshaus.

Alles klar also! Aber warum ist Kolumbus in diesem Buch für uns so interessant?

Naja, es gibt da diese mysteriöse Stelle von Don Eric. Er schreibt: "Auf seiner vierten Entdeckungsreise segelte er im Sommer 1502 vor der Nordküste von Honduras, als unerwartet ein indianisches Handelsschiff ins Blickfeld kam. Zwar erstaunten die Ausstattung des Schiffes wie auch die farbenfrohe Kleidung der dunkelhäutigen Besatzung die Spanier, doch Kolumbus ließ nicht beidrehen, um den Kahn zu inspizieren" (S. 85).

Er sieht ein Mayaboot und wird nicht neugierig? Ist ja seltsam!

Ja. Deshalb habe ich noch einmal die Quellen studiert. Das hier habe ich aus dem Spanischen übersetzt, aus Descubrimiento y dominación española del Caribe von Carl Ortwin Sauer. Hör dir das an: "Hernando Colón, als Chronist und direkter Zeuge an den Küsten der mittelamerikanischen Karibik, beschrieb auf der vierten Reise seines Vaters ein beeindruckendes Kanu der Maya, welches diese Gegend befuhr: ein Kanu so groß wie eine Galeere, acht Fuß breit, aus einem ganzen Stamm ... hatte in der Mitte ein Schutzdach aus Palmenblatt, nicht anders als wie es die Gondeln in Venedig besitzen, welches beschützte was sich darunter befand, auf eine Weise, dass weder Regen noch Wasser nässen konnte, was darinnen war. Unter jenem Dache hockten die Kinder, die Frauen, und die ganze Ladung und die Waren. Die Männer, welche das Boot führten, waren der fünfundzwanzig ...[Als Ladung führten sie] einige Decken und Hemden aus Baumwolle ohne Ärmel, gefertigt und gefärbt mit verschiedenen Farben und Mustern ... Spaten von langen Hölzern mit Rillen an den Schneiden worin mit Pech und Zwirn gewisse Klingen aus Feuerstein befestigt waren... Äxte um Holz zu hacken, ähnlich denen welche die anderen Indios benutzten, außer, dass diese aus gutem Kupfer waren ... und an Proviant führten sie Wurzeln und Körner mit sich und einen Wein, aus Mais gemacht ... sowie viele jener Mandeln, welche sie anstatt Münzen verwenden." [Saue84]

Mit letzteren "Mandeln" sind wohl Kakaobohnen gemeint.

So ist es.

Also da muss der Kapitän ein gutes Fernglas besessen haben, wenn er all dies feststellte, ohne dass er hat beidrehen lassen!

Ja, verdammt gutes Sehvermögen!

All diese Sachen zu sehen ohne den "Kahn" inspiziert zu haben!

Hier ist noch etwas Schönes. An der Karibikküste findet man häufig die Figur eines herabstürzenden Gottes. Von der Haltung her erinnert er an die Bienenform im Madrider Codex. Der Name eines Bienengottes "Ah Muzen Cab" ist in kolonialzeitlichen Quellen überliefert, aber in den Codexen hat man keine Figur gefunden. Daher die verständliche Vermutung, es könne sich beim herabstürzenden Gott von Tulum um einen Bienengott handeln. Was mir hier gefällt, ist Don Erics Beschreibung, "in seine Hände würden Steuerknüppel passen" (S. 90).

Ja, natürlich würden sie in seine Hände passen! Ebenso wie ein Gameboy, oder CD-Player oder Don Erics Buch "Der Tag an dem die Götter kamen" in seine Hände passen würden! Was soll diese Bemerkung?!

Dann bezeichnet er Quetzalcoatl als "Windgott, Mond- und Morgensterngott" (S. 95). Ersteres und letzteres ist richtig, aber "Mondgott" ist zuviel des Guten! Stimmt nicht und wird auch in der Literatur nie als solcher bezeichnet.

Also hat er wieder mal geschlafen!

Hier ja. Aber es ist interessant zu beobachten, dass er andernorts zu einer ganz geschickten Verdrehung der Tatsachen greift. Schau dir mal diese Stelle an: "Drei Jahre nach der Einnahme von Tenochtitlán begegnete Hauptmann Pedro de Alvarado am 5. März 1524 bei Kämpfen im Hochland von Guatemala einem fliegenden Feldherrn der Quiché-Maya: »Da erhob sich der Feldherr Tecum in die Lüfte und kam herbeigeflogen, in einen Adler verwandelt, bedeckt mit Federn, die daselbst hervorwuchsen und nicht künstlich waren. Er trug Flügel, die gleichfalls aus seinem Körper hervorwuchsen, und drei Kronen, eine aus Gold, eine aus Perlen und eine aus Diamanten und Smaragden«" (S. 106). Was hältst du von dieser Stelle?

Naja, ich muss sagen, ich bin erstaunt, dass ein spanischer Offizier einen fliegenden Mayakrieger schildert. Da scheint doch etwas Ungewöhnliches passiert zu sein. Da könnte man fast glauben, dass Don Eric doch ein gutes Argument für Außerirdische gefunden hat, denn Menschen können ja doch nicht fliegen! Und so eine spanische Quelle ist doch auch ziemlich vertrauenswürdig!

Aha, eine spanische Quelle... Da bist du ihm ganz schön auf den Leim gegangen! Aber du hattest ja auch gar keine andere Möglichkeit!

Wo liegt also der Trick?

Der Trick liegt darin, dass Don Eric uns glauben macht, dieses Zitat stamme vom spanischen Hauptmann Alvarado persönlich! Dem ist aber nicht so. Schauen wir uns mal die Komplettversion von Wilfried Westphal an:

"Nachdem er an der Küste Guatemalas das Fürstentum Xuchiltepec erobert hatte, begann Alvarado mit seiner Streitmacht den beschwerlichen Aufstieg ins Hochland. ... In den Schluchten des Flusses am Fuße des Vulkans Santa María kam es zu ersten Zusammenstößen mit den Quichés. ... Vor den Toren von Xelajú ... trafen die beiden Heere am 3. März 1524 zur Entscheidungsschlacht aufeinander. Den Verlauf dieser Schlacht schildern in ergreifender Weise die so genannten Titel des Hauses Ixquin Nehaib, eine Chronik der Quichés aus der Mitte des 16. Jahrhunderts:

»Und dann begann der Kampf zwischen den Spaniern und den 10 000 Indianern, die dieser Feldherr Tecum mitgebracht hatte. Sie kämpften drei Stunden, und die Spanier töteten viele Indianer. ... Da erhob sich der Feldherr Tecum in die Lüfte und kam herbeigeflogen, in einen Adler verwandelt, bedeckt mit Federn, die daselbst hervorwuchsen und nicht künstlich waren. Er trug Flügel, die gleichfalls aus seinem Körper hervorwuchsen, und drei Kronen, eine aus Gold, eine aus Perlen und eine aus Diamanten und Smaragden. Dieser Feldherr Tecum kam in der Absicht, Tunadiú zu töten, der auf einem Pferd herbeigeritten kam, und er schlug auf das Pferd ein, um den Adelantado zu treffen, und mit einer Lanze schlug er dem Pferd den Kopf ab. Die Lanze war nicht aus Eisen, sondern aus Steinsplittern; durch Zauber vollbrachte er diese Tat. Und als er sah, dass nicht der Adelantado getötet worden war, sondern das Pferd, schwang er sich erneut in die Lüfte, um von dort herabzufahren und den Adelantado zu töten. Aber der Adelantado erwartete ihn mit seiner Lanze und durchbohrte ihn in der Mitte, den Feldherrn Tecum. ... Und da der Adelantado gesehen hatte, dass dieser Indianer sehr tapfer war ... kam er ... und betrachtete ihn sehr lange. Er war mit Quetzaln und sehr schönen Federn über und über bedeckt, und so erhielt dieser Ort den Namen Quetzaltenango, denn hier war es, wo sich der Tod des Feldherrn Tecum ereignete.« ... Die indianische Schilderung ... findet ihre Bestätigung in einem Brief, den Alvarado am 11. April 1524 an Cortéz schrieb:

»Sechs Tage nach unserer Ankunft ... erschien gegen Mittag von allen Seiten eine große Anzahl Krieger ... Und als ich sie sah, ließ ich die Soldaten antreten, und ich machte mich auf, ihnen inmitten einer Ebene ... eine Schlacht zu liefern, mit 90 Reitern. ... Und wir stürzten uns auf sie und zerstreuten sie in alle Winde ... bis sie alle vernichtet waren und keiner mehr zu sehen war. ... An diesem Tag wurden ihrer viele getötet und gefangengenommen, darunter viele Hauptleute und Fürsten und andere Würdenträger.«

Der Tod des indianischen Heerführers, den er bezwang, scheint Alvarado nicht sonderlich beeindruckt zu haben, denn mit keinem Wort erwähnt er Tecún Umán in seinem Bericht. Für die Indianer aber ging Tecún Uman in eine Legende ein, in der er als Held, der sein Vaterland gegen die fremden Eroberer verteidigte, gefeiert wird." [West90]

In Wirklichkeit stammte also dieses Zitat von den Quiché-Maya.

Allerdings. In Wirklichkeit war Tecum natürlich nicht geflogen, denn in Alvarados Brief ist davon ja gar keine Rede. Es handelt sich um eine legendäre Schilderung, eine gottgleiche Verehrung, welche die Quiché mit dieser Schilderung ausdrücken. Wer mit dem Mayadenken vertraut ist, dem ist das nichts Ungewöhnliches. Die Redewendung "durch Zauber vollbrachte er diese Tat" finden wir direkt im Popol Vuh wieder, womit die Taten der Göttlichen Zwillinge eingeschätzt werden. Als sie ihre bösen Halbbrüder in Affen verwandeln, heißt es: "Xa rumal kinawal ta xkib'ano" (Sam Colop, Popol Wuj, S. 78) - "Nur durch ihre Zauberkraft vollbrachten sie dies." [Colo99]

Warum aber wählen die Maya so eine eindringliche Schilderung?

Der geschilderte Adler ist das Nagual des Feldherren gewesen. Ein Nagual ist ein Tiergeist, ein Schutzgeist, in den sich der Mensch laut mythologischem Glauben der Maya verwandeln kann. Das spanische Wort Nagual stammt übrigens aus der Mayasprache. Im oben erwähnten Zitat ist das Wort "kinawal" enthalten. Dabei ist "ki" das Possessivpronomen "ihre" und "nawal" ist "Zauberkraft".

Dann haben wir dieses Rätsel also gelöst.

Hier in seinem dritten Kapitel entwirft Don Eric ein recht befremdliches Bild von der Maya-Geschichte. Schau mal hier: "... als die Werke in all ihrer Pracht vollendet waren, geschah das Unbegreifliche: Die Maya gaben eine Stadt nach der anderen auf, wanderten ab, um - nur wenige Kilometer entfernt - mit der ganzen Plackerei unverdrossen neue Städte zu gründen. Das passierte fast ein Jahrtausend, bevor Hernando Cortéz Tenochtitlán eroberte." (S. 107/108).

Hieß der Konquistador nicht Hernán Cortéz?

Allerdings. Nicht Hernando.

Also, er meint, die Maya hätten auf dem Höhepunkt ihrer Entwicklung die Stadt verlassen, um dann auf jungfräulichem Gebiet eine vollkommen neue Stadt in gleicher Art zu bauen. Das ist sicher wieder so eine Entstellung historischer Tatsachen.

Es ist einfach Unsinn. Vor allem schau dir mal die Zeit an: "fast ein Jahrtausend" vor Cortéz. Also sagen wir mal etwa 900 Jahre. Das würde ich unter "fast ein Jahrtausend" verstehen. Die Eroberung von Tenochtitlán war 1521. Minus 900 ergibt ungefähr 600. Das deckt sich übrigens mit seiner Angabe eine Seite weiter, wo er schreibt: "In den Jahren von 600 bis 900 unserer Zeitrechnung wurde Stadt um Stadt aufgegeben" (S. 109).

Ist das denn richtig?

Vollkommen falsch! Um 600 nach Christus wurde überhaupt keine Mayastadt aufgegeben! Nicht eine!

Heißt das, dass nur neue Städte um diese Zeit gegründet wurden?

Das ist das Kuriose. Es wurden auch keine neuen Städte gegründet um diese Zeit! Wir sprechen hier von der Blütezeit der Mayakultur! Fast alle Städte waren schon gegründet.

Wie kommt er dann auf dieses Datum?

Naja, einfach wieder mal falsch abgeschrieben. Man findet eben in den Büchern die Daten 600 bis 900 n. Chr. für die spätklassische Periode. Übrigens, hinten im Anhang auf Seite 304 schreibt er es selbst. Aber er kann eben nichts mit diesen Begriffen anfangen.

Wann war also die Zeit des Unterganges der Maystädte?

Zwischen 760 und 910 nach Christus.

Aha.

Weiter unten beweist er noch einmal, dass er die Mayageschichte nur oberflächlich "studiert" hat: "Cortez [sic, lies Cortéz] und seine Horden ... eroberten herrliche Städte wie Chichén Itzá, Mayapan ..." (S. 110). Noch einmal zur Erinnerung: Chichén Itzá wurde gegen 1220 verlassen, also 300 Jahre vor Cortéz. Mayapan wurde 1440 verlassen. Ja mehr noch, weder in Chichén Itzá noch in Mayapan hatte Hernán Cortéz jemals seinen Fuß gesetzt!

Das ist schon ein dicker Hund! Übrigens, da sind noch ein paar Zweifel, die ich da habe über den Untergang der klassischen Mayakultur. Was hältst du von diesen seinen Äußerungen? Zum Beispiel: "War es zu einer Revolution gekommen? Dafür gibt es nicht die geringsten Zeugnisse" (S. 108).

Falsch. In Bonampak, Piedras Negras und anderen klassischen Städten finden wir ausgekratzte Augen und beschädigte Gesichter bei Wandmalereinen und Skulpturen, welche Adlige darstellen.

"Hatte eine Hungersnot die Bewohner vertrieben? Diese Spekulation geht ins Leere" (S. 108).

Falsch. Aufgrund von Skelettfunden vom Ende der Mayaklassik wurden immer wieder Mangelerscheinungen durch Unterernährung festgestellt.

"Verursachte eine katastrophenartige Klimaveränderung die plötzliche Auswanderung? Das ist so unwahrscheinlich, dass diese Vermutung ausgeschlossen werden darf" (S. 108).

Falsch. Wir wissen durch Pollenanalysen im Schlamm der Gewässer Yukatans, dass eine der schwersten und längsten Trockenperioden das Tiefland der Maya von 820 bis 850 nach Christus ereilte und einen wichtigen Faktor des Zusammenbruches der klassischen Mayaperiode darstellte.

"In der Not, eine plausible Erklärung anbieten zu müssen, findet

bei Spezialisten die These am meisten Anklang, wonach die Maya von Eindringlingen vertrieben worden sein sollen. Aus logischen Überlegungen scheint mir dieser Notnagel an brüchiger Wand zu wackeln" (S. 108).

Falsch. Im Zuge des entstandenen Machtvakuums der Mayaelite drangen Nachbarstämme ins Herz des Mayagebietes ein. Ein plötzlicher stilistischer Wandel der Mayakunst, z.B. in Stelen von Seibal, ist dafür ein Ausdruck. Falsch ist aber auch, dass diese Erklärung bei den Spezialisten besonders beliebt wäre. Ganz im Gegenteil, man hat immer gewusst, dass eine feindliche Einwanderung nicht die primäre Ursache des Zusammenbruchs der Mayaklassik gewesen sein kann.

"Fast alles ist unbekannt oder umstritten, eindeutig belegt ist jedoch, dass einige Zeremonialzentren quasi über Nacht verlassen wurden. ... In Dos Pilas fiel einem Stuckateur vor Vollendung einer Hieroglyphenzeile die Spachtel aus der Hand" (S. 109).

Doppelt falsch! Erwähnte unvollendete Hieroglyphenzeile in Dos Pilas ist eine Treppenstufe aus Kalkstein. Selbige wird mit Jade oder ähnlichen Materialien behauen, und nicht vom Stuckateur mit dem Spachtel beschmiert. Der zweite Fehler ist die Idee, dass ein unvollendetes Bauwerk ein Hinweis auf das Verlassen der Stadt "über Nacht" hinweist. Es ist ein Hinweis auf den Zusammenbruch der politischen Struktur. Aber in vielen Städten, z.B. in Copán, wo ebenfalls der letzte Altar unvollendet blieb, kann man nachweisen, dass diese Städte noch bis zu 100 Jahre lang und länger bewohnt bleiben, bei sich stetig verringernder Bevölkerungszahl.

"Spuren von Krieg und Zerstörung wurden an den Ruinen nicht entdeckt" (S. 109).

Vollkommen falsch! Im Jahre 761 nach Christus wurde z. B. die Stadt Dos Pilas von den ehemals Untergebenen der Nachbarstadt Tamarindito angegriffen. In dieser Zeit wurden hastig eigene Tempel und Paläste abgetragen, um im engeren Stadtkern zwei Verteidigungswälle zu errichten, im Versuch, die Stadt zu retten. Doch Brandspuren und Hunderte von Pfeilspitzen zeugen von der Erfolglosigkeit dieses Unterfangens. Von Hieroglyphentexten wissen wir, dass der Herrscher von Dos Pilas bei dieser Aktion gefangen genommen und später geopfert wurde.

Mann oh Mann! Unser geschätzter Don Eric liegt ja daneben wo es nur geht!

Das kann man wohl sagen. Und höre dir mal an, was in der Mayastadt Cancuén passierte! Hier ist eine Pressemitteilung von der National Geographic Society: "Königsmord und Massaker in der Maya-Stadt Cancuén - Bei Ausgrabungen kamen die Skelette von rund 40 ermordeten Menschen zutage." [3sat]

Was war denn da los?

"In den Ruinen der Maya-Stadt Cancuén im Urwald von Guatemala haben Forscher die Überreste eines vor rund 1200 Jahren verübten Massakers entdeckt. Wie die National Geographic Society mitteilte, kamen bei den Ausgrabungen die Skelette von rund 40 ermordeten Menschen zutage, darunter der König und die Königin der Stadt. Nach Angaben des Ethnologen Arthur Demarest von der Vanderbilt-Universität im US-Bundesstaat Tennessee, der die Ausgrabungen leitet, deuten die Funde auf eine Massenhinrichtung hin. Wer das Massaker verübte, ist noch ungeklärt. Ein Großteil der Gebeine wurde in einer Zisterne nahe der Haupttreppe des Palastes gefunden. Das Herrscherpaar sowie Adlige der Stadt seien offenbar für die Hinrichtung versammelt worden, berichtete Demarest. Vielen der Opfer sei mit eisernen Lanzen oder Beilen auf den Kopf oder in den Nacken geschlagen worden. Unter den Opfern seien auch Kinder sowie zwei schwangere Frauen. Die Wissenschaftler vermuten, dass das Massaker einen wichtigen Puzzlestein bei der Aufklärung des weiterhin in vielen Aspekten mysteriösen Untergangs der klassischen Maya-Kultur (300 bis 900 nach Christus) darstellen." [3sat]

Ganz schön heftig. Das ist nun wirklich keine Ermessenssache. Hier geht's eindeudeutig um brutale Kriegshandlungen.

Hier ist noch ein Foto, das ich in Bonampak aufgenommen habe. Das ist ein Türsturz, also nach oben fotografiert. Also, wer meint, die Maya hätten keine Kriege gehabt, den muss ich enttäuschen.

Aber ich kann mich erinnern, gehört zu haben, die Maya seien ein ganz friedliches Volk von Sternenguckern gewesen!

Zu diesem Schluss gelangten die ersten Mayaforscher, die nur wenige originale Skulpturen kannten, aber vor allem schon mehrere Inschriften studieren konnten. Da die ersten Hieroglyphen, die man entziffern konnte, Kalenderzeichen waren, kam man eben zu diesem Ergebnis. Später hat man dann auch das Zeichen für "gefangen genommen" entziffert. Ich weiß nicht, ob du zu den Kriegen der Maya mal etwas gehört hast?

Ich sah vor kurzem im deutschen Fernsehen die sehr zu empfehlende Sendung "Planet Wissen", wo über die Mayakultur verschiedenes berichtet wurde, unter anderem auch, dass es in der klassischen Periode zwei Machtblöcke gab, nämlich Tikal und Calakmul, denen sich die kleineren Städte unterordneten und dass es zwischen denen immer wieder zu kriegerischen Auseinandersetzungen kam. Zudem brauchten die Maya ständig

Nachschub für ihre Menschenopfer. In besagter Sendung trat der Maya-Forscher Professor Nikolai Grube auf, der in beeindruckender Weise Resultate seiner Forschung vorstellte und auch auf die Maya-Schrift einging. Das Thema Mayaschrift müssen wir dann noch behandeln, denn bei Don Eric lernen wir da ja nichts.

Wir werden uns dieses Thema natürlich anschauen. Auch auf die Sternengucker werden wir noch ausführlich zu sprechen kommen, denn das ist ja auch dein Spezialgebiet.

Jawohl! Das interessiert mich natürlich!

3. Die Erfindung der Zeitmaschine

Weißt du was? Wir können schon wieder einen Toast ausrufen!

Worauf denn?

Auf die cleveren Erfinder der Zeitmaschine!

Moment mal! Es gibt doch keine Zeitmaschine!

Offensichtlich doch! Lies hier: "Schlagzeilen wie DIE SCHRIFT DER MAYA WIRD ENTSCHLEIERT oder MAYA-HIEROGLYPHEN ENTRÄTSELT sind zu schön, um wahr zu sein: Sie tönen sensationell, entsprechen aber nicht dem wirklichen Stand der Forschung" (S. 117/118). "Ohne die Erfindung der Zeitmaschine, die uns in jene Vergangenheit rasen lässt, als Maya-Gelehrte die Schrift erfanden, werden wir wohl nie dahinter kommen, was sie sich bei ihren Vexierbildern [sic] gedacht haben" (S. 119). Also überleg´ mal! Da wir ja heute die Hieroglyphenschrift der Maya größtenteils lesen können, und da das ja nur durch die Zeitmaschine möglich gewesen wäre, wie uns Don Eric versichert, muss logischerweise ein findiges Forscherteam die Zeitmaschine erfunden haben!

Okay! Auf die Zeitmaschine!

¡Viva la maquina de tiempo!

Hail to the Time Maschine!

Mit dieser Maschine würde ich gern eine Reise machen, um den Mayaschreibern über die Schulter zu schauen, wenn sie ihre Schüler unterrichteten! Dann könnten wir die Mayaschrift komplett entziffern!

Aber die Mayaschrift müsste doch einfach zu entziffern sein!

Warum?

Ist es denn nicht so, dass man eine Schrift umso einfacher entziffern kann, je mehr Texte und Bilder man hat?

So ist es.

Dann muss die Entzifferung der Mayaschrift eben leicht zu machen sein, denn schließlich lernen wir ja von Don Eric: "Alle Tempel sind von Schriftzeichen und Bildern übersät" *(S. 119).*

Halleluja, das wäre ja schön! Er meint also, innen und außen wären alle Mayatempel mit Bildern und Hieroglyphen bedeckt? Tatsache ist, dass kein einziger Mayatempel diese Bedingung erfüllt! Nur ein einziger Tempel überhaupt, der Tempel 1 von Bonampak, ist innen vollständig bemalt. Bei allen anderen Tempeln der Maya sind wir froh, wenn wir ab und zu mal ein Fragment entdecken. Ein paar längere Texte haben wir noch in Palenque, aber das war's dann schon! Deswegen hat man ja über 100 Jahre gebraucht, um überhaupt den Durchbruch zu schaffen in der Entzifferung der Mayaschrift!

Nun erklär doch mal, was man herausgefunden hat!

Hier ist ein typischer Text. Ein wunderschöner Türsturz aus Yaxchilán, dessen Original ich an Ort und Stelle oft bewundern konnte.

Diese antike Mayastadt befand sich am Ufer des Usumacinta-Flusses im heutigen Bundesstaat Chiapas. Diese Stadt existierte in der klassischen Periode.

Auf diesem Türsturz repräsentiert der Künstler einen Herrscher von Yaxchilán und seinen Sohn. Beide führen einen Zeremonialtanz auf. In den Händen halten sie ein Kreuz, welches die Weltenachse darstellt. Den Hieroglyphentext liest man in der Reihenfolge der Buchstaben

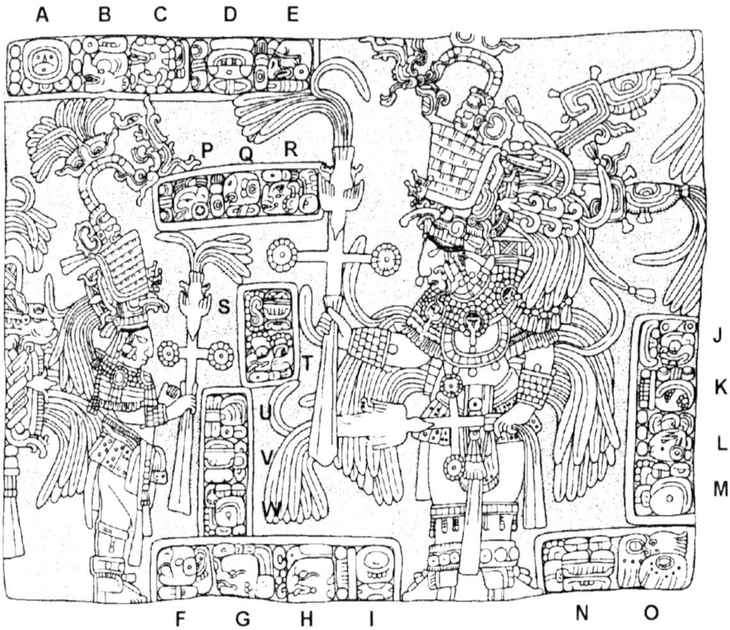

des Alphabets. Der Text besteht aus 2 Sätzen. Der erste ist in großen Hieroglyphenblöcken geschrieben. Er geht von A bis O, und beschreibt den Herrscher. Der zweite Satz geht von P bis W.

Das ist die Lesung:

A	chan ajaw	Am Tag 4 Herr
B	ox te sots´	im Monat 3 Fledermaus
C	tsutsaj	vollendete er
D	u ho' tunik	das fünfte Jahr
E	ta ajawlel	seiner Herrschaft.
F	ak'taj	Er tanzte
G	ta xukpi	mit dem Kreuz des Weltenbaumes,
H	yaxun balam	Vogel-Jaguar,
I	aj k'al bak	der Herr der 20 Gefangenen.
J	u chan	Er ist der Bewacher
K	aj ukum	des Herren Taube.

L	ox k'atun ajaw	Er ist ein Herr des dritten K'atun,
M	k'uhul ch'e'en ajaw	der Heilige Herr des Ortes des Brunnens,
N	k'uhul sian chaan ajaw	der Heilige Herr des Ortes, wo der Himmel geboren wurde
O	bakab	der Atlant der Welt.
P	u bah	Er vollführte
Q	ti ak'ta	den Tanz
R	ta xukpi mit	dem Kreuz des Weltenbaumes,
S	wakaj chaan	"Aufgerichteter Himmel"
T	(unbekannt)	(weiterer Name des Kreuzes)
U	chel te	Regenbogenbaum,
V	noj k'in chaan	Große Sonne des Himmels,
W	k'uhul ch'e'en ajaw	der Heilige Herr des Ortes des Brunnens.

Das Datum "4 Herr 3 Fledermaus" ist ein Datum der Kalenderrunde, das sich alle 52 Jahre wiederholt. Trotzdem können wir das Datum berechnen. Denn wir haben andere Inschriften in der Langen Zählung mit dem Geburts- und Krönungsdatum dieses Herrschers. Er wurde gekrönt am Tag 9.16.1.0.0. Wenn wir die im Text erwähnten 5 Jahre addieren, kommen wir auf das Datum 9.16.6.0.0. Tatsächlich ergibt sich für dieses Datum die Kalenderrunde 4 Ajaw (Herr) 3 Sots' (Fledermaus). Das Datum ist der 7. April 757.
Ein K'atun sind 20 Jahre. Der "Herr des dritten K'atun" bedeutet, dass er zwischen 40 und 60 Jahre alt war. Diese Information ist ebenfalls korrekt, denn wir wissen von anderen Texten, dass er 709 geboren wurde.

Der Herr Taube war ein Kriegsgefangener von König Vogel-Jaguar. Regenbogenbaum ist der Name des Sohnes von König Vogel-Jaguar.

Das ist schon fantastisch, dass man das so lesen kann! Aber wie hat man das denn entziffern können?

Für die Mayaschrift haben wir keine Kartuschen für die Königsnamen wie in der altägyptischen Hieroglyphenschrift. Wir haben auch keinen Rosetta-Stein mit dem gleichen Text in drei verschiedenen Schriftsystemen. Aber wir haben ein paar originale Quellen mit Schrift und Bild. Vor allem haben wir Bilder von Tiergöttern. Glücklicherweise sind die Hieroglyphentexte dazu nicht zu lang. Im Dresdener Codex, z.B. bestehen sie meist aus 4 oder 6 Hieroglyphenblöcken. Hier ist ein Beispiel, ein Detail aus dem Dresdener Codex. Der Hund ist verschiedene Male abgebildet, und

der Text ist immer verschieden. Aber ein Hieroglyphenblock taucht immer wieder auf, so dass man vermuten kann, dass dieser dem Wort "Hund" entspricht.

Nun sucht man andere Hieroglyphen von Tieren, wo die gleichen Zeichen vorkommen. Das sind die Zeichen, die man für die einzelnen Tiere identifiziert hat.

Schildkröte: 

Truthahn: 

Hund: 

Huhn: 

Quetzalvogel: 

Geier: 

Als nächstes schauen wir in alten Wörterbüchern oder befragen die Maya, die ja heute noch ihre Sprache sprechen, wie denn alle diese Tiere in ihrer Sprache heißen. Ich nehme jetzt mal die alte Orthographie, wie sie im 16. Jahrhundert benutzt wurde. Dann würden wir folgendes Ergebnis bekommen:

Schildkröte:  ac

Truthahn:  cutz

Hund:  tzul

Huhn:  ulum

Quetzalvogel:  kuk

Geier:  kuch

Darüber hinaus hat man noch andere Beispiele gefunden:

Last:  cuch

gefangen:  chucah

begraben:  mucah

Kakao:  cacaw

Wenn wir soweit sind, dann ist es nur noch ein kleiner Schritt, alle einzelnen Hieroglyphenzeichen zu entziffern. Auf diese Weise werden die Wörter offensichtlich geschrieben: sie sind aus zwei Silben zusammengesetzt. Man sieht auch, dass die Maya keine Extrazeichen nur für Konsonanten besitzen, sie schreiben also "tzu-lu" für "Hund", sprechen dann aber offensichtlich das letzte "u" nicht mit.

Schildkröte:  ac a + cu

Truthahn:  cutz cu + tzu

Hund:		tzul	tzu + lu
Huhn:		ulum	u + lu + mu
Quetzalvogel:		kuk	ku + ku
Geier:		kuch	ku + chi
Last:		cuch	cu + chu
gefangen:		chucah	chu + ca + ha
begraben:		mucah	mu + ca + ha
Kakao:		cacaw	ca + ca + wa

Bei "Geier" wüsste man jetzt noch nicht, wie das Zeichen genau gesprochen wird. Das zweite Zeichen hat man dann als "chi" entziffert.

Das Maya-Wort für "Kakao" kommt mir bekannt vor!

Natürlich, denn es stammt ja aus der Mayasprache. Genau wie das Wort "Hurricane", das aus dem Quiché-Maya stammt, denn "hun raqan" heißt in ihrer Sprache "Ein Bein". Ist also der einbeinige Gott. Den Text des Bildes mit dem Regengott, der eine Schale mit Kakaobohnen hält, können wir komplett lesen: "ochiy u kakaw chaak ox okwah". Das heißt: "Er klapperte mit den Kakaobohnen, der Chaak. Überfluss an Nahrung (ist die Prophezeiung)."

Das ist jetzt eine vereinfachte Darstellung. In Wirklichkeit ist alles noch viel komplizierter: die Schrift hat sich verändert, es gibt verschiedene Sprachen und Dialekte, die in der Hieroglyphenschrift geschrieben wurden, die Sprachen und die Grammatik haben sich verändert, Götternamen sind selten in den Wörterbüchern enthalten, usw. Aber das Hauptproblem ist natürlich die unzureichende Menge von originalen Quellen!

Also wird man nie alles entziffern können?

Nicht 100 %ig. Aber vielleicht 95%ig.

Na, das wäre ja auch nicht schlecht. Und wie viel Prozent hat man bisher entziffert?

Ungefähr 75 Prozent. So genau kann man das natürlich nicht sagen, denn es gibt Hieroglyphen, die wir nur zum Teil verstehen, z.B. manchmal wissen wir durch die syntaktische Struktur des Textes, dass ein Zeichen ein Name ist, können diesen aber nicht genau phonetisch lesen.

Also sagen wir, dass man deutlich über die Hälfte der Maya-Schrift deuten kann! Damit kann man auf jeden Fall schon etwas anfangen!

Ja, natürlich! Übrigens will ich jetzt nicht den falschen Eindruck erwecken, die Maya hätten ausschließlich Silben verwendet. Wenn das so wäre, dann hätten wir die Schrift schon entziffert!

Da solltest du noch ein paar Beispiele anführen!

Zum Beispiel hier wird das Hauptzeichen "kin" gelesen. Das zweite Zeichen ist phonetisch "ni".

Übersetzt heißt "kin" sowohl "Tag" als auch "Sonne".

Das ist "chikin", das heißt "Westen".

Das ist "lakin", das heißt "Osten".

Warum setzt man dann noch das Zeichen für "ni" dran? Nur das Hauptzeichen würde doch ausreichen!

Es würde ausreichen. Manchmal wird es auch alleine geschrieben. Aber wenn möglich, schreibt man noch ein Extrazeichen, ein "phonetisches

Komplement". Damit kann man die richtige Lesung bekräftigen, also erleichtern.

Also ist es nicht so, wie Don Eric sagt: "Was der Forschung derart große Schwierigkeiten macht, war einstmals eine absichtsvolle Schöpfung: Die heiligen Bücher waren als eine Art von Geheimcode nur für Priester und Eingeweihte bestimmt; die geheimnisvollen Zeichen versagten dem gemeinen Volk den Eintritt in den mystischen Irrgarten der Schrift" (S. 118).

Es ist das ganze Gegenteil! Die Schreiber erleichtern durch die phonetischen Komplemente ungemein die Lesung und Entzifferung der Schrift! Sie wiederholen sogar den Namen von Herrschern in Silbenschrift, damit man genau weiß, wie der Name gesprochen wird!

Hier ist der Name des Herrschers Pacal geschrieben. Die zwei Zeichen links ergeben den Titel "noh kinich", was "Großes Sonnengesichtiges" heißt. Dann folgt ein Symbol, das einen Kriegerschild darstellt. Wir wären nun nicht unbedingt darauf gekommen, was es ist und wie man es ausspricht. Aber die Mayaschreiber haben noch die Silbenzeichen "pa", "ca" und "la" hinzugefügt. Für "pacal" finden wir in einigen Wörterbüchern das Wort "escudo", also "Schild".

Das ist wirklich interessant!

Übrigens benutzen die Maya heute eine neue Orthographie: statt "c" schreiben sie "k", statt "k" schreiben sie "k´", statt "pp" schreiben sie "p´", usw. Die Buchstaben, die sie mit Apostroph schreiben, drücken Laute aus, die wir im Deutschen nicht haben. Zum Beispiel "k´in" für "Sonne" spricht man mit einem Knacklaut aus, also wie ein "k" mit einer Pause.

Hier ist noch ein Beispiel. Den Namen des Herrschers Vogel-Jaguar könnten wir nie exakt lesen ohne die Erwähnung seines Namens in

Silbenschrift auf Lintel 12.
So wird der Name Vogel-Jaguar immer geschrieben. Wir sehen den Vogel und den Jaguar. Bei "Jaguar" wissen wir, dass er "Balam" gesprochen wird. Aber welcher Vogel ist das? Wir wissen nur, dass der Name des Vogels mit der Silbe "ya" beginnt, denn das ist das Zeichen davor.

Aber auf Lintel 12 erscheint dieser Name in dieser Form: als "ya-xu-ni balam", das "x" wird wie "sch" im Deutschen gesprochen. Also ist der Name auf Maya "Yaxun Balam". Der "Yaxun"-Vogel ist ein Blauer Cotinga.

Sehe ich da eine Fledermaus für die Silbe "xu"?

Das ist richtig. Die Silbe "xu" ist abgeleitet vom Wort "xuch". Dafür finden wir im Wörterbuch: "sorber cosas líquidas y calientes", also "Flüssiges und Warmes saugen".

Aha! Das ist also keine gewöhnliche Fledermaus, sondern ein blutrünstiger Vampir!

Siehst du? So spannend kann das Entziffern der Mayaschrift sein!

Ich bin wieder beeindruckt, aber diesmal davon, dass ich deine Ausführungen recht gut verstanden habe. Schließlich bin ich absoluter Neuling auf diesem Gebiet.

Ja, nur keine Angst haben!

Weißt du, was sicherlich noch sehr sinnvoll wäre?

Jetzt einen Tequila zu trinken.

Nein, warte! Ich möchte das neu Gelernte anwenden.
 *heißt kuk*  *heißt auch kuk*   *Ist das ein Kuckuck?*

Spaßvogel!

Ist doch fast dasselbe!

Entweder hast du zuviel, oder zuwenig Tequila intus! Morgen machen wir weiter!

4. Der Mann ohne Bart und die Rindenbücher

Nun kommt ein Paragraph, den Don Eric betitelt mit "Wie Lügen und Teufelswerk vernichtet wurden".

Ich kann mich gar nicht erinnern gelesen zu haben, dass Don Erics Gegner seine Bücher verbrannt hätten...

Also nein, wer wird denn so spöttisch sein! Nein, hier geht es um den Bischof Diego de Landa, der die Maya-Codexe verbrannte.

Ach so.

Über diesen de Landa schreibt Don Eric etwas sehr Illustratives: "Überall tauchte der Spanier in grober brauner Wollkutte und mit dem obligaten Bart auf" (S. 110). Das ist übrigens ein Ölgemälde, das ich in der Marienkammer des Klosters von Izamal fotografiert habe.

Schaut etwas grimmig drein.

Aber so war er eben. So wird er auch im Gouverneurspalast in Merida von Fernando Castro Pacheco gezeichnet. Ein grimmiger, beschränkter Typ! So bekloppt, die Maya-Codexe zu verbrennen!

Sieht recht zugeknöpft aus!

So war auch sein Geist! Zugeknöpft und beschränkt!

Aber Moment mal! "Mit dem obligaten Bart"?! Hab´ ich Tomaten auf den Augen?

Allerdings! Genauso wie ich auch! Ich seh´ nämlich den Bart ebenfalls nicht! Genauso wenig wie die grobe braune Wollkutte!

Irgendwie scheinen da gewisse Klischeevorstellungen bei Don Eric die Oberhand gewonnen zu haben!

Hier ist noch ein Fehler. Don Eric schreibt, die Information über die Maya "notierte er in lateinischer Sprache" (S. 112). Tatsächlich schrieb er die "Relación de las Cosas de Yucatán" in Spanisch. Und den Dresdener Codex brachte Johann Christian Götze nicht "1793 von einer Italienreise" (S. 116) mit, sondern 1739. Seit 1740 taucht er in den Bestandslisten der Sächsischen Bibliothek auf.

Da musst du dich ja auskennen. Hast ja schließlich 12 Seiten des Dresdener Codex selbst nachgezeichnet!

Da fällt mir ein, ich wollte meine Zeichnung auch hier abbilden. Hier ist sie.

Ist es denn wahr, dass der Dresdener Codex aus Palenque stammt?

Nein, wieso denn?

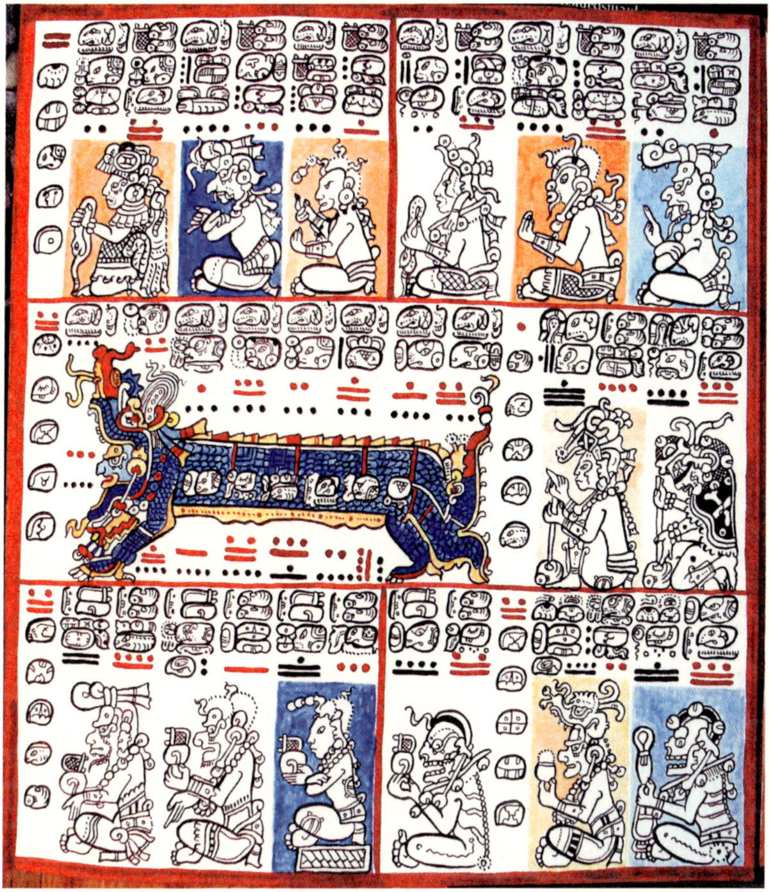

Na, hier steht doch: "Vom Dresdener Codex wird angenommen, dass er ursprünglich aus Palenque stammen könnte" *(S. 116).*

Davon habe ich noch nie etwas gelesen. Da Palenque gegen 850 verlassen wurde, und der Dresdener Codex erst 400 Jahre später geschrieben wurde, scheint mir das auch sehr unwahrscheinlich. Nein, man nimmt gemeinhin an, dass er aus Chichén Itzá stamme.

Aber warum schreibt dann Don Eric, das Alter des Codexes sei unbestimmt?

Das weiß ich nicht.

Sag mal, mich erstaunt aber, dass "die inhaltliche Substanz mindestens 2000 Jahre auf dem Kerbholz der Zeit hat" (S. 117).

Das erstaunt mich auch. Denn durch die ältesten Daten, welche der Dresdener Codex erwähnt, wissen wir ja sehr genau, dass die "inhaltliche Substanz" bis zum Datum 9.9.9.16.0. 1 Ajaw 18 K´ayab zurückreicht. Das entspricht dem 9. Februar 623. Es handelt sich also einfach um eine maßlose Übertreibung! Das letzte Datum im Codex ist 10.19.6.1.8. 12 Lamat 6 Kumk´u, das ist der 27. September 1210.

Sind wohl neuere Forschungsergebnisse?

Ganz und gar nicht! Diese Fakten hat der weltberühmte Mayaforscher Eric, pardon, Sir Eric S. Thompson bereits in den 50er Jahren des 20. Jahrhunderts veröffentlicht, und sie sind reichlich oft zitiert worden.

Aha. Na gut, ist ja verständlich, dass Don Eric solche Sachen schreibt, denn es muss ja in seine Argumentationslinie passen!

Genau! Da haben wir doch vollstes Verständnis!

He, jetzt kommt etwas interessantes für mich: "Der Dresdener Codex aber liefert geradezu ungeheuerliche astronomische Tafeln über Himmelsfinsternisse der Vergangenheit und Zukunft, über die Bahnen des Mondes und der Planeten" (S. 117). Und gucke mal hier: "Sie hatten auch Tafeln mit Daten und Bahnberechnungen unseres Planeten" (S. 123). Oder hier: "Wer brachte ihnen die Fähigkeit bei, die Bahnen der Planeten zu berechnen?" (S. 121).

Nun, letzte Frage kann ich dir ganz schnell beantworten: Niemand! Denn die Maya haben niemals Planetenbahnen berechnet!

He, Mann, was soll das heißen?! Gibt es etwa nichts für mich zu berechen?!

Na, ich würde es vielleicht so sagen: es gibt eine gute und eine schlechte Nachricht.

Na, dann mal die Schlechte zuerst!

Hab´ ich dir doch gerade genannt: von wegen Bahnberechnung! Das kannst du vergessen! Sofern du nicht Umlaufzeit mit Bahnberechnung gleichsetzt!

Na, das geht doch wohl nicht! "Bahnberechnung" heißt doch, dass ich weiß, an welcher Stelle sich der Himmelskörper in Abhängigkeit von der Zeit befindet, d. h. ich kann für jeden Zeitpunkt seine Position angeben und überblicke damit selbstverständlich auch die gesamte Bahn. Aber "Umlaufzeit" heißt nur, wie lange z. B. ein Planet für einen Umlauf braucht, d. h. bis er auf seiner egal wie komplizierten Bahn wieder am gleichen Ort ist. Man muss allerdings noch unterscheiden, welchen Umlauf man meint, in Bezug auf die Sterne, dann sprechen wir von siderischer Umlaufzeit oder in Bezug auf die Erde, wo sich die so genannte synodische Umlaufzeit ergibt.

Besser könnt ich´s auch nicht sagen!

Na gut, aber was ist denn nun die gute Nachricht? Die Beobachtungsdaten der Jupitermonde?

Wie bitte?!

Na, er schreibt doch über den Dresdener Codex: *"Zwei Blätter befassen sich mit der Marsbahn, vier mit Jupiter, dessen Monde nicht einmal »übersehen« wurden. Acht Blätter sind vornehmlich Mond, Jupiter, Saturn und Venus gewidmet, doch fehlen auch der Polarstern, die Sternbilder des Orion, der Zwillinge und Pleyaden in der präzisen Abhandlung nicht, die sogar Kometen zur Kenntnis nimmt"* *(S. 120).*

Äh, hmm. Lass es mich so sagen: Der Gentleman schweigt!

Also wieder mal Hirngespinst!

"Gentleman" hatte ich gesagt!

Also ... So langsam bin ich enttäuscht hier!

Ach komm´! Nun ärgere dich nicht! Hier ist noch die gute Nachricht: Es gibt ein paar sehr interessante Berechnungen über Sonnen- und Mondfinsternisse.

Na, das will ich hoffen! Denn immerhin: "...Auf sieben Blättern der sogenannten Finsternistafeln ist jede Finsternis der Vergangenheit und jede Finsternis der Zukunft abzulesen" (S. 120)!

... was mathematisch gesehen eine unendlich große Anzahl von Finsternissen bedeuten würde....! Aha...!

Nun unterbrich mich doch nicht! Lies doch einfach mal weiter! "1937 schrieb der berühmte deutsche Professor Herbert Noll-Husum in der Zeitschrift für Ethnologie: »Die Finsternistafel ist so genial, daß für Hunderte von Jahren jede einzelne im Gebiet mögliche Finsternis und außerdem als nichtbeobachtbare, theoretische Finsternis jede andere auf den Tag genau bestimmbar und ablesbar ist.« Manche Maya-Forscher hören und sehen all dies mit Unbehagen" (S. 120/ 121).

Ja, zugegeben, da würde mir auch unbehaglich werden! Wenn es stimmen würde, meine ich! Tut es ja natürlich nicht!

Also, was heißt "Unbehagen"?! Die echte Krise würde ich kriegen, wenn das wahr wäre! Da würde ich voll anfangen, an die grünen Männlein zu glauben!

Ja, aber "Keine Panik auf der Titanic!" Da lehnen wir uns ganz entspannt zurück, genießen noch ´nen Tequila und schütteln die Erklärung ganz locker aus dem Handgelenk!

Ja, aber ernsthaft! Das bedeutet also, dass wir diese Sache ganz detailliert untersuchen müssen!

Werden wir, werden wir! Jede einzelne gottverdammte Finsternis im Codex werden wir untersuchen! Aber weißt du was? Das werden wir erst tun, nachdem wir den Leser mit dem Mayakalender vertraut gemacht haben!

Das ist auf jeden Fall notwendig! Denn nach Don Erics Erklärungen wird das bescheidene Wissen, das der Laie vom Mayakalender vielleicht hat, mich eingeschlossen, doch nur hoffnungslos durcheinander gebracht!

Übrigens, hier ging es ja noch weiter! Hier wird ganz dicke aufgetragen: "Acht Blätter wissen von Kämpfen zwischen den Planeten zu berichten" (S. 120).

"Kämpfe zwischen den Planeten"?! Mann, da ist ja richtig was los! Da ist ja Star Wars 'n alter Hut dagegen! Was hat es denn damit auf sich?

Diese Frage kannst du dir selbst beantworten!

Aber wie denn?! Ich kann doch die Mayaschrift nicht lesen! Du bist doch der Mayaexperte!

Ich geb' dir 'nen Tipp: Schau Dir einfach nur die Quellenangabe an!

Mal sehen: Ernst Förstemann, 1906. Ein Druckfehler?

Nein.

Was?! Don Eric zitiert eine Quelle von vor einhundert Jahren?! Als die Mayaschrift noch gar nicht untersucht, geschweige denn entziffert worden war?! Das muss wohl ein Witz sein!!

Das können wir also wieder zu den Akten legen. Übrigens vermute ich, dass Don Eric hier irgendetwas dem guten Professor Förstemann in den Mund gelegt hat. Dem Professor Ernst Förstemann gebührt das Verdienst, das Zahlensystem der Maya entziffert zu haben. Ebenso, eine hervorragende Druckversion des Dresdener Codex veranlasst zu haben. Deswegen verehren ihn die Mayaforscher sehr. Mit ihm beginnen die bescheidenen Anfänge der Erforschung des Dresdener Codexes, aber "Kämpfe zwischen den Planeten", angeblich vor 100 Jahren entziffert, dürfen wir geflissentlich übersehen! Heute wissen wir, dass der Dresdener Codex die Umlaufzeiten von Mars und Venus beschreibt, sowie Sonnen- und Mondfinsternisse. Mehr nicht!

Und Jupiter?

Falsch! Jedenfalls nicht im Dresdener Codex. Wohl aber in der Geschichte von Palenque.

Jupitermonde?

Falsch!

Merkur?

Falsch!

Saturn?

Falsch!

Polarstern?

Falsch! Jedenfalls nicht im Dresdener Codex. Aber im Madrider Codex.

Zwillinge?

Falsch! Nicht im Dresdener Codex. Aber auf Keramikvasen und Wandgemälden.

Pleyaden?

Falsch! Auch nicht im Dresdener Codex. Aber im Popol Vuh erwähnt.

Kometen?

Falsch!

"Die Sternbilder des Orion" (S. 120)?

Falsch. Nichts von alledem ist im Dresdener Codex enthalten. Das Sternbild des Orion ist im Madrider Codex abgebildet. Das ist eine Schildkröte, welche 3 Steine auf dem Panzer trägt. Sie stellen die 3 Herdsteine dar, welche das Symbol des Zentrums der Mayahütte sind, und der Rauch der Feuerstelle wird durch den Orionnebel repräsentiert. Der Schildkrötenpanzer ist auch der Ort, wo der Maisgott wiederaufersteht.

Warum das?

Weil der Maisgott auch in der Mayahütte wiederaufersteht.

Aber der Mais wächst doch nicht im Haus!

Es ist eine Szene aus dem Popol Vuh.

Aus der "Mayabibel".

Die Göttlichen Zwillinge pflanzen 2 Maissprösslinge in der Hütte der Großmutter an, bevor sie in die Unterwelt hinabsteigen. Diese dienen der Großmutter als Zeichen. Als die Zwillinge starben, verwelkten die Pflanzen. Aber als sie wiederauferstanden, keimten sie erneut aus. Daher die Assoziierung Maisgott - Schildkrötenpanzer. Dieses Motiv der Maya-Mythologie wird oft auf antiken Keramiken der Maya dargestellt.

Moment mal. Ich habe doch gelernt, dass "den Maya Mythen fremd waren wie böhmische Dörfer" (S. 165)!

Das ist der größte Unsinn den ich je gehört habe! Vergiss das mal schnell!

Schau mal, er schreibt weiter: "Denen waren die heiligen Bücher so wahr und echt in allen Aussagen wie den Christen die Evangelien" (S. 165).

Also meint Don Eric, man müsste das Popol Vuh wortwörtlich verstehen? Dann verstehe mal diesen Absatz wortwörtlich!

Are k´ut kisamajel ri tukur:Ch´ab´i Tukur, Juraqan Tukur, Kak´ix Tukur, Jolom Tukur.Ke´ucha´xik usamajel Xib´alb´a.Are ri Ch´ab´i Tukur k´eje ri ch´ab´ xa kopkik;are k´u ri Juraqan Tukur xa jun raqan, k´o uxik´;are k´u ri Kak´ix Tukur q´aq´ rij, k´o uxik´; are chi nay puch ri Jolom Tukur xa utukel ujolom, maja b´i raqan, xa uxik´ k´olik.E kajib´ ri samajel rajpop, achijab´ keq´alem.

Und diese ihre Boten sind Eulen: die Pfeileule, die Einbeineule, die Papageieneule und die Schädeleule. So nannte man die Boten der Unterwelt. Die Pfeileule fliegt geschwind wie ein Pfeil, die Einbeineule hat nur ein Bein, außer den Flügeln. Die Papageieneule hat einen feuerroten Rücken und auch Flügel. Doch die Schädeleule besteht nur aus einem Kopf mit Flügeln; Beine hat sie nicht. Diese vier Boten waren auch Herren; Wächter des Thrones war ihr Rang.

Oh ja, jetzt können wir die Biologen losschicken, um in den Urwäldern von Chiapas einbeinige Eulen zu suchen! Aber noch besser gefällt mir die Eule die nur aus einem Kopf mit Flügeln besteht!

Also, es handelt sich doch eindeutig um mythologische Figuren!

Ich sehe, wir schweifen vom Thema ab und kommen auf Dein Lieblingsthema zu sprechen!

Oh ja, da musst du mich bremsen, sonst werden wir heute nicht mehr fertig!

Nun wissen wir also, was im Dresdener Codex beschrieben ist, und was nicht. Aber ist es denn denkbar, dass die Bücher, welche die Spanier ver-

nichtet haben, Informationen über Jupiter und Saturn oder die Sternbilder enthielten?

Das ist möglich! Aber da dieser Idiot de Landa sie verbrannt hat, werden wir es nie mehr erfahren!

Höchstens man findet noch einen Codex!

Das wäre super! So ein Manuskript würde bei einer Auktion wahrscheinlich Millionen einbringen!

Auf diesen De Landa bist du offensichtlich nicht gut zu sprechen!

Natürlich nicht. Aber nicht allein, weil er die Codexe verbrannt hat. Dass er eine wirklich beschränkte und arrogante Person gewesen war, davon gibt er ja selbst Zeugnis ab!

Wie denn das?

Dazu schauen wir uns mal die berühmte Stelle an, welche das so genannte "Landa-Alphabet" beschreibt.

"Ich werde nun ein ABC ihrer Buchstaben anführen, denn mehr lässt ihre Schwerfälligkeit nicht zu, weil sie für alle gehauchten Laute vor den Buchstaben ein besonderes Schriftzeichen gebrauchen, und danach verbinden sie es mit dem Teil eines anderen Schriftzeichens, und so geht es in infinitum weiter, wie man an dem folgenden Beispiel sehen kann. Le heißt Schlinge und mit ihr jagen; damit sie Le in ihren Schriftzeichen schreiben konnten - denn wir hatten ihnen erklärt, dass es zwei Buchstaben seien - benutzten sie drei, wobei sie für den Hauchlaut bei dem L den Vokal E setzten, den das L vor sich mitführt, und dabei irren sie sich nicht, obgleich sie aus Genauigkeit (ein weiteres) E gebrauchen, wenn sie wollen. Zum Beispiel:

e l e lé

Am Ende hängen sie dann die miteinander verbundenen Teile an. Ha bedeutet Wasser, und weil das H ein A vor sich hat, schreiben sie es am Anfang mit A und am Ende auf die folgende Art:

a ha

Sie schreiben es auch in einzelnen Teilen, doch würde ich hier weder das eine noch das andere anführen und behandeln, wenn es nicht deshalb wäre, um einen vollständigen Bericht über die Angelegenheiten dieser Leute zu geben: Ma in Kati bedeutet ich will nicht, und sie schreiben es auf diese Art in einzelnen Teilen:

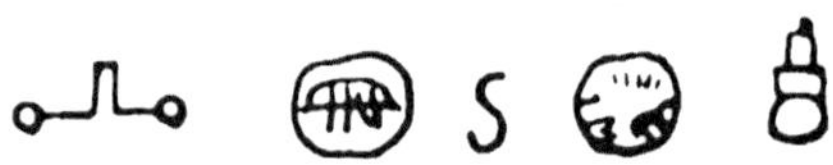

ma i n ka ti

Es folgt ihr Abc:

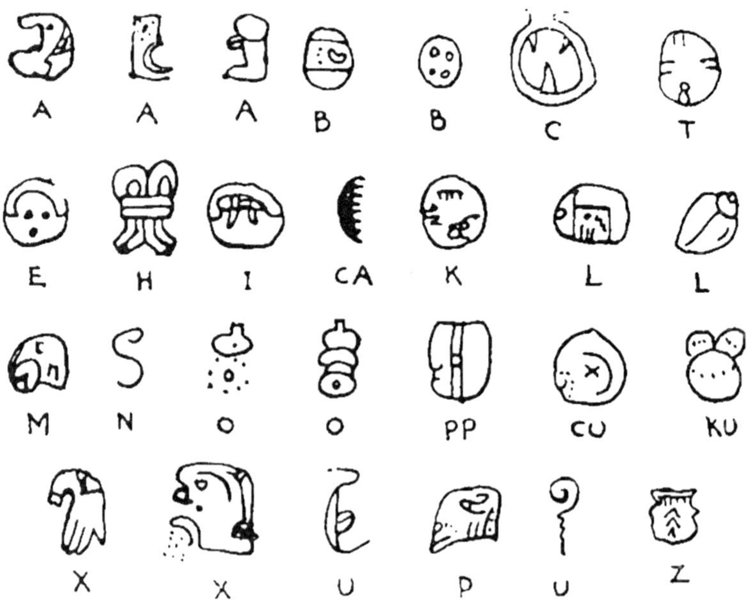

Die hier fehlenden Buchstaben sind in ihrer Sprache nicht vorhanden, und sie hat weitere, die der unseren hinzugefügt werden, um andere Dinge auszudrücken, die für sie notwendig sind; jetzt gebrauchen sie ihre Schriftzeichen für nichts mehr, besonders gilt das für die jungen Leute, die unsere Buchstaben erlernt haben." [deLa90a]

Das ist also seine komplette Abhandlung der Mayaschrift?!

Leider!

Das ist schon ein erstes Zeichen seiner Borniertheit, denn er muss ja gewusst haben, dass die Maya viel mehr Schriftzeichen hatten.

Aber in seiner Dummheit ging er eben davon aus, wenn er nur ein Abc kennt, können eben die Maya auch nur ein Abc benutzen.

Fragt sich also, wer hier "schwerfällig" war!

Aber es kommt noch dicker! Dazu müssen wir den Leser daran erinnern, dass man den Buchstaben L im Spanischen als "ele" ausspricht, und das H nicht als behauchten Laut, sondern als "atsche". Tatsächlich wird ja das "h" in spanischen Wörtern fast nie mitgesprochen, es bleibt also stumm. Was der Maya-Informant dem Diego de Landa nun aufschrieb, waren nicht die Wörter für Schlinge und Wasser, sondern das, was ihm diktiert wurde, denn dieser arrogante Spanier wusste ja alles besser.

Wie hätte der Maya denn das Wort "Schlinge" schreiben müssen?

Gib mal Stift und Papier!
Okay. Er hätte 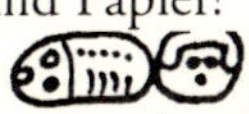 geschrieben für "Schlinge". Das ist in Maya "le", aber er hätte geschrieben "le-e". Das "e" wird noch drangehängt, optional aber, um das Wort abzuschließen, denn man schreibt ein Wort lieber mit 2 Zeichen als mit einem.

Was hat er stattdessen geschrieben?

Wie wir sehen, hat er "e-le-e-le" geschrieben: 

Und warum das?

Weil diesem Hijo de su puta madra stupid m□♦♒♏❒♐♦🕮 ♍&♏❒(- pardon my French!) Bischof de Landa dünkte, er müsse dem Maya vorschreiben, wie er seine auf jahrtausendealter Tradition beruhende Hieroglyphenschrift hätte schreiben müssen! Er sagt dem Maya also: So wie du schreibst, ist es falsch! Wenn das Wort "Schlinge" auf Maya "le" ist, dann sind das zwei Buchstaben: "ele" und "e". Er ließ also dem Armen gar keine Wahl und der Maya schreibt dann eben "e-le" und hängt noch das "e" dran, um "le" zu schreiben, nach dem Motto "e-le + e = le".

Und das Wort "Wasser"?

Na, das gleiche in Grün! Für "Wasser" hätte er so schreiben müssen: Das ist in Maya "ha". Er hätte vielleicht noch ein "a" drangehängt. Aber stattdessen schrieb der Maya, also "a-tsche ha". Denn dieser de Landa hatte ihm ja erklärt wie er es schreiben müsse, nämlich zwei Buchstaben: "h" und "a", was man auf Spanisch eben spricht "atsche" und "a". Und der Maya schrieb "a-tsche ha", was die Spezialisten umschreiben würden mit "a-che ha". Wenn der

de Landa also schreibt "und weil das H ein A vor sich hat, schreiben sie es am Anfang mit A", dann ist das großer Schwachsinn, denn der Maya schrieb ja nur so, weil der Depp De Landa das ihm so diktierte! Aber in seiner Beschränktheit hat das der ehrenwerte Herr Bischof nicht mitgekriegt!

Das ist schon ein saudicker Hund!

Das "a" ist übrigens eine Schildkröte. Sie taucht noch einmal in Landas Abc auf. Das zweite Zeichen ist ein Bündel, was die Maya als "che" (auf Deutsch "tsche" gesprochen) und als "chel" lesen.

Warum steht die Schildkröte für den Buchstaben "a"?

Weil "Schildkröte" auf Maya "aak" heißt. Davon ist das "a" abgeleitet.

Dieser Maya muss sich auch gewundert haben, warum die Spanier einen Buchstaben so kompliziert aussprechen, als "atsche". Als Deutscher leuchtet mir das ja auch nicht so ein!

So ist es nun mal! Denke mal an das "y". Wir sprechen "Ypsilon". Aber eine Sprache muss man eben so nehmen wie sie ist. Jedenfalls hatte der arme Maya dann bald die Schnauze voll, und er meinte dann zum Schlaumeier Bischof de Landa: Guck mal, hier hab' ich noch ein schönes Beispiel für dich: "ma in kati":

Das kannst du in dein schlaues Notizbuch schreiben: das heißt: Ich will nicht (mehr)! Mir reicht nämlich deine Dümmlichkeit und Arroganz!

Jedenfalls hat man dadurch noch ein paar Zeichen entziffern können!

Ja, natürlich. Aber es ist doch traurig, wie dieser Trottel so eine einmalige historische Chance hat verstreichen lassen! Dafür soll er für immer in der Hölle schmoren!

Da ist Don Eric ein Waisenknabe gegen ihn!

Na, er richtet ja keinen Schaden an!

Ich glaub', jetzt brauchst du wirklich einen Tequila!

Das ist wahr! Schenk ein!

Warum heißt das eigentlich "Schenk ein!"?

Genau! "Schenk zwei!" Doppelt hält besser!

Salut!

Jetzt brauch´ ich erst mal ´ne Pause!

Ich auch!

Kampai!

!Salud Compadre!

На здоровье! Давайте, выпим товарищи!

Cheers!

Hat man denn den Hieroglyphentext auf dieser Vase schon entziffert?

Zum Teil! Es muss wohl in etwa heißen: "Ich glaub´ unser Kumpel Kleiner Nasenbär hat seinen Rüssel etwas zu tief in den Agavenweinbecher gesteckt!"

5. Die X-Akte der Maya

Hast du noch was Interessantes gefunden?

Allerdings. Ich denke, wir sollten das Problem der Genauigkeit untersuchen! Denn schließlich führt Don Eric immer diese beeindruckenden Genauigkeiten des Mayakalenders an, so dass der Leser gehalten ist, zu denken, das muss Wissen von außerirdischen Wesen sein!

Schieß los!

Also, wir fangen mal mit etwas Einfachem an. Sag mir mal, wie lang ist das Jahr im Julianischen Kalender?

365,25 Tage.

Richtig. Und im Gregorianischen?

365,2425 Tage.

Ich sehe, du kennst dich aus. Und im Mayakalender?

365 Tage.

Was? Keine Kommastellen?

Nein. Der Kalender der Maya funktioniert prinzipiell nur mit einer Länge von 365 ganzen Tagen. Anders geht das gar nicht. Im nächsten Kapitel werden wir das sehen. Gelegentlich liest man die Angabe 365,2420 Tage für die Länge des Mayajahres. Von einem Chemiker namens John Teeple in den 50-iger Jahren des 20. Jahrhunderts berechnet. Also wohlgemerkt vor der Entzifferung der Mayaschrift. Nur das Zahlensystem hatte man bis dahin entziffert. Auf seinen Geschäftsreisen hatte Mr. Teeple statt Kreuzworträtsel immer ein paar Mayainschriften im Gepäck und er machte es sich zur Aufgabe, die exakte Jahreslänge des Mayakalenders zu bestimmen. Er jonglierte die Daten und Distanzzahlen so lange hin und her, bis das gewünschte Ergebnis herauskam. Heute wissen wir, dass die angeblichen astronomischen Korrekturtexte der Maya in Wirklichkeit historische Ereignisse beschreiben, in der Art "soundsoviel" Zeit nach dem Initialdatum wurde der Herrscher "Soundso" geboren, weihte Tempel ein und so weiter. Das war also eine Niete, eine Sackgasse. Aber die angebliche Genauigkeit des Mayakalenders spukt ab und zu noch durch die Pseudo-Maya-Literatur.

Sagtest du 365,2420 Tage?

Genau.

Jetzt schau dir mal diese Zitate von Don Eric an. Auf Seite 123: "*Kann man es sich überhaupt in ganzer Tragweite ins Bewußtsein holen, daß die Maya die Umlaufbahn der Erde um die Sonne mit vier Stellen hinter dem Komma - mit 365,2421 Tagen kannten! Die Ziffer ist genauer als die unseres Gregorianischen Kalenders, der mit 365,2424 Tagen rechnet. Computer liefern eine gegenwärtige Umlaufzeit von 365,2422 Tagen" (S. 123). Aber 12 Seiten weiter, schon im nächsten Kapitel, gibt er ganz andere Zahlen an: "Zum Vergleich:*

Julianischer Kalender (galt bis 1582 n. Chr.)	*365,250 000 Tage*
Gregorianischer Kalender (gilt seit 1582)	*365,242 500 Tage*
Maya-Kalender	*365,242 129 Tage*
Absolute astronomische Berechnung	*365,242 198 Tage"*
(S. 134)	

Das heißt, für den Gregorianischen Kalender gibt er schon mal 2 verschiedene Jahreslängen an!

Genau. Und beide sind falsch! Offensichtlich weiß er nicht einmal, wie unser eigener Kalender funktioniert! Richtig wären 365,2425 Tage. Nicht 365,2424 und auch nicht 365,242500.

Jetzt werden dir einige Leute sagen: "365,242500 und 365,2425 ist doch das Gleiche!"

Vielleicht im Supermarkt! Aber nicht im Physikpraktikum! Denn die erste Zahl drückt ja aus, dass ich die Jahreslänge auf 6 Stellen hinter dem Komma weiß. Ich weiß also, dass an fünfter Stelle eine Null stehen muss, aber das ist ja offensichtlich nicht wahr!

Aber das ist jetzt nur ein Detail. Nun erkläre aber mal den Trick, wie die Maya auf diese Genauigkeiten kommen!

Gut. Wir nehmen jetzt mal nicht die Venus, sondern den Mond. Mit Venus kennt sich nicht jeder aus, aber jeder weiß was eine Mondphase ist oder wie lange eine Lunation, also ein Mondmonat, dauert, das heißt ein Umlauf des Mondes um die Erde, zum Beispiel von Vollmond bis zum nächsten Vollmond.

Das frage ich gelegentlich meine Gäste. Ist ja mehr eine rhetorische Frage. Dann sagen sie 28 Tage (meistens die jungen Damen, die die Pille nehmen, glaub´ ich) oder 29 oder 30. Gelegentlich kommt 29,5.

Das ist schon sehr gut! Also, du hattest mir gesagt, dass die Maya eine Mondformel kannten, welche 29,530864 Tagen entspricht.

Richtig.

Aber die Maya hatten doch keine Dezimalzahlen?

Nein, nur ganze Zahlen. Sie würden also sagen "405 Lunationen dauern 11960 Tage". Und da können wir ja umrechen, dass das 29,530864 Tage sind.

Das nennt man übrigens eine "mündliche gebrochene Zahl".

Das ist ja prima. Ich wusste gar nicht, dass es dafür einen Namen gibt.

Ja, natürlich, wir Mathematiker überlassen nichts dem Zufall! Jetzt rechnen wir mal den Fehler aus. Zuerst müssen wir die Mayazahl runden, denn bei 29,530864 ist ja schon in der vierten Stelle der Fehler. Also wären das 29,5309. Dann runden wir auch den exakten Wert auf 29,5306. Damit ergeben sich:
29,5309 Tage - 29,5306 Tage = 0,0003 Tage Fehler.

Die Leute wollen aber immer wissen, wie viele Sekunden das sind!

Das wären 26 Sekunden Fehler pro Tag. Jedenfalls liegt der Fehler in dieser Größenordnung, wir hatten schließlich gerundet.

Das klingt mächtig gewaltig beeindruckend! "Nur sechsundzwanzig Sekunden Fehler! Wie haben sie das bloß gemacht?! Das können doch die primitiven Maya-Astronomen gar nicht gewusst haben, da müssen doch die Aliens diese Info heruntergebeamt haben!" würde Don Eric sagen!

Ich sehe, du könntest auch solche Bücher schreiben!

Aber so gut wie Don Eric wär´ ich niemals!

Aber jetzt müssen wir den Trick wirklich erläutern! Denn da liegt ja der Hase im Pfeffer! Auf dieser Genauigkeit beruhen ja diese oder ähnliche Statements. Pass auf! Hier kommt eines meiner Lieblingszitate Don Erics: "*Irgend etwas Unentdecktes muß es zu Zeiten der Uranfänge der Maya gegeben haben. Mit Berechnungen allein läßt sich nicht ermitteln, daß die Venusbahn alle 6000 Jahre um einen Tag nachgestellt werden muß. Berechnungen werden nicht aus dem Ärmel gezaubert, sie sind Ergebnisse vorausgehender Beobachtungen. Wieviel Generationen absolut fehlerfreier Datenüberlieferungen wären denn eigentlich nötig gewesen, um mit vollendeter Sicherheit das Resultat zu erbringen, dass die Venusbahn alle 100 Jahre um eine halbe Stunde zu korrigieren war? Einige Jahre dürften genügen, meinen Astronomen. Sowas läßt sich aus den Elfenbeintürmen mit modernster Elektronik ausgestatteten Observatorien - die noch dazu an erlesenern Orten in großen*

Höhen keimfreier, immer klarer Luft residieren - leicht in den Dschungel husten! Die Maya hatten - es ist zu dumm, aber man muß es immer wieder aussprechen - keine Messgeräte, keine Radioteleskope, sie waren ein Steinzeitvolk, das nicht einmal über Metall verfügte. Irrtum! tönt es aus dem Elfenbeinturm in lichter Höhe. Maya-Astronomen, Maya-Priester hätten unendlich viel Zeit gehabt, sie hätten auf den Spitzen der steilen Stufenpyramiden - vermutlich im Schneidersitz - hocken und zum Himmel emporstarren können. Von dort aus wäre es dann ein leichtes gewesen, prima-prima Winkelberechnungen der Planetenbahnen vorzunehmen. Das meinen Herren, die 11 x 17 mit dem Taschencomputer ausrechnen! ... Wie viele Priester- und Astronomengenerationen sollen denn auf Pyramidenspitzen vergammelt sein, ehe sie mit den Daten der Venusumlaufbahn herabstiegen?" (S. 124/125).

Jawohl! Das ist ein Klassiker!

So isses!

Nun geht es um die Wurst!

Warum?

Na, wenn wir nicht erklären, wie die Maya diese Genauigkeiten erreichten, dann muss ja jeder Leser fast zwangsläufig glauben, dass dieses esoterische Wissen nur von Außerirdischen stammen konnte!

Aha. Du kennst den Trick, oder?

Ja logisch! Aber erklär´s noch mal zum Mitmeißeln!

Okay. Nehmen wir an, es ist Vollmond. Jetzt zählen wir die Tage bis zum nächsten Vollmond. Wie viele Tage vergehen?

29 oder 30 Tage.

Okay. Jetzt warten wir mal 10 Lunationen ab. Also 10 mal von Vollmond bis Vollmond. Wie viele Tage vergehen?

Es vergehen 294 oder 295 oder 296 Tage, wenn wir von einem Fehler von plus minus einem Tag ausgehen.

Spielt es eine Rolle wenn der Himmel mal bedeckt ist?

Spielt keine Rolle. Wenn der Himmel mal 2 oder 3 Tage bedeckt wäre, könnte ich ja trotzdem die Anzahl der vergangenen Tage zählen.

Gut. Wie viele Tage dauert also dann eine durchschnittliche Monatslänge?

Na, das wäre entweder 29,4 oder 29,5 oder 29,6 Tage.

Okay. Jetzt beobachte ich 100 Lunationen lang. Das sind 8 Jahre. Jeden gezählten Tag schreibe ich auf. Von den Maya wissen wir ja mit Sicherheit, dass sie keinen Tag verlieren oder vergessen, denn sie haben ja ihren Kalender Tag für Tag 2000 Jahre lang geführt! Wie viele Tage vergehen, wenn wir 100 Vollmonde beobachten?

Das wären 2952 oder 2953 oder 2954 Tage.

Stimmt. Welche durchschnittliche Monatslänge ergibt das?

Das ergäbe 29,52 oder 29,53 oder 29,54 Tage.

Klar. Und nach 1000 Lunationen?

Das wären 29530 oder 29531 oder 29532 Tage.

Genau. Also wüssten die Maya nach 80 Jahren Beobachtungszeit, dass etwa 29531 Tage vergangen wären. Das wäre also die Mondformel nach 1000 Lunationen Beobachtungszeit. Das heißt, die durchschnittliche Dauer von Vollmond zu Vollmond würde im Schnitt 29,531 Tage dauern. Jetzt müssten wir noch klären, wie viele Jahre die Maya gebraucht haben von der ersten Mondbeobachtung bis zur ersten Berechnung. Das können wir vielleicht nur abschätzen.

Überhaupt nicht! Das können wir sogar ziemlich genau sagen!

Wie denn das?

Dazu sollten wir uns eine typische Inschrift anschauen, die die Mondserie enthält. Hier ist ein schönes Beispiel, ein Teil einer Inschrift aus Yaxchilán. Hier sehen wir die komplette Mondserie für den Tag 9.13.17.12.10. 8 Ok 13 Ya'ax. Das ist der 28. August 709. An diesem Tag wurde der Herrscher Vogel-Jaguar von Yaxchilán geboren. Die Hieroglyphen lesen wir von oben nach unten in Doppelspalten. Also nicht "manchmal" ("... manchmal sind Glyphenkolonnen paarweise nebeneinander zu lesen." (S. 119)), sondern immer werden die Hieroglyphen so gelesen, wenn es mehrere Spalten gibt. Hier heißt es: "Es ist der 15. Tag seit der Ankunft des Neumondes (da war also gerade Vollmond). Es ist der fünfte Monat unter Hunhunajpu. X5 ist der Name des jungen Mondes. Die Länge des Monats beträgt 30 Tage." Die dritte Hieroglyphe enthält immer einen Koeffizienten, zwischen 1 und 6. Von dieser Hieroglyphe gibt es 3 Varianten. Das ergibt 18 verschiedene Möglichkeiten. Diese Hieroglyphe nennen wir den Mondmonat. Von der nächsten Hieroglyphe gibt es ebenfalls 18 Varianten. Diese vierte Hieroglyphe, der Schädel mit den gekreuzten Beinen, ist noch nicht entziffert. Wir wissen aber, dass sie den Namen des Monats bezeichnet. Man nannte sie früher die X-Glyphe, daher X5.

Und wie hilft uns das nun weiter?

Ganz einfach! Wir wissen durch Untersuchung vieler Mondserien, dass am Nulltag der Langen Zählung der Maya, am 13. August 3114 vor Christus, der erste von 18 Mondmonaten war! Da die Maya ja an diesem Tag noch nicht existierten, müssen also die Mondmonate irgendwann einmal berechnet worden sein!

Das leuchtet ein. Dazu müssen die Mayaschreiber aber eine recht gute Mondformel gekannt haben.

Genau! Das Interessante ist nun, dass die frühen Inschriften der Maya nur das Mondalter, das heißt die Zahl der Tage seit der Ankunft des Neumondes, in unserem Fall 15 Tage, verzeichnen. Und erst viele Jahre später schreiben sie auch den Mondmonat mit, in unserem Fall der 5. Monat (unter Hunhunajpu).

Für das Mondalter braucht man ja nichts zu berechnen. Wenn wir also wissen, wie viele Jahre vergangen waren von der ersten Mayainschrift, die ein Mondalter angibt bis zur ersten Mayainschrift, die außer dem Mondalter auch den Mondmonat verzeichnet, dann wissen wir, wie viele Jahre die Maya den Mond beobachtet hatten, um ihre Mondformel zu bestimmen!

Genau! Da brauchen wir nur hier in diesem Artikel nachzuschauen. Da hat sich mal ein Hobbyforscher, den der Nikolai Grube seinen Studenten vorstellte mit den Worten: "Das ist der einzige ostdeutsche Mayaforscher!" schon mal den Kopf zerbrochen, nachdem der Nikolai ihm einen ganzen Packen Kopien mit Mondserien auf den Tisch gepackt hatte, nach dem Motto: "Hier, wenn du was forschen willst, dann untersuche mal die X-Glyphe der Mondserie! Keiner weiß so recht, was sie bedeutet!"

Das war dann quasi die X-Akte der Maya-Forschung! [Roha96]

Genau! Von diesem Autoren stammt auch die Entdeckung, dass der Mondmonat am Nulltag der <u>erste</u> Mondmonat war. Hier ist nun die für uns entscheidende Stelle: "Die erste Inschrift mit einem Element der Mondserie [gemeint ist das Mondalter - die Autoren] stammt von der Hauberg-Stele mit einem Long Count-Datum 8.8.0.7.0., was dem 9. Oktober 199 n.Chr. entspricht. Die erste Mondserie mit Nullfehler [gemeint ist der richtig berechnete Mondmonat - die Autoren] stammt von einer Inschrift aus Tikal, die am 16. Januar 378 n.Chr. (8.17.1.4.12.) den Sieg über Uaxactun verzeichnet. Zwischen beiden

Daten liegen 65.112 Tage."

Das heißt 65 112 Tage. Das sind 2204 Lunationen!

Eine ganze Menge!

Natürlich! Rechnen wir mal die Genauigkeit nach 2200 Lunationen aus!

Dann wären 64 966 oder 64 967 oder 64 968 Tage vergangen. Wir würden eine durchschnittliche Monatslänge von 29,5300 oder 29,5304 oder 29,5309 Tagen erhalten.

Das sieht gut aus!

Warum?

Weil der Wert der Maya-Mondformel mit 29,5308 genau dazwischen liegt!

Super!

Und das bei einem angenommenen Fehler von einem ganzen Tag! Wenn sie nur zwischen "früh", "mittags", "abends" und "nachts" unterschieden hätten, wären sie noch schneller auf diese Genauigkeit gekommen oder hätten diese Genauigkeit noch erhöhen können!

Der Trick besteht also ganz einfach darin, die Tage zu zählen und die Anzahl der Neumonde oder Vollmonde zu zählen!

Nix mit Winkelberechnung oder Radioteleskop!

Selbst halb besoffen vom Agavenwein hätten die Maya-Astronomen noch diese Genauigkeit erreicht!

Das Gleiche gilt dann analog für Venus oder Mars!

Zu berechnen gab es also nichts! Einfach nur beobachten!

6. Wie der Mayakalender wirklich funktioniert

Aber jetzt schauen wir uns endlich mal den Maya-Kalender an! Denn nachdem ich Don Erics Beschreibung gelesen hatte, wusste ich weniger als vorher! Don Eric scheint da etwas im Dunkeln zu tappen!

Das scheint mir noch geschmeichelt!

Kannst du uns vielleicht mal diese Angelegenheit beleuchten?

Natürlich! Da wird dir gleich ein Licht aufgehen, denn die Sache mit dem Mayakalender ist eigentlich nicht so kompliziert, wie oft behauptet wird. Das ist ein Mythos der wohl darauf beruht, dass er meist falsch erklärt wird, und Don Eric hat seinen Teil dazu beigetragen.

Wir sollten mit dem Einfachen anfangen, mit den Zahlen!

Die Maya verwenden 3 Symbole: eine Muschel für "null", einen Punkt für "eins" und einen Strich für "fünf". Die größte Ziffer ist die "neunzehn". Für die Zahlen aber gibt es kein Limit.

0 1 2 3 4 5 10 19

Ab der 20 muss man ein Positionssystem benutzen. Während wir die größeren Potenzen links voranstellen, denn z.B. "12" heißt ja 1 × 10 + 1 × 2, schreiben die Maya die größere Potenz darüber. Die 20 wäre oben ein Punkt und unten eine Muschel, die 25 wäre oben ein Punkt, unten ein Strich. Wichtig ist dabei, etwas Abstand zu lassen, um nicht die 25 mit der 6 zu verwechseln.

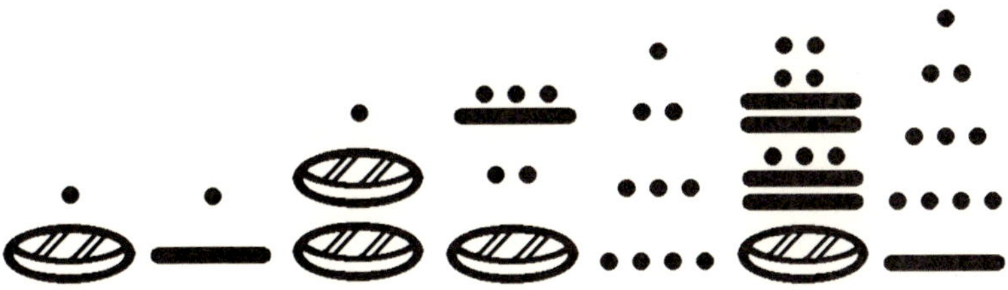

Don Erics Erklärung der Maya-Zahlen ist übrigens falsch. Angeblich würden Maya-Zahlen immer in reinen Zwanziger-Potenzen geschrieben. Also 1, 20, 400, 8000, 160 000 usw. Das gilt aber nicht wenn man Tage zählt. Wohlgemerkt nicht nur im Datum der Langen Zählung, sondern auch bei Distanzzahlen wird immer die Reihe 1, 20, 360, 7200, 144 000 usw. verwendet. Die Zahl 18980 schreibt man also als 2.12.13.0. Nicht als 2.7.9.0. wie es Don Eric schreibt. Wenn ich mit seiner Methode die Tage und Daten berechnen will, dann komme ich nicht weit. Z.B. finden wir im Dresdener Codex die Zahl 8.2.0. am Ende der Venustafel. Diese entspricht 8 × 360 + 2 × 20 + 0 × 1 Tagen, also 2920 Tagen. Das ist die bekannte Formel: 5 Venusjahre = 8 Erdenjahre: 5 × 584 = 8 × 365 = 2920. Wenn ich wie Don Eric 8 × 400 + 2 × 20 rechnen würde, sähe ich alt aus.

Nun machen wir mal weiter mit der Erklärung des 260-Tage-Kalenders.

Wir haben in unserem Kalender eine Woche von 7 Tagen. Die Maya haben eine Woche von 20 Tagen, mit 20 verschiedenen Tagen Ich schreibe jetzt mal sowohl die traditionelle als auch die moderne Schreibweise (in Klammern):

Imix (Imix)	Cimi (Kimi)	Chuen (Chuwen)	Cib (Kib)
Ik (Ik´)	Manik (Manik´)	Eb (Eb)	Caban (Kaban)
Akbal (Ak´bal)	Lamat (Lamat)	Ben (Been)	Etznab(Ets´nab)
Kan (K´an)	Muluc (Muluk)	Ix (Hiix)	Cauac (Kawak)
Chicchan (Chikchan)	Oc (Ok)	Men (Men)	Ahau (Ajaw)

Bei den Tageshieroglyphen gibt es zum Teil erhebliche Unterschiede.

Vor allem in den Codexen sehen sie oft etwas anders aus, darum gebe ich hier beide Varianten in meinen Zeichnungen wieder. Die folgende Zeichnung zeigt die Variante der Steleninschriften:

Aber nun schreiben ja die Maya immer eine Zahl vor das Tageszeichen.

Stimmt. Das ist etwas Neues. Wir müssen daran denken, dass nach dem Tag Ahau wieder der Tag Imix folgt. Das ergibt einen 20-tägigen Zyklus, während unsere Woche einen 7-tägigen Zyklus formt. Nun stellen wir uns vor, dass den Maya dieser 20-Tage-Zyklus zu klein war. Sie wollten einen größeren, darum geben sie jedem Tag noch einen Koeffizienten. Wir haben also 1 Imix, 2 Ik, 3 Akbal usw. bis 13 Ben. Dann kommt wieder die 1, denn die Koeffizienten gehen nur von 1 bis 13. Also kommt nach 13 Ben der Tag 1 Ix. Dann 2 Men, 3 Cib, 4 Caban, 5 Etznab, 6 Cauac und schließlich kommt der Tag 7 Ahau. Dann geht es wieder los mit dem Tag Imix, aber jetzt ist es 8 Imix. Wer jetzt überlegt, wann wir wieder bei 1 Imix anlangen, wird feststellen, dass das nach 260 Tagen der Fall ist. Wir können uns hier 2 Zahnräder vorstellen, eines mit den Zahlen von 1 bis 13, das andere mit den 20 Tageszeichen. Diese drehen sich nun bis in alle Ewigkeit.

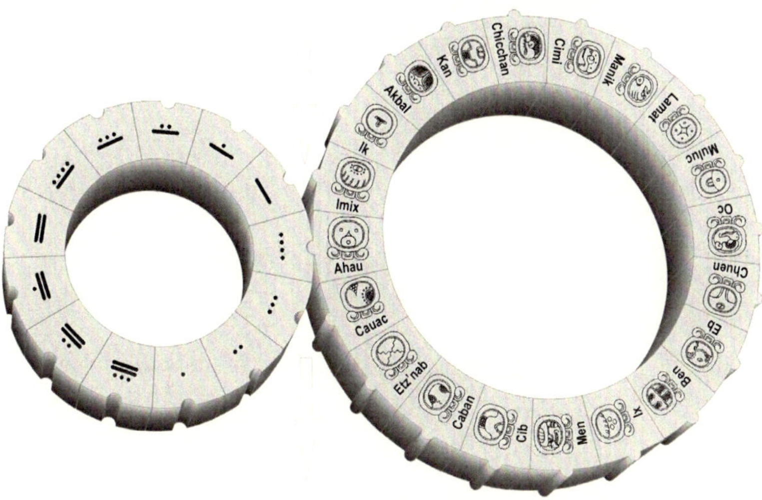

Nun haben die Maya aber auch Monate.

Richtig. Aber während wir 12 Monate haben, mit sehr chaotischen Längen, benutzen die Maya 18 Monate zu je 20 Tagen. Der erste Monat heißt Pop. Auch hier werden Koeffizienten davorgeschrieben, so wie wir das auch machen. Also kommt nach 1 Pop der Tag 2 Pop, dann 3 Pop usw. Das geht so weiter bis 20 Pop. Dann kommt 1 Uo, denn Uo ist der nächste Monat. Nun ergibt 18 mal 20 nur 360 Tage. Es kommen hier noch 5 Extratage dazu, die wir als Minimonat ansehen können, welcher Uayeb heißt. Nun müssen wir nur noch beachten, dass die Maya selten 20 Pop schreiben. Meist schreiben sie dann 0 Uo, also den Koeffizienten 0 und den Namen des neuen Monats.

Gibt es für die Monate auch solche Hieroglyphen?

Selbstverständlich. Die Hieroglyphen der 19 Monate sehen folgendermaßen aus:

Hier sind noch einmal die Namen der Monate:

Pop (Poop)	Xul (Xul)	Zac (Sak)	Pax (Pax)
Uo (Wo)	Yaxkin (Yaxk´in)	Ceh (Keej)	Kayab (K´ayab)
Zip (Sip)	Mol (Mol)	Mac (Mak)	Cumku (Kumk´u)

Zotz (Sots′)	Chen (Ch′éen)	Kankin (K′ank′in)	Uayeb (Wayeb)
Zec (Seek)	Yax (Yaax)	Muan (Muwan)	

Bei uns ist der 1. Januar der Neujahrstag. Gibt es auch bei den Maya einen Neujahrstag?

Ja. Das wäre der Tag 1 Pop. An dieser Stelle muss ich etwas Wichtiges bemerken. Während der 1. Januar mit jedem der 7 Wochentage kombiniert werden kann, ist das beim Mayakalender nicht der Fall. Auf den Tag 1 Pop können nur 4 der 20 Tage fallen, nämlich Akbal, Lamat, Ben und Etznab.

Es gelingt mir noch nicht so, die Begriffe richtig anzuwenden. Tagesnummern, Tagesnamen, Monatsnamen, unterschiedliche Zyklen - ich habe da noch keinen festen Boden unter den Füßen.

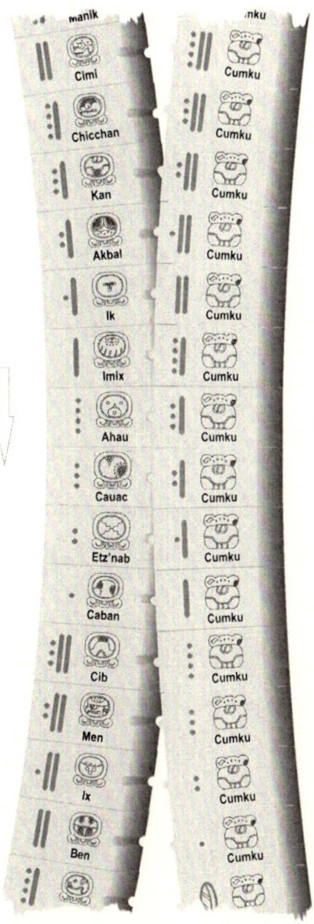

Wichtig ist, dass du die Funktionsweise der "Kalendermechanik" begreifst. Und dass es zwei grundlegende Jahreszyklen gibt, einerseits 260 verschiedene Tage, andererseits 365 verschiedene Tage. Um beide Zyklen nicht zu verwechseln, nennen die Archäologen den 260-Tage-Zyklus "Tzolkin", und den 365-Tage-Zyklus "Haab".

Und die aufeinanderfallenden Tage dieser beiden Zyklen werden kombiniert?

Das ergibt sich so. Stellen wir uns mal zwei Zahnräder vor, eines mit 260, das andere mit 365 Zähnen. Hier müssen wir also aufpassen, wo wir sie sich berühren lassen, das habe ich schon oft falsch gesehen! Also sagen wir, der Tzolkin-Tag 4 Ahau und der Haab-Tag 8 Cumku berühren sich. Da drängt sich natürlich wieder eine Frage auf.

Nach wie vielen Tagen wiederholt sich die gleiche Kombination?

Genau. Diese Kombination, z.B. "4 Ahau 8 Cumku" nennen wir die "Kalenderrunde".

Aus mathematischen Gründen folgt, dass sich die gleiche Kalenderrunde nach 18980 Tagen wiederholt. Das sind 52 Jahre (zu 365 ganzen Tagen). Dieser Kalender ist übrigens exakt der gleiche Kalender, den die Azteken, Mixteken, Zapoteken und viele andere mesoamerikanische Völker benutzt haben. Sie haben natürlich andere Namen für ihre Tage, aber der Bedeutung nach sind sie gleich.
Aber bei den Maya und Olmeken gibt es noch einen dritten Kalenderzyklus: die "Lange Zählung". Meistens wird die Zahl der Langen Zählung nur mit 5 Ziffern geschrieben, z.B. 12.19.7.15.1. Die Archäologen lieben diese Lange Zählung, denn sie gestattet es ihnen, das Mayadatum direkt und auf den Tag genau in den gregorianischen Kalender umzurechnen!

Das komplette Mayadatum besteht also aus Langer Zählung, Tzolkin und Haab.

So ist es. Das Geburtsdatum meines Sohnes Tatsumi z.B. ist 12.19.7.15.1. 6 Imix 4 Kankin, welches dem 27. Dezember 2000 entspricht.

Wir sehen so ein komplettes Datum oben auf der ersten Seite des Codex Tatsumi. Hier sieht man außerdem, wie die Tage und Monate in den Codexen geschrieben werden.

Das wäre also das Datum 12.19.7.15.1. 6 Imix 4 Kankin. Der nächste Tag wäre das Datum 12.19.7.15.2. 7 Ik 5 Kankin.

Wir sollten diese Zahl vielleicht noch einmal erklären!

Gut. Ich nehme noch einmal die Zahl 12.19.7.15.1. auseinander. Das sind also:

$$
\begin{array}{lrrll}
 & 12 \times & 144\,000 & \text{Tage} & \text{(Baktun)} \\
+ & 19 \times & 7200 & \text{Tage} & \text{(Katun)} \\
+ & 7 \times & 360 & \text{Tage} & \text{(Tun)} \\
+ & 15 \times & 20 & \text{Tage} & \text{(Uinal)} \\
+ & 1 \times & 1 & \text{Tag} & \text{(Kin)} \\
\hline
= & & 1\,867\,621 & \text{Tage} &
\end{array}
$$

Das heißt, 1 867 621 Tage sind seit der Erschaffung der Welt vergangen.

Okay. Ich denke, soweit ist das klar. Jetzt muss ich dich aber mal was fragen: Obwohl die Angabe des Datums in der Langen Zählung bereits eindeutig ist, gibst du zusätzlich die Tzolkin-Position und obendrein auch noch die Haab-Position an. Da frag ich mich doch gleich: Ist das üblich oder gar erforderlich?

Beides. Erst einmal ist es üblich. Stell dir vor, der Tzolkin-Tag ist so etwas wie unser Wochentag. So wie wir uns fragen, ob jemand ein Sonntagskind ist, wollen die Maya auch wissen, was für ein Wochentag es war. Der Tzolkin-Tag war außerdem heilig, er wurde also immer mitgeschrieben. Außerdem diente der Tzolkin als Horoskop. Also nicht der Monat war entscheidend, sondern der genaue Tag, an dem man geboren wurde. Zum Beispiel habe ich deinen Geburtstag mal ausgerechnet: das wäre der Tag Etznab. Lies mal dein Horoskop dazu!

Der Tag Ets'nab bedeutet Feuerstein. Der bearbeitete Stein ist ein Zeichen der Kultur, des Studiums und der genauen Analyse. Die unter diesem Zeichen geborene Person zeigt einen scharfen Verstand. Sie versteht die Dinge. Diese Person ist intelligent und gebildet. Na, das passt doch!

Dann war die Haab-Position außerdem auch erforderlich, und zwar vor allem dann, wenn das Datum entweder vor 3114 v.Chr. oder nach 2012 liegt, was natürlich selten der Fall ist. Aber da kommen wir gleich darauf zu sprechen. Für unsere Zwecke würde die Lange Zählung eigentlich ausreichen, da hast du schon recht.

Und woher weiß ich, dass die Kalenderrunde für 12.19.7.15.1. genau 6 Imix 4 Kankin sein muss?

Woher weiß ich, dass der 1. Juni 1965 genau ein Dienstag war? Ich weiß es nicht! Ich muss es berechnen! Das kann man mit einem Computerprogramm machen, wovon im Internet einige angeboten werden. Das beste ist www.xibalba.com/iwalut. Ist kinderleicht zu bedienen! In 10 Sekunden hast du das Ergebnis! Da gibst du einfach die 5 Ziffern der Langen Zählung ein, und fertig! Das Programm spuckt dann das gregorianische Datum aus, und gibt außerdem die Kalenderrunde an. Nebenbei gesagt, die im Programm verwendete Korrelationskonstante von 584285 entspricht dem 13. August 3114 vor Christus, ist also richtig, und braucht von uns hier nicht korrigiert zu werden, wie es in vielen anderen derartigen Programmen der Fall wäre.

Also, jetzt erscheint mir das alles viel durchsichtiger. Ich denke, du hast den Maya-Kalender jetzt perfekt erklärt, was man von Don Eric nicht behaupten kann. Der Leser kann sich jetzt eine Meinung bilden, was man mit solchen Aussagen anfangen kann: "

1. *"Die kleinste Kalendereinheit war ein Monat mit 13 Tagen" (S. 130).*
2. *"Wenn das kleine Rad auf Position »13« mit »Ben« korrespondiert, folgen 12 weitere Umläufe - wieder mit 1/Imix beginnend ..." (S. 132).*
3. *"Wie das Tzolkin trugen auch die Haab-Monate Götternamen - lustig klingen sie in unseren Ohren: Imix - Ik - Kan - Oc - Eb - Ben ..." (S. 133).*

Mir klingt das nicht so lustig in den Ohren, denn diese Namen Imix, Ik, Akbal, Kan usw. haben wir ja gerade als die Tagesnamen kennen gelernt! Die Monate dagegen heißen Pop, Uo, Zip, Zotz, usw., vom Kollegen Don Eric mit keiner Silbe erwähnt! Es hätte auch heißen müssen: Wenn das kleine Rad auf Position "13" mit "Ben" korrespondiert, folgen 19 weitere Umläufe, wieder mit dem Koeffizienten 1 beginnend, aber nicht mehr mit 1/Imix beginnend. Vielmehr trifft der Koeffizient 1 in der zweiten Runde auf den Tag Ix, ... Und so weiter. Die kleinste Kalendereinheit ist offensichtlich ein Tag! Ich weiß auch nicht, wohin das führen soll, wenn man 13 Tage schon als "Monat" bezeichnet. Also kurz gesagt: Das ist eine Katastrophe!

Es scheint, er hatte keinen richtigen Durchblick worüber er schrieb!

Die von Don Eric abgebildete Hieroglyphe für Cumku ist übrigens falsch. Er hat sie mit der Glyphe für den Monatspatron verwechselt.

Aber da schreibt er etwas Interessantes: "Bisher konnte nicht geklärt werden, wie die Maya auf den 260-Tage-Rhythmus gekommen sind" (S. 132).

Nun hat ja sein Landsmann Rafael Girard, den er mehrmals erwähnt, in seinem Werk "Die Ewigen Mayas" (1969) an verschiedenen Stellen erklärt, was der Ursprung des 260-Tage-Kalenders ist; nämlich die Agrarperiode der Heiligen Maispflanze, von Anfang Februar bis Ende Oktober.

Aha! Zitiert ist eben nicht gleich studiert! Aber nun muss ich dir mal ein echtes Problem gestehen! Also, diese Sache hier verstehe ich noch. Don Eric schreibt:

"Hier eine Zusammenfassung der Maya-Zyklen:

1 Kin	=	*1 Tag*
1 Uinal	=	*20 Tage*
1 Tun	=	*360 Tage*
1 Katun	=	*7200 Tage (= 20 Tun)*
1 Baktun	=	*144 000 Tage (= 20 Katun)*
1 Pictun	=	*2 880 000 Tage (= 20 Baktun)*
1 Calabtun	=	*57 600 000 Tage (= 20 Pictun)"*
		(S. 136/ 137).

Was ich aber nicht verstehe, ist dieser Zyklus von 374 440 Jahren. Don Eric schreibt: "Die Maya operierten mit gigantischen Zyklen von 374 440 Jahren in einer unbegreiflichen Präzision" *(S. 123). Auch hier taucht diese ominöse Zahl noch einmal auf:* "... jeder Tag im Ablauf von 374 440 Jahren trug eine andere Bezeichnung, und das für 136 656 000 Tage!" *(S. 139). Ein drittes Mal noch wird sie in diesem Zitat von Sylvanus Morley erwähnt, von Don Eric der Eindringlichkeit halber gleich 2 mal zitiert, auf S. 124 und auf S. 137:* "Die alten Maya konnten jedes Datum ihrer Chronologie mit solcher Präzision bestimmen, daß eine Wiederholung erst nach 374 440 Jahren stattfand - eine geistige Großtat für jedes chronologische System alter oder neuzeitlicher Herkunft". *Jetzt bin ich aber gespannt!*

Da darfst Du gespannt sein, denn der Profi wird dir das jetzt erklären! Zunächst einmal möchte ich noch einmal daran erinnern, dass die Lange Zählung zwar unendlich viele Zyklen haben kann, wie Don Eric richtig schreibt, aber in 99% der Fälle nur 5 Zyklen geschrieben werden, und das aus gutem Grund, wie wir gleich sehen werden. Zweitens wollen wir bedenken, dass die Lange Zählung mit der Kalenderrunde fest gekoppelt ist. Jetzt werde ich dir erklären, warum die Maya normalerweise nur 5 Zyklen für die Lange Zählung verwenden, und woher die Zahl 374 400 (nicht 374 440) Jahre stammt.
Schau dir mal die Kalenderrunden für die ganzen Baktun-Daten an!

0.0.0.0.0.	4 Ahau 8 Cumku	10.0.0.0.0.	7 Ahau 18 Zip
1.0.0.0.0.	3 Ahau 13 Ch´en	11.0.0.0.0.	6 Ahau 8 Mac
2.0.0.0.0.	2 Ahau 3 Uayeb	12.0.0.0.0.	5 Ahau 13 Zotz
3.0.0.0.0.	1 Ahau 8 Yax	13.0.0.0.0.	4 Ahau 3 Kankin
4.0.0.0.0.	13 Ahau 13 Pop	14.0.0.0.0.	3 Ahau 8 Tzec
5.0.0.0.0.	12 Ahau 3 Zac	15.0.0.0.0.	2 Ahau 18 Kankin
6.0.0.0.0.	11 Ahau 8 Uo	16.0.0.0.0.	1 Ahau 3 Xul
7.0.0.0.0.	10 Ahau 18 Sac	17.0.0.0.0.	13 Ahau 13 Muan
8.0.0.0.0.	9 Ahau 3 Zip	18.0.0.0.0.	12 Ahau 18 Xul
9.0.0.0.0.	8 Ahau 13 Ceh	19.0.0.0.0.	11 Ahau 8 Pax

Was fällt dir auf? Schau nur auf die Tzolkin-Tage!

Naja, nach 13 Baktun wiederholt sich der Tag "4 Ahau"!

Genau! Da liegt der Hase im Pfeffer! Das bedeutet, es ergibt sich die Möglichkeit, die von Don Eric beschriebene unendliche Zeitlinie der Langen Zählung in einen Zyklus von 13 Baktun umzuwandeln, also 13 mal 144 000 Tage! Das wären 1 872 000 Tage.
Wir können also eine weitere Zeichnung von Zahnrädern anbieten. Das linke Rad hat 1 872 000 Zähne. Das rechte Rad hat 18 980 Zähne.

Die Frage ist nun, wann treffen die Zahl 13.0.0.0.0. und die Position 4 Ahau 8 Cumku wieder aufeinander?

Genau! Und das ist der Fall nach 136 656 000 Tagen oder 374 400 Jahren, bzw. nachdem sich das große Rad 73 mal gedreht hätte und das "kleine" 7200 mal.

Jetzt verstehe ich, warum die Archäologen immer schreiben 13.0.0.0.0. 4 Ahau 8 Cumku, statt 0.0.0.0.0. 4 Ahau 8 Cumku.

Genau. Dieses Datum 13.0.0.0.0. 4 Ahau 8 Cumku ist übrigens das, was die Archäologen als "Nulldatum" bezeichnen. Im gregorianischen Kalender entspricht es dem 13. August 3114 vor Christus.

Nicht dem 11. August?

Nein! Einige Archäologen rechnen zwar noch damit, aber es ist definitiv der 13. August! Wird heute von den meisten akzeptiert.

Kannst du es auch beweisen?

Jawohl. Ist ganz einfach. Übrigens wirst du es beweisen, nicht ich!

Da staune ich aber! Wie komme ich denn dazu? Du bist doch der Mayaspezialist!

Wenn wir die Finsternisdaten des Dresdener Codex analysieren, wirst du den Beweis erbringen!

Okay. Wenn du es sagst!

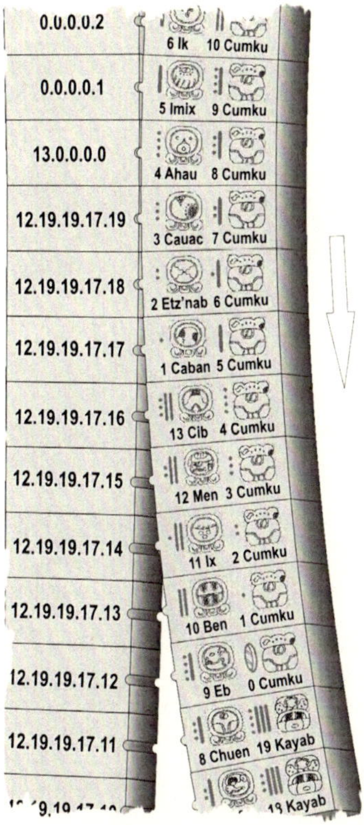

Nun wollen wir mal das große Rad eine Umdrehung machen lassen, aber erst einmal in die Vergangenheit. Da kommen wir nach 1 872 000 Tagen (etwa 5125 gregorianischen Jahren) auf die Kalenderrunde 4 Ahau 8 Zotz. Das wäre das Jahr 8239 vor Christus. Wenn wir aber jetzt in die Zukunft drehen, bis das Datum 13.0.0.0.0. wieder auftaucht, dann hieße die Kalenderrunde 4 Ahau 3 Kankin. Dieses Datum entspricht dem 23. Dezember 2012 nach Christus.

Das ist ja bald, Mann! Dann gibt es also wieder eine Erschaffung der Welt?

Sieht so aus! Bevor die Welt aber erschaffen wird, muss sie erst einmal untergehen!

Das ist also das berühmte Weltuntergangsdatum von 2012! Da müssen wir aber noch klären was da passieren wird!

Ja! Aber hast du gesehen, wie diese beiden Daten 3114 v.Chr. und 2012 von der Kalendermechanik abhängen? Sie ergeben sich praktisch aus rein mechanischen Erwägungen heraus. Genauso wie die Zahl von 374 400 Jahren!
Wichtig ist nun folgendes: Wie präzise ist denn die Jahreslänge für diese 374 400 Jahre?

Na, das sind 365 ganze Tage!

Genau! Diese 374 400 Jahre kommen überhaupt erst zustande wenn man mit 365 ganzen Tagen rechnet! Aber Don Eric erwähnt ganz geschickt diesen Satz "Die Maya operierten mit gigantischen Zyklen von 374 440 Jahren in einer unbegreiflichen Präzision" (S. 123), nachdem er die angebliche Jahreslänge der Maya von 365,2421 Tagen erwähnt! Aber selbst wenn die Maya irgendwann eine genaue Jahreslänge berechnet hätten, dann kann es ganz offensichtlich nichts, aber auch gar nichts, mit diesen 374 400 Jahren zu tun haben! Auch die Zahl 374 440 führt zu keinem sinnvollen Ergebnis.

Jetzt ist mir das voll klar! ... Klar ist mir auch, wann Don Eric das Kapitel über den Mayakalender geschrieben hat!

Ach so? Wann denn?

Na, vor dem März 1981.

Wie kommst du denn da drauf?

Na guck doch einfach hier: "Bis zu diesem kühlen Märztag 1981 hatte ich vom Maya-Kalender keine gründlichen Kenntnisse" (S. 140).

Okay. Naja, da gibt es verschiedene weitere Anhaltspunkte, wie z.B. diese Äußerung hier: "Ein Kalender ist nur dann sinnvoll, wenn er mit einem bestimmten Bezugsdatum beginnt" (S. 134). Das bedeutet, dass die Azteken, Tolteken, Tlaxcalteken, Zapoteken, Mixteken, Totonaken und viele andere mesoamerikanische Völker jahrhundertelang einen sinnlosen, keinen sinnvollen Kalender benutzt hatten, denn sie haben ja die Lange Zählung der Maya nicht benutzt. Somit hatten sie auch kein Null-Datum, also kein Bezugsdatum!

Noch eine Frage habe ich da: Wenn es eine feste Korrelation zwischen Kalenderrunde und Langer Zählung gibt, und die Lange Zählung mit ehernem Lauf alle vergangenen Tage zählt, wie hätten da die Maya

Schalttage einfügen können?

Es ist ganz einfach unmöglich! Von den Azteken dagegen wissen wir, dass sie Schalttage benutzt hatten, was bei ihnen durch das Fehlen der Langen Zählung ja möglich, wenn auch nicht notwendig, war. Bei einigen Leuten gibt es da zwar eine Verwirrung, weil sie denken, aber das haut ja dann nicht hin mit dem 52-Jahre-Zyklus! Aber es ist einfach so, dass der Extratag sowohl für Tzolkin als auch für Haab eingefügt wird. Aber woher diese Stilblüte wieder stammt? "So einfach regulierten die Maya ihren Kalender nicht! Verwirrenden mathematischen Berechnungen folgend, fügten sie alle 52 Jahre 13 Tage hinzu, um dann wieder alle 3172 Jahre 25 Tage abzuziehen" (S. 134).

Ich frage mich, wie die Maya "alle 3172 Jahre" weitere Korrekturen hätten durchführen können, wenn sie so lange ja gar nicht existiert haben!

Genau. Die Zeit, in der sie die Hieroglyphenschrift benutzten, betrug ja nicht einmal 2000 Jahre!

Zudem wäre ja eine Akkumulation von 25 Tagen vollkommen sinnlos, denn da wäre ja der Kalender schon einen Monat außer Schritt geraten!

Es handelt sich ganz einfach um eine haarsträubende Erfindung, egal welcher Dussel sie verzapft hat!
Was für uns noch sehr nützlich ist, ist diese Tabelle, die uns für alle 20 Jahre das Maya-Datum der Langen Zählung und das dazugehörige Gregorianische Datum liefert. Damit können wir dann die Maya-Daten der Klassischen Periode (und der Kolonialperiode) auf das Jahr genau abschätzen, plus minus ein Jahr Fehler.

Die Korrelation der Langen Zählung mit dem Gregorianischen Kalender:

0. 0. 0. 0. 0. 13. 8. 3114 AC

...

8. 0. 0. 0. 0.	7. 9. 041	9. 0. 0. 0. 0.	11.12. 435	10. 0. 0. 0. 0.	15.3. 830
8. 1. 0. 0. 0.	25. 5. 061	9. 1. 0. 0. 0.	28. 8. 455	10. 1. 0. 0. 0.	30.11.849
8. 2. 0. 0. 0.	9. 2. 081	9. 2. 0. 0. 0.	15. 5. 475	10. 2. 0. 0. 0.	17.8. 869
8. 3. 0. 0. 0.	28.10. 100	9. 3. 0. 0. 0.	30. 1. 495	10. 3. 0. 0. 0.	4.5. 889
8. 4. 0. 0. 0.	15. 7. 120	9. 4. 0. 0. 0.	18.10. 514	10. 4. 0. 0. 0.	20.1.909
8. 5. 0. 0. 0.	1. 4. 140	9. 5. 0. 0. 0.	5. 7. 534	10. 5. 0. 0. 0.	7.10.928
8. 6. 0. 0. 0.	18.12. 159	9. 6. 0. 0. 0.	22. 3. 554	10. 6. 0. 0. 0.	24.6.948
8. 7. 0. 0. 0.	4. 9. 179	9. 7. 0. 0. 0.	7.12. 573	10. 7. 0. 0. 0.	11.3.968
8. 8. 0. 0. 0.	22. 5. 199	9. 8. 0. 0. 0.	24. 8. 593	10. 8. 0. 0. 0.	27.11.987
8. 9. 0. 0. 0.	7. 2. 219	9. 9. 0. 0. 0.	12.5. 613	10. 9. 0. 0. 0.	5.8.1007
8. 10. 0. 0. 0.	25.10. 238	9. 10. 0. 0. 0.	27.1. 633	...	
8. 11. 0. 0. 0.	12. 7. 258	9. 11. 0. 0. 0.	14.10. 652	11. 13. 0. 0. 0.	23.9. 1480
8. 12. 0. 0. 0.	29. 3. 278	9. 12. 0. 0. 0.	1. 7. 672	11. 14. 0. 0. 0.	11.6. 1500
8. 13. 0. 0. 0.	14.12. 297	9. 13. 0. 0. 0.	18. 3. 692	11. 15. 0. 0. 0.	27.2. 1520
8. 14. 0. 0. 0.	1. 9. 317	9. 14. 0. 0. 0.	5.12. 711	11. 16. 0. 0. 0.	14.11.1539
8. 15. 0. 0. 0.	19. 5. 337	9. 15. 0. 0. 0.	22. 8. 731	11. 17. 0. 0. 0.	1.8. 1559
8. 16. 0. 0. 0.	3. 2. 357	9. 16. 0. 0. 0.	9. 5. 751	11. 18. 0. 0. 0.	18.4. 1579
8. 17. 0. 0. 0.	21. 10. 376	9. 17. 0. 0. 0.	24.1. 771	11. 19. 0. 0. 0.	3. 1. 1599
8. 18. 0. 0. 0.	8. 7. 396	9. 18. 0. 0. 0.	11.10. 790	12. 0. 0. 0. 0.	20. 9. 1618
8. 19. 0. 0. 0.	25. 3. 416	9. 19. 0. 0. 0.	28. 6. 810	12. 1. 0. 0. 0.	7. 6. 1638

...

13. 0. 0. 0. 0.   23.12. 2012

Jetzt mal ein Beispiel!

Gut. Nehmen wir das Datum der Leidener Platte.

Das war 8.14.3.1.12. Entspricht dem 17. September 320.

Also schauen wir bei 8.14.0.0.0.

Das ist der 1. September 317.

Okay: Jetzt zählen wir noch 3 Jahre dazu, denn die 3 in 8.14.3.1.12. entspricht ja den Jahren, genau genommen einem Tun von 360 Tagen, also rund einem Jahr.

Das ergibt 317 + 3 = 320. Das Jahr 320 nach Christus.

Richtig. So schnell geht das. Das Jahr soll uns hier genügen. Wer es genauer ausrechnen möchte, dem gebe ich den guten Rat, die Schalttage im gregorianischen Kalender nicht zu vergessen!

Das ist ein guter Tipp! Kann einem Astronom natürlich nicht passieren! Aber gib mal noch ein Beispiel!

Das Geburtsdatum von Vogel-Jaguar von Yaxchilán, haben wir ebenfalls schon erwähnt: 9.13.17.12.10. 8 Ok 13 Ya'ax. Das ist der 27. August 709.

Ich schaue bei 9.13.0.0.0. Das ist der 18. März 692. Plus 17 Jahre macht 709. Stimmt!

Genau. Ist ja ganz einfach.

Und wenn ich den Tag und den Monat berechne, wie z.B. 8 Ok 13 Ya'ax, dann nehme ich das Computerprogramm.

Genau. Aber ich nehme natürlich einen Maya-Codex mit den entsprechenden Rechentafeln, um alle Berechnungen durchzuführen! Sieh mal auf Seite 90.

Das ist aber keiner der drei bekannten Maya-Codexe?

Nein, das ist einer, den ich neu geschrieben habe. Ich veröffentliche ihn in einem Buch, das ich gerade schreibe. Mit diesem Buch kannst du lernen, wie man alle Berechnungen der antiken Maya-Schamanen mit Hilfe eines Maya-Codexes durchführt.

Alle Berechnungen?!

Alle Tage und Monate kannst du damit berechnen!

Aber das sind Millionen von Kombinationsmöglichkeiten!

Genau 136 Millionen 656 Tausend. ... Nein warte, noch etwas mehr! Denn ich rechne ja mit mehr als 13 Baktun ... Also, ich glaube echt, unendlich viele! Ich habe noch längst nicht alles ausgereizt!

Das ist ja verrückt! Und wie viele Seiten hat dein Codex?

Zwölf. Außerdem kannst du die Abfolge der Jahresträger sowie Vielfache von 52 Jahren als Mayazahl ablesen und dann sind noch die Glyphen der Mondserie und die Götterzahlen abgebildet.

Ist ja super! Aber wird das nicht für die meisten Leute zu kompliziert?

Das denke ich nicht, denn der Buchtitel heißt "Der Herr der Zeit - Der Mayakalender für Kinder". Es wird alles ganz einfach, Schritt für Schritt erklärt.

Wie viel hast du schon geschrieben?

Das Buch wird 3 Teile haben. Der erste Teil ist schon fertig, in Spanisch und Deutsch. Der zweite Teil ist fast fertig in der spanischen Variante. Den muss ich dann noch ins Deutsche übersetzen. Auf Spanisch heißt das Buch "El Amo del Tiempo - El Calendario Maya para Niños".

Na, da bin ich ja gespannt! So ein Buch scheint mir längst überfällig!

Allerdings!

Die Codex-Seite, die du hier abbildest, ist wohl aus diesem Buch?

Genau. Das ist die erste Seite des Codex Tatsumi.

Da kannst du schon ein Exemplar des Buches für mich reservieren!

Mach ich!

7. Wenn der Jaguar die Sonne frisst

Ich vertraue jetzt darauf, dass der Leser jetzt ein gutes Gefühl dafür hat, wie der Maya-Kalender tatsächlich funktioniert.

Wer es ganz genau lernen möchte, muss halt dein Kalenderbuch studieren. Nun haben wir aber dem Leser versprochen, den Finsterniszyklus im Dresdener Codex zu analysieren.

Genau. Auf den Seiten 51 bis 58 des Dresdener Codex finden wir diese Symbole:
Das erste ist das Zeichen einer Sonnenfinsternis.
Es hat das Zeichen der Sonne in der Mitte.
Das zweite ist das Zeichen einer Mondfinsternis.
Es hat das Mondzeichen in der Mitte.

Auf Seite 52 des Dresdener Codex finden wir diese Zahlenspalte, mit roten und schwarzen Zahlen geschrieben, hier links reproduziert. Ich habe alle folgenden Hieroglyphen nachgezeichnet, damit jeder genau verfolgen oder nachrechnen kann.

Oben sehen wir ein Datum der Kalenderrunde: den Tag "4 Ajaw" und den Monat "8 Kumk'u". Dieses Datum ist uns nun schon vertraut. Pardon, ich verwende ab hier wieder die neue Schreibweise der Tages- und Monatsnamen.

Es ist das Datum der letzten Erschaffung der Welt: 13.0.0.0.0. 4 Ajaw 8 Kumk'u, am 13. August 3114 vor Christus.

Genau. Dann sind zwei Zahlen der Langen Zählung ineinander geschrieben. Die rote Zahl lautet: 9.16.4.11.3. Die schwarze Zahl lautet 9.16.4.10.8. Darunter folgen zwei Tagespositionen: 12 Lamat und 1 Ak'bal. Nun liegt es auf der Hand, dass wir uns die Kalenderrunde zu den zwei Daten der Langen Zählung anschauen sollten. Berechnungen mit dem Tatsumi-Codex oder per Computer ergeben die Daten: 9.16.4.10.8. 12 Lamat 1 Muwan und 9.16.4.11.3. 1 Ak'bal 16 Muwan. Letzteres Datum liegt nur 15 Tage nach dem ersten. Das sollte jeder Leser nachrechnen können!

Um die Kalenderrunde auszurechnen kann ich ja wieder das Internet-Programm benutzen: www.xibalba.com/iwalut. Bis zu unserem nächsten Treffen werde ich mal ein eigenes Kalenderprogramm schreiben, das nebenbei die Kalendermechanik veranschaulicht und erklärt. Passend zu deinem Kinderbuch.

Oh, da bin ich aber gespannt! Als nächstes schauen wir uns auf den folgenden Seiten die Reihe der Tageshieroglyphen an. Es sind immer 3 Tageszeichen übereinander. Außerdem schauen wir uns die darunterliegenden Zahlen an. Wer es nachrechnet, sieht, dass am häufigsten die Zahl 8.17. auftaucht, die $8 \times 20 + 17 = 177$ Tagen entspricht. Diese Zahl dürfte dir bekannt vorkommen!

Allerdings! Sie hat etwas mit der Finsternisperiode zu tun.

Dass sich bei einer Finsternis Sonne, Mond und Erde auf einer Geraden befinden müssen, ist wohl jedem klar. Klar ist auch, dass zum Beispiel eine Sonnenfinsternis nur bei Neumond stattfinden kann, wenn also der Mond von der Erde aus gesehen genau zwischen der Erde und der Sonne ist. Und Neumond haben wir schließlich immer nach 29,53... Tagen, was ja die Maya wussten. Da sich nun aber nicht nach jedem solchen synodischen Monat eine Finsternis ereignet, sind die himmelsmechanischen Gegebenheiten wohl etwas komplizierter?

Ein bisschen komplizierter. Für uns aber leicht erklärbar. Die Bahn des Mondes um die Erde ist geneigt gegenüber der Bahn der Erde um die Sonne. Das muss man sich vorstellen, wie ein geneigtes Wasserrad, an dem eine Flasche Tequila zum Kühlen angebracht ist. Eine Sonnenfinsternis gibt's theoretisch nur, wenn die Flasche Tequila gerade die Wasseroberfläche durchschreitet. Diese Durchstoßpunkte durch die Wasseroberfläche werden als Drachenpunkte oder Knoten bezeichnet.

Wann genau ist denn nun eine Sonnenfinsternis?

Die Drachenpunkte oder Knoten bewegen sich entgegen dem Sinn der Mondbewegung um die Erde. Bezüglich der Knotenlinie dauert ein Mondumlauf etwa 27,21 Tage, einen so genannten drakonitischen Monat.

Ehe du dich in immer kompliziertere Erklärungen stürzt, bringe doch mal auf den Punkt, wie es zu den Finsternisperioden kommt.

Es gibt nun einen kürzesten Zeitraum, nach welchem das Auftreten von Finsternissen sehr wahrscheinlich ist.

Du meinst, wenn gerade Vollmond oder Neumond wäre und der Mond gleichzeitig genau einen Knoten durchläuft?

Nicht ganz genau, aber eben hinreichend genau. Das ist nach jeweils 13 Knotendurchgängen, also nach 6 ½ Drachenmonaten (6,5 × 27,21 Tage = 176,87 Tage) der Fall. Denn dieser Zeitraum stimmt hinreichend genau mit dem Zeitraum von 6 Neumonden (6 × 29,53 Tage = 177,18 Tage) überein. Da sind die Bedingungen manchmal ausreichend dafür, dass eine Sonnenfinsternis entsteht.

Hervorragend! Genau das haben doch die Maya durch Beobachtung herausgefunden, es passiert meistens aller 177 Tage! Am zweithäufigsten wird im Codex die Zahl 8.18. genannt, also 178, und seltener taucht die Zahl 7.8. auf, die 148 Tagen entspricht. Sind da die Aufzeichnungen nicht korrekt?

Du Schlitzohr, ich sehe doch, dass du mich reinlegen willst. Wir wissen beide, dass sich die Maya beim Zählen von Tagen keinen Fehler leisteten.

Woher kommen diese Zahlen nun wirklich?

Die Übereinstimmung von 6 ½ drakonitischen Monaten mit 6 synodi-

schen Monaten ist wiederum nicht so gut, dass es 177 Tage nach einer Finsternis zu einer Wiederholung kommen muss. Es gibt vier Möglichkeiten:

1) *Nach 177 Tagen folgt die nächste Finsternis.*
2) *Fand die letzte Finsternis vor dem Knotendurchlauf statt, kann die folgende Finsternis nach dem entsprechenden 13. Knotenduchlauf, eben nach 178 Tagen stattfinden.*
3) *Es gibt solche Finsternisse, wo die Erde genau durch den Kernschatten des Mondes läuft. Nach der letzten einiger aufeinander folgenden Finsternisse befindet sich der Mond bereits so weit vom Knotenpunkt entfernt, dass er bereits nach 5 ½ drakonitischen Monaten bzw. 5 Lunationen (ca. 148 Tage) gerade wieder einen erderreichenden Schatten werfen kann.*
4) *Die Erde verfehlt beim nächsten Versuch den Schattenkegel des Mondes knapp, es findet keine Finsternis statt.*

Gilt für Mondfinsternisse dasselbe?

Im Prinzip schon. Die Himmelsmechanik ist dieselbe. Nur ist der Schatten, den die verhältnismäßig große Erde auf den kleinen Mond wirft wiederum verhältnismäßig groß, so dass Mondfinsternisse häufiger auftreten als Sonnenfinsternisse, wenn man vom gleichen Ort aus beobachtet.

Deshalb sind Mondfinsternisse öfter bzw. einfacher zu registrieren als Sonnenfinsternisse.

Genau. Nun kannten sowohl die Babylonier als auch die Chinesen verschiedene Zyklen. Hatte man erst einmal eine Sonnenfinsternis, konnte man mit hoher Wahrscheinlichkeit eine weitere zum Beispiel in 18 Jahren und 11 Tagen voraussagen. Dieser so genannte Saroszyklus resultiert aus einer schon sehr guten Übereinstimmung einer ganzen Anzahl von drakonitischen Monaten mit einer ganzen Anzahl von synodischen Monaten:
242 × 27,21 Tage = 223 × 29,53 Tage = 6585 Tage = 18 Jahre 11 Tage

Übrigens kannten auch die Maya den Saroszyklus. Aber wir widmen uns jetzt mal wieder den Ausführungen Don Erics. Übrigens hat er eine Seite aus den Finsternistafeln abgebildet. Es ist die rechte Tafel auf seiner Seite 113. Ich habe jetzt mal alle 69 Spalten nachgezeichnet. Wir müssen sie uns nebeneinander vorstellen. Im Codex werden sie von Figuren unterbrochen, die ich hier weggelassen habe. Die von Don Eric abgebildete erste Spalte, die mit 2 Muluk beginnt, ist hier die 14. Spalte.

Breiten wir mal deine Zeichnung vor uns aus.

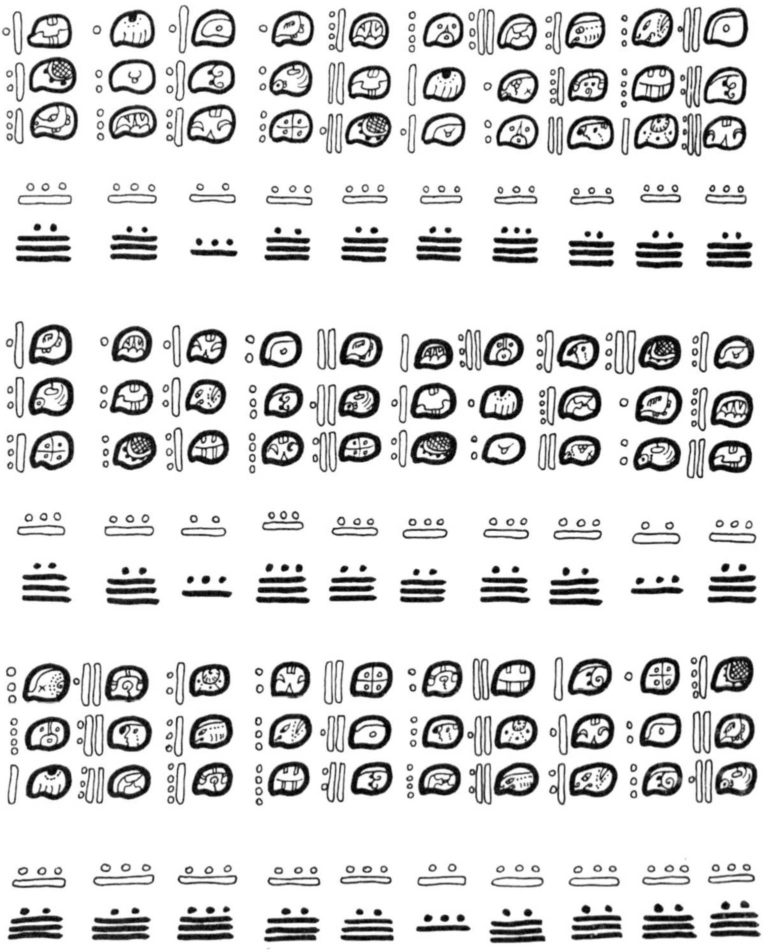

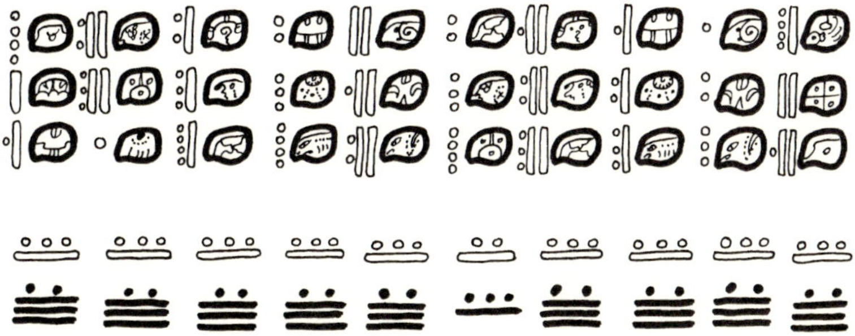

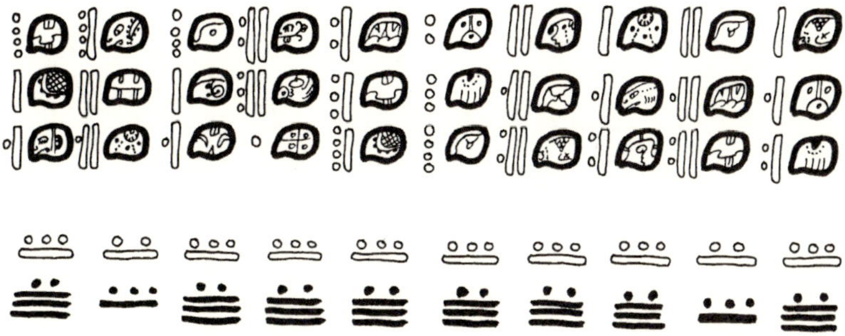

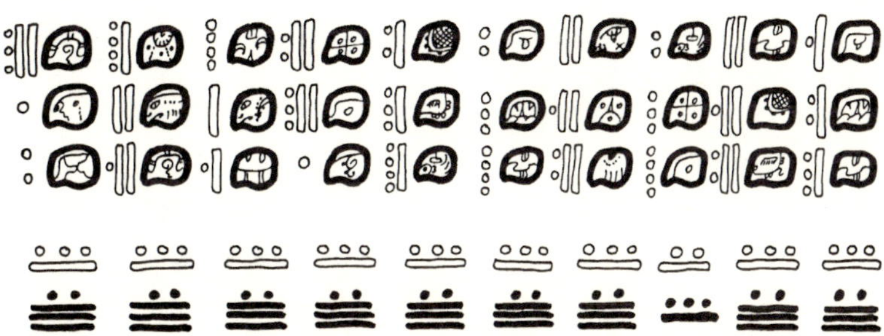

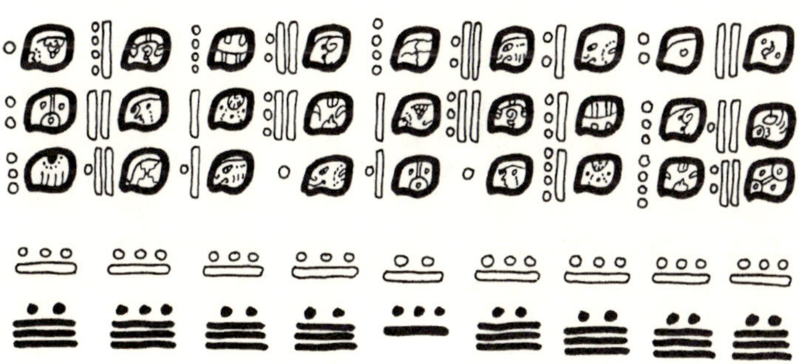

Zuerst einmal schauen wir uns jeweils die 3 Tageszeichen an. Da müsste einem jeden etwas auffallen!

Sechs, sieben, acht. Dann kommt eins, zwei, drei. Das sind aufeinanderfolgende Zahlen!

Gut. Sind es auch aufeinanderfolgende Tage?

K´an, Chikchan, Kimi. Dann Imix, Ik´, Ak´bal. Jawohl, das sind auch aufeinanderfolgende Tage!

Genau! Nach 6 K´an folgt 7 Chikchan, dann folgt 8 Kimi. In der zweiten Spalte ist es am deutlichsten: 1 Imix, dann folgt 2 Ik´, dann 3 Ak´bal. Das sind jeweils drei Tage in der Reihenfolge des Tzolk´in-Kalenders.

Aber warum?

Jede Tagesposition entspricht einem Datum. Wir rechnen jetzt mal die Zahl unter der ersten Spalte, die 177 Tage, zum Ausgangsdatum: 9.16.4.10.8. 12 Lamat 1 Muwan dazu. Auf welches Datum kommen wir?

	9.16. 4.10. 8.
+	8.17.
=	9.16. 5. 1. 5.

Hier wird meistens ein Fehler gemacht. So muss man rechnen: 8 + 17 = 25. Schreibe 5, merke 1, denn 20 K´in sind ja 1 Winal. Dann: 10 + 8 = 18. Plus 1 = 19. Aber 18 Winal sind schon 1 Tun. Also schreibe 1, merke 1. Dann: 4 + 1 = 5.

Okay. Also bei der Uinal-Position muss man echt aufpassen!

Genau. Wenn wir jetzt die Kalenderrunde für das Datum 9.16.5.1.5. ausrechen, ergibt sich das Datum 7 Chikchan 13 Sek.

Da kann ich ja wieder das Internet-Programm benutzen: www.xibalba.com/iwalut.

Kannst du machen. Kann also jeder Leser auch überprüfen. Darum machen wir ja die Sache hier. Richtig durchsichtig, nicht nur bloße Behauptungen wie andere Leute!
Schauen wir dann: das Datum 7 Chikchan taucht in der ersten Spalte des Codexauszuges auf! Es ist das mittlere Datum!

Warum das mittlere?

Weil in der mittleren Reihe alle Daten sind, die sich ergeben, wenn man vom Ausgangsdatum 9.16.4.10.8. 12 Lamat 1 Muwan aus rechnet. Das zweite Datum, also das mittlere Datum in der zweiten Spalte, 2 Ik', ergibt sich wiederum, wenn man zu 9.16.5.1.5. 7 Chikchan 13 Sek wieder 177 Tage addiert. Dann kommt man auf das Datum 9.16.5.10.2. 2 Ik' 10 K'ank'in. Unter der dritten Spalte der Zeichnung ist die Zahl 7.8., also 148 Tage. Wenn wir diese 148 Tage zu 9.16.5.10.2. 2 Ik' 10 K'ank'in addieren, ergibt sich 9.16.5.17.10. 7 Ok 13 Sip. Siehst du 7 Ok in der dritten Spalte, wieder in der Mitte?

Ja, sehe ich.

Wir können also jetzt die Frage beantworten, warum immer drei Tage hintereinander angegeben sind. Wir sehen hier, dass nicht jeder Tag ein Finsternistag sein kann! Die Mayaastronomen haben eben gewusst, dass sie nicht exakt jede Finsternis vorhersagen können, darum haben sie einen Fehler von plus minus einem Tag schon von vornherein eingeplant!

Das heißt, die Daten in der Mitte sind unsere wahrscheinlichsten Kandidaten für eine Finsternis, aber wir schauen dann auch, falls an diesem Tag keine Finsternis war, ob nicht einen Tag vorher oder nachher eine Finsternis gewesen ist!

Ganz genau.

Dann müssen wir aber jetzt alle kompletten Maya-Daten ausrechnen!

Genau. Wir werden also alle Daten in eine Tabelle schreiben. Wir haben also schon drei Daten:

9.16.4.10.8. 12 Lamat 1 Muwan plus 177 Tage = 9.16.5.1.5. 7 Chikchan 13 Sek
9.16.5.1.5. 7 Chikchan 13 Sek plus 177 Tage = 9.16.5.10.2. 2 Ik' 10 K'ank'in
9.16.5.10.2. 2 Ik' 10 K'ank'in plus 148 Tage = 9.16.5.17.10. 7 Ok 13 Sip
9.16.5.17.10. 7 Ok 13 Sip plus ...

Nun brauche ich aber noch das Datum in unserem Kalender. Sonst kann ich ja nicht überprüfen, ob an jenem Tag eine Sonnenfinsternis war!

Natürlich. Unser Datum schreiben wir mit dazu, ist ja klar!

Moment mal! Aber wenn unser Nulldatum falsch ist? Dann könnten wir ja nicht sicher überprüfen, ob da eine Finsternis war?

Gut, dass du mich daran erinnerst! Da die Experten also unschlüssig sind, ob der Nulltag auf den 11. oder den 13. August 3114 vor Christus fiel, machen wir die Tabelle ganz einfach für beide Nulldaten! Zum Beispiel der Tag 9.16.4.10.8. 12 Lamat 1 Muwan entspricht dem 12. November 755, falls das Nulldatum 13. August richtig ist. Und er entspricht dem 10. November 755, falls das Nulldatum 11. August richtig ist.

Dann können wir also nicht nur Don Erics Hypothese untersuchen, ob alle Finsternisdaten im Dresdener Codex tatsächlich immer stattgefundene Finsternisse beschreiben, sondern wir können auch herausfinden, welches Nulldatum wahrscheinlicher ist!

Ganz genau!

	Maya-Datum			**Gregorianisches Datum für Nulldatum 13. August 3114 v. Chr**			**Gregorianisches Datum für Nulldatum 11. August 3114 v. Chr**		
	1 Tag vorher	Datum der mittleren Reihe	1 Tag nachher	1 Tag vorher	Datum der mittleren Reihe	1 Tag nachher	1 Tag vorher	Datum der mittleren Reihe	1 Tag nachher
	Ausgangs-Datum	**9.16.4.10.8.** **12 Lamat** **1 Muwan**			12. Nov 755			10. Nov 755	
+ 177	6 K´an	9.16.5.1.5. **7 Chikchan** 13 Sek	8 Kimi	6. Mai	7. Mai 756	8. Mai	4. Mai	5. Mai	6. Mai
+ 177	1 Imix	9.16.5.10.2. **2 Ik´** 10 K´ank´in	3 Ak´bal	30. Okt	31. Okt 756	1. Nov	28. Okt	29. Okt	30. Okt
+ 148	6 Muluk	9.16.5.17.10. **7 Ok** 13 Sip	8 Chuwen	27. März	28. März 757	29. März	25. März	26. März	27. März

Jetzt muss ich also für den 4., 5., 6., 7. und 8. Mai 756 nachsehen, ob da eine Sonnenfinsternis war.

Genau. Das kannst du doch! Du bist doch der Astronom!

Ja,klar, aber hier bei der Verwendung von Computerprogrammen oder tabellarisch erfassten Finsternisdaten muss man höllisch aufpassen, dass man das richtige Datum erwischt.

Wenn wir z. B. folgende Tabellenwerte von der NASA nutzen, kann man nichts verwechseln. Ist alles schön übersichtlich. Sieh doch *[nasa1]*

0756 May 04	01:59	P	79	-1.156	0.694	62.3S	156.5W	0		
0756 Oct 28	08:58	T	84	0.914	1.025	45.1N	74.1E	24	209	01m55s
0757 Apr 23	04:29	A	89	-0.374	0.977	6.4S	121.1E	68	89	02m34s
0757 Oct 17	21:09	A	94	0.236	0.987	1.4N	134.8W	76	48	01m20s
0758 Apr 12	13:50	T	99	0.399	1.029	30.7N	40.1W	66	108	02m27s
0758 Oct 07	02:24	A	104	-0.494	0.939	32.5S	124.7E	60	259	06m12s
0759 Mar 03	20:47	P	71	-1.463	0.130	61.1S	28.8W	0		
0759 Apr 02	05:01	P	109	1.103	0.820	61.0N	4.4E	0		
0759 Sep 26	02:16	P	114	-1.208	0.604	60.8S	49.3E	0		
0760 Feb 21	12:10	T	81	-0.807	1.020	53.7S	40.1E	36	113	01m21s

Was auch immer die Daten in den hinteren Spalten bedeuten, das Datum ist doch eindeutig, oder?

Was ist das für ein Datum?

Witzbold, ein ganz normales Kalenderdatum.

Normal? Es gibt zwei Möglichkeiten. Die Daten gehören entweder zum julianischen Kalender, damit sie mit historischen Aufzeichnungen verglichen werden können. Denn vor dem 4. Oktober 1582 war der julianische Kalender normal. Oder sie gehören zum gregorianischen Kalender, der für uns heute normal ist.

Hier steht etwas wichtiges: `"Gregorian Calendar is used for dates after 1582 Oct 15. Julian Calendar is used for dates before 1582 Oct 4."` [nasa2]

Und daraus ergeben sich einige Tage Unterschied.

Genau. Ich muss nachsehen, warte… Es sind 4 Tage.

Weniger oder mehr?

Das erste Finsternisdatum aus dieser Tabelle, der 4.5.756 julianisch entspricht dem 8.5.756 gregorianisch. Und wir brauchen das gregorianische Datum, weil wir ja das LongCount-Datum in das gregorianische Datum umrechnen.

Also addieren wir immer 4 Tage zum gegebenen julianischen Datum und erhalten die Finsternisdaten, die wir in unsere Tabelle eintragen müssen.

Moment, wir sollten vielleicht die Sichtbarkeit im Mayagebiet berücksichtigen. Dazu sind nämlich die anderen Spalten der Tabelle da. Die Zeit ist die Weltzeit (UT), also hatte die erste Sonnenfinsternis 1.59 Uhr UT ihr Maximum, da war im heutigen Mexiko noch der 7.5.756 (gregorianisch). Sichbar war sie dort auch nicht. Das sieht man gut hier im Computerprogramm.

Okay, dann werden wir in der Tabelle zwischen beiden Fällen unterscheiden: Für Sonnenfinsternisse, die im Mayagebiet nicht sichtbar waren, schreiben wir ein kleines Sonnenfinsternissymbol, für dort sichtbare Finsternisse tragen wir ein großes Symbol ein.

Dann fügen wir also jetzt schon mal die zwei Symbole ein!
Sieh dir dazu die Tabelle an!

Wir übernehmen die anderen Daten auch gleich in die Tabelle.

Wer Lust hat, kann also jetzt alle Daten nachrechnen!

Wir haben es gemacht, und hier ist das Ergebnis:

	Maya-Datum			Gregorianisches Datum für Nulldatum 13. August 3114 v. Chr			Gregorianisches Datum für Nulldatum 11. August 3114 v. Chr		
	1 Tag vorher	Datum der mittleren Reihe	1 Tag nachher	1 Tag vorher	Datum der mittleren Reihe	1 Tag nachher	1 Tag vorher	Datum der mittleren Reihe	1 Tag nachher
	Ausgangs-Datum	**9.16.4.10.8.** **12 Lamat** **1 Muwan**			12. Nov 755			10. Nov 755	
+ 177	6 K´an	9.16.5.1.5. **7 Chikchan** 13 Sek	8 Kimi	6. Mai	7. Mai 756 	8. Mai	4. Mai	5. Mai	6. Mai
+ 177	1 Imix	9.16.5.10.2. **2 Ik´** 10 K´ank´in	3 Ak´bal	30. Okt	31. Okt 756	1. Nov 	28. Okt	29. Okt	30. Okt
+ 148	6 Muluk	9.16.5.17.10. **7 Ok** 13 Sip	8 Chuwen	27. März	28. März 757	29. März	25. März	26. März	27. März
+ 177	1 Kimi	9.16.6.8.7. 2 Manik´ 10 Keej	3 Lamat	20. Sep	21. Sept 757	22. Sep	18. Sep	19. Sep	16. März
+ 177	9 Ak´bal	9.16.6.17.4 10 K´an 2 Sip	11 Chik	16. März	17. März 758	18. März	14. März	15. März	16. März
+ 177	4 Ajaw	9.16.7.8.1. 5 Imix 19 Sak	6 Ik´	9. Sep	10. Sept 758	11. Sep	7. Sep	8. Sep	9. Sep

+ 178	13 Ets´nab	9.16.7.16.19. 1 Kawak 12 Wo	2 Ajaw	6. März	7. März 759 	8. März	4. März	5. März	6. März
+ 177	8 Men	9.16.8.7.16. 9 Kib 9 Sak	10 Kaban	30. Aug	31. Aug 759	1. Sep	28. Aug	29. Aug	30. Aug
+ 177	3 Eb	9.16.8.16.13. 4 Ben 1 Wo	5 Hiix	23. Feb	24. Febr 760	25. Feb 	21. Feb	22. Feb	23. Feb
+ 177	11 Muluk	9.16.9.7.10. 12 Ok 18 Ya´ax	13 Chuwen	18. Aug	19. Aug 760 	20. Aug	16. Aug	17. Aug	18. Aug
+ 177	6 Kimi	9.16.9.16.7. 7 Manik´ 10 Poop	8 Lamat	11. Feb	12. Febr 761	13. Feb 	9. Feb	10. Feb	11. Feb
+ 177	1 Ak´bal	9.16.10.7.4. 2 K´an 7 Ya´ax	3 Chikch	7. Aug	8. Aug 761	9. Aug 	5. Aug	6. Aug	7. Aug
+ 148	6 Chuwen	9.16.10.14.12. 7 Eb 15 K´ayab	8 Been	2. Jan	3. Jan 762	4. Jan	31. Dez 761	1. Jan 762	2. Jan

+ 178	2 Muluk	9.16.11.5.10. 3 Ok 8 Mol	4 Chuwen	29. Juni	30. Juni 762	1. Juli	27. Juni	10. Nov 755	29. Juni
+ 177	10 Kimi	9.16.11.14.7. 11 Man 5 K´ayab	12 Lamat	23. Dez	24. Dez 762	25. Dez	21. Dez	22. Dez	23. Dez
+ 177	5 Ak´bal	9.16.12.5.4. 6 K´an 17 Yaxk´in	7 Chikch	18. Juni	19. Juni 763	20. Juni 	16. Juni	17. Juni	18. Juni
+ 177	13 Ajaw	9.16.12.14.1. 1 Imix 14 Pax	2 Ik	12. Dez	13. Dez 763 	14. Dez	10. Dez	11. Dez	12. Dez
+ 177	8 Kaban	9.16.13.4.18. 9 Ets´nab 6 Yaxk´in	10 Kawak	6. Juni	7. Juni 764	8. Juni 	4. Juni	5. Juni	6. Juni
+ 148	13 Chikch	9.16.13.12.6. 1 Kimi 14 K´ank´in	2 Manik	1. Nov	2. Nov 764	3. Nov	30. Oct	31. Oct	1. Nov
+ 177	8 Ik´	9.16.14.3.3 9 Ak´bal 6 Sek	10 K´ an	27. April	28. April	29. April	25. April	26. April	27. April
+ 177	3 Kawak	9.16.14.12.0. 4 Ajaw 3 K´ank´in	5 Imix	21. Ok	22. Okt 765	23. Okt	19. Okt	20. Okt	21. Okt
+ 177	11 Kib	9.16.15.2.17. 12 Kaban 15 Sots´	13 Ets´n	16. April	17. April 766	18. April	14. April	15. April	16. April
+ 178	7 Hix	9.16.15.11.15. 8 Men 13 Mak	9 Kib	11. Okt	12. Okt 766	13. Okt	9. Okt	10. Okt	11. Okt

+ 177	2 Chuwen	9.16.16.2.12. 3 Eb 5 Sots´	4 Been	6. April	7. April 767 	8. April	4. April	5. April	6. April
+ 177	10 Lamat	9.16.16.11.9. 11 Muluk 2 Mak	12 Ok	30. Nov	1. Okt 767	2. Okt	28. Nov	29. Nov	30. Nov
+ 148	2 Kib	9.16.17.0.17. 3 Kaban 5 Wo	4 Ets´nab	25. Feb	26. Feb 768	27. Feb	23. Feb	24. Feb	25. Feb
+ 177	10 Been	9.16.17.9.14. 11 Hix 2 Sak	12 Men	20. Aug	21. Aug 768	21. Aug	18. Aug	19. Aug	20. Aug
+ 177	5 Ok	9.16.18.0.11. 6 Chuwen 14 Poop	7 Eb	13. Feb	14. Feb 769	15. Feb	11. Feb	12. Feb	13. Feb
+ 178	1 Lamat	9.16.18.9.9. 2 Muluk 12 Ya´ax	3 Ok	10. Aug	11. Aug 769	12. Feb	8. Aug	9. Aug	10. Aug
+ 177	9 Chikchan	9.16.19.0.6. 10 Kimi 4 Poop	11 Man	3. Feb	4. Feb 770	5. Feb	1. Feb	2. Feb	3. Feb
+ 177	4 Ik´	9.16.19.9.3. 5 Ak´bal 1 Ya´ax	6 K´an	30. Juli	31. Juli 770 	1. Aug	28. Juli	29. Juli	30. Juli
+ 177	12 Kawak	9.17.0.0.0. 13 Ajaw 18 Kumk´u	1 Imix	23. Jan	24. Jan 771 	25. Jan	21. Jan	22. Jan	23. Jan

+ 177	7 Kib	9.17.0.8.17. 8 Kaban 10 Ch´een	9 Ets´nab	19. Juli	20. Juli 771 	21. Juli	17. Juli	18. Juli	19. Juli
+ 177	2 Been	9.17.0.17.14. 3 Hix 7 Kumk´u	4 Men	12. Jan	13. Jan 772 	14. Jan	10. Jan	11. Jan	12. Jan
+ 177	10 Ok	9.17.1.8.11. 11 Chuwen 19 Mol	12 Eb	7. Juli	8. Juli 772	9. Juli 	5. Juli	6. Juli	7. Juli
+ 148	2 Ets´nab	9.17.1.15.19. 3 Kawak 7 Pax	4 Ajaw	2. Dez	3. Dez 772	4. Dez	30. Nov	1. Dez	2. Dez
+ 178	11 Kib	9.17.2.6.17. 12 Kaban 0 Yaxk´in	13 Ets´n	29. Mai	30. Mai 773	31. Mai	27. Mai	28. Mai	29. Mai
+ 177	6 Been	9.17.2.15.14. 7 Hix 17 Muwan	8 Men	22. Nov	23. Nov 773	24. Nov	20. Nov	21. Nov	22. Nov
+ 177	1 Ok	9.17.3.6.11. 2 Chuwen 9 Xul	3 Eb	18. Mai	19. Mai 774 	20. Mai	16. Mai	17. Mai	18. Mai
+ 177	9 Manik´	9.17.3.15.8. 10 Lamat 6 Muwan	11 Muluk	11. Nov	12. Nov 774 	13. Nov	9. Nov	10. Nov	11. Nov
+ 177	4 K´an	9.17.4.6.5. 5 Chikchan 18 Sek	6 Kimi	7. Mai	8. Mai 775 	9. Mai	5. Mai	6. Mai	7. Mai
+ 148	9 Eb	9.17.4.13.13. 10 Been 6 Mak	11 Hix	2. Okt	3. Okt 775	4. Okt	30. Sep	1. Okt	2. Okt

+ 177	4 Muluk	9.17.5.4.10. 5 Ok 18 Sip	6 Chuwen	27. März	28. März 776	29. März	25. März	26. März	27. März
+ 177	12 Kimi	9.17.5.13.7. 13 Manik´ 15 Keej	1 Lamat	20. Sep	21. Sep 776	22. Sep	18. Sep	19. Sep	20. Sep
+ 177	7 Ak´bal	9.17.6.4.4. 8 K´an 7 Sip	9 Chikch	16. März	17. März 777 	18. März	14. März	15. März	16. März
+ 177	2 Ajaw	9.17.6.13.1. 3 Imix 4 Keej	4 Ik´	9. Sep	10. Sep 777	11. Sep	7. Sep	8. Sep	9. Sep
+ 177	10 Kaban	9.17.7.3.18. 11 Ets´nab 16 Wo	12 Kaw	5. März	6. März 778 	7. März	3. März	4. März	5. März
+ 177	5 Hix	9.17.7.12.15. 6 Men 13 Sak	7 Kib	29. Aug	30. Aug 778 	31. Aug	27. Aug	28. Aug	29. Aug
+ 148	10 Ik´	9.17.8.2.3. 11 Ak´bal 1 Wayeb	12 K´an	24. Jan	25. Jan 779	26. Jan	22. Jan	23. Jan	24. Jan
+ 177	5 Kawak	9.17.8.11.0. 6 Ajaw 13 Ch´een	7 Imix	20. Juli	21. Juli 779	22. Juli	18. Juli	19. Juli	20. Juli
+ 177	13 Kib	9.17.9.1.17. 1 Kaban 10 Kumk´u	2 Ets´nab	13. Jan	14. Jan 780	15. Jan	11. Jan	12. Jan	13. Jan

+ 178	9 Men	9.17.9.10.15. 10 Men 3 Ch´een	11 Kib	9. Juli	10. Juli 780	11. Juli	7. Juli	8. Juli	9. Juli
+ 177	4 Chuwen	9.17.10.1.12. 5 Eb 0 Kumk´u	6 Been	2. Jan	3. Jan 781	4. Jan	31. Dez 780	1. Jan 781	2. Jan
+ 177	12 Lamat	9.17.10.10.9. 13 Muluk 12 Mol	1 Ok	28. Juni	29. Juni 781	30. Juni 	26. Juni	27. Juni	28. Juni
+ 177	7 Chikchan	9.17.11.1.6. 8 Kimi 9 K´ayab	9 Manik´	22. Dez	23. Dez 781 	24. Dez	20. Dez	21. Dez	22. Dez
+ 177	2 Ik´	9.17.12.1.0. 11 Ajaw 18 Pax	4 K´an	17. Juni	18. Juni 782	19. Juni 	15. Juni	16. Juni	17. Juni
+ 177	10 Kawak	9.16.13.12.6. 1 Kimi 14 K´ank´in	12 Imix	11. Dez	12. Dez 782	13. Dez	9. Dez	10. Dez	11. Dez
+ 148	2 Manik´	9.17.12.8.8. 3 Lamat 1 Xul	4 Muluk	8. Mai	9. Mai 783	10. Mai	6. Mai	7. Mai	8. Mai
+ 177	10 K´an	9.17.12.17.5. 11 Chikchan 18 K´ank´in	12 Kimi	1. Nov	2. Nov 783	3. Nov	30. Oct	31. Oct	1. Nov
+ 178	6 Ik´	9.17.13.8.3. 7 Ak´bal 11 Sek	8 K´an	27. April	28. April 784	29. April	25. April	26. April	27. April
+ 177	1 Kawak	9.17.13.17.0. 2 Ajaw 8 K´ank´in	3 Imix	21. Okt	22. Okt 784	23. Okt	19. Okt	20. Okt	21. Okt

+ 177	9 Kib	9.17.14.7.17. 10 Kaban 0 Sek	11 Ets´nab	16. April	17. April 785 	18. April	14. April	15. April	16. April
+ 177	4 Been	9.17.14.16.14. 5 Hix 17 Mak	6 Men	10. Okt	11. Okt 785	12. Okt 	8. Okt	9. Okt	10. Okt
+ 177	12 Ok	9.17.15.7.11 13 Chuwen 9 Sots´	1 Eb	5. April	6. April 786	7. April 	3. April	4. April	5. April
+ 148	4 Ets´nab	9.17.15.14.19. 5 Kawak 17 Sak	6 Ajaw	31. Aug	1. Sep 786	2. Sep	29. Aug	30. Aug	31. Aug
+ 177	12 Men	9.17.16.5.16. 13 Kib 9 Wo	1 Kaban	24. Feb	25. Feb 787	26. Feb	22. Feb	23. Feb	24. Feb
+ 177	7 Eb	9.17.16.14.13. 8 Been 6 Sak	9 Hix	20. Aug	21. Aug 787	22. Aug	18. Aug	19. Aug	20. Aug
+ 177	2 Muluk	9.17.17.5.10. 3 Ok 18 Poop	4 Chuwen	13. Feb	14. Feb 788	15. Feb	11. Feb	12. Feb	13. Feb
+ 177	10 Kimi	9.17.17.14.7. 11 Manik´ 15 Ya´ax	12 Lamat	8. Aug	9. Aug 788	10. Aug 	6. Aug	7. Aug	8. Aug

Aber es sind ja so viele Zeilen ohne Finsternis! Eigentlich trifft nicht mal die Hälfte der Veraussagen zu!

Gut, dass du das sagst. So argumentieren die Skeptiker. Sie sehen dort ein statistisches Desaster. Bei genauerem Hinsehen ist das aber gar kein Mangel für den Nachweis, sondern höchstens ein Schönheitsfehler. Ich vermute, dass unsere Maya doch nicht so perfekt prognostiziert haben. Man sieht, die Maya sind mit ihrer Vorhersage manchmal "aus dem Rhythmus" gekommen.

Was meinst du mit Rhythmus?

Es ist *nicht ganz einfach diese Zahlenreihen mit 177, 178 und 148 völlig richtig zu prognostizieren. Zumal das ja eigentlich Dezimalzahlen mit Nachkommastellen sind. Manchmal schafft es der Mond sogar schon nach einem Monat gerade nochmal seinen Schatten auf die Erde fallen zu las-*sen.

Klar, da kann es passieren, dass sie plötzlich völlig daneben liegen, einen ganzen Monat zum Beispiel.

Genau. Aber längerfristig pegeln sie sich durch "Gegenfehler" wieder ein, weil die großen Zyklen gut bekannt sind. Sehen wir mal die Abweichungen genau an.

Abweichung wovon?

Wenn meine Vermutung zutrifft, sind die Abweichungen der Finsternisprognosen bezüglich der tatsächlichen Finsternisse bei den "Rhythmusfehlern" so groß, dass es erstmal keine Rolle spielt, ob wir den 11. 8. oder den 13. 8. als Nulldatum nehmen. Nehmen wir der Einfachheit halber mal an, dass der 12. 8., also der Wert in der Mitte unserer zwei Kandidaten, das Nulldatum wäre und entlarven die großen Abweichungen.

Du kannst aufhören. Lassen wir den Skeptikern die Hoffnung, dass sich die zweite Hälfte der Daten anders verhält. Bis hierhin ist es tatsächlich keine Ermessensfrage! Es ist doch ganz klar, was hier

julianisches Datum der Sonnenfinsternisse	Gregor. Datum	Mayaprogn. bzgl. 12.8.	Abweichung
0755 Dec 08 04:05	12. 12.	11. 11.	30
0756 May 04 01:59	8. 5.	6. 5.	2
0756 Oct 28 08:58	1. 11.	30. 10.	2
0757 Apr 23 04:29	27. 4.	27. 3.	31
0757 Oct 17 21:09	21. 10	20. 9.	31
0758 Apr 12 13:50	16. 4.	16. 3.	31
0758 Oct 07 02:24	11. 10.	9. 9.	32
0759 Mar 03 20:47	7. 3.	6. 3.	1
0759 Apr 02 05:01	6. 4.		
0759 Sep 26 02:16	30. 9.	30. 8.	31
0760 Feb 21 12:10	25. 2.	23. 2.	2
0760 Aug 15 14:51	19. 8.	18. 8.	1
0761 Feb 09 22:14	13. 2.	11. 2.	2
0761 Aug 05 03:24	9. 8.	7. 8.	2
0762 Jan 30 00:51	3. 2.	2. 1.	32
0762 Jul 25 20:07	29. 7.	29. 6.	30
0763 Jan 19 00:05	23. 1.	23. 12.	31
0763 Jun 16 03:32	20. 6.	18. 6.	2
0763 Jul 15 12:19	19. 7.		
0763 Dec 09 13:30	13. 12.	12. 12.	1
0764 Jun 04 11:17	5. 6.	6. 6.	1
0764 Nov 28 03:00	24. 11.	1. 11.	23
0765 May 24 12:47	28. 5.	27. 4.	31
0765 Nov 17 18:44	21. 11.	21. 10.	31
0766 May 13 14:23	17. 5.	16. 4.	31
0766 Nov 07 07:58	11. 11.	11. 10.	31
0767 Apr 03 13:03	7. 4.	6. 4.	1
0767 Sep 27 21:40	1. 10.	30. 11.	60
0768 Mar 23 05:02	27. 3.	25. 2.	30
0768 Sep 15 21:18	19. 9.	20. 8.	30
0769 Mar 12 21:15	16. 3.	13. 2.	31

Prognosefehler sind. Also lassen wir die "Ausrutscher" einfach weg. Man sieht es den "Ausrutschern" doch wirklich deutlich an, dass sie welche sind, oder?

Die Wissenschaftler sprechen in solchen Fällen von "Ausreißern". Das sind Werte denen man deutlich ansieht, dass sie nicht ins Muster passen. Sie müssen keine Rolle für eine Entscheidung zwischen dem 11. August oder der 13. August als Nulldatum spielen, weil sie zu weit weg liegen.

Was heißt hier <u>müssen</u> keine Rolle spielen? Und lassen wir diese Werte jetzt kommentarlos unter den Tisch fallen? Wir werden als Trickser beschimpft werden!

Du strapazierst meine Geduld ganz schön und die des Lesers wohl auch. Also lieber Leser, entschuldige bitte, dass wir an dieser Stelle eine derart ausführliche Fachdiskussion führen.

Der Leser, pardon, oder die Leserin mögen sich an dieser Stelle auf die eigene Schulter klopfen. Er oder sie gehören nicht zu dem wachsenden Anteil deutscher Bevölkerung, die sich nur bequemer und oberflächlicher Belustigung hingeben, sondern auch mal ein Stück mühsamen Weges bei der Erarbeitung einer nicht sofort ersichtlichen wissenschaftlichen Schlussfolgerung mitgehen.

Wenn wir am Ende dieser Argumentationen sind, trinken wir 'nen Tequila auf den oder mit dem Leser. Zunächst betrachten wir das Büchlein "Astronomie der Maya-Kultur" von Anton Stock, welches sehr detaillierte Analysen und Folgerungen zu den Finsternistafeln des Dresdner Codex enthält. Herr Stock arbeitet hier das Datum 9.9.11.12.8 als Startdatum der 69 Sonnenfinsternisse heraus. [Stoc98a]

Aber wir benutzten doch das Datum 9.16.4.10.8 als Startdatum. Wie kommt denn der Anton Stock dazu, einfach ein anderes Startdatum zu benutzen?

Ausgehend von seinem Startdatum stimmen nur zwei Vorhersagen nicht. Das sieht schon viel besser aus als bei unserem Startdatum. Zudem stellt Herr Stock fest, dass bei jedem weiteren Durchlauf der aufgezeichneten Sequenz von 69 Finsternissen mit der Länge von 11960 Tagen die Zahl der falschen Vorhersagen zunimmt: 2, 4, 7, 10, 14. [Stoc98b]

Da haben wir es wohl mit einer Fehlerfortpflanzung zu tun?

Ich vermute mal folgendes: Es gab einen Zeitraum, in dem die Maya ihre Beobachtungen "protokollierten". Von dieser Finsternisserie ausgehend stellten sie ihre Prognosen auf. Eine dieser Prognosereihen begann am Tag 9.16.4.10.8.

Klar. Das klingt plausibel. Damit erklären sich die Abweichungen und unser Fazit erhärtet sich. Am 13.8.3114 v.Chr. begann unsere Ära. Und das Nulldatum 11. August ist nicht nur unwahrscheinlich, sondern unmöglich. Dafür sagt die Sonnenfinsternistafel nicht eine einzige Finsternis voraus. Trinken wir nun den angekündigten Tequila und widmen uns Don Erics Behauptung, die Tafeln würden jede Finsternis der Vergangenheit und der Zukunft angeben …

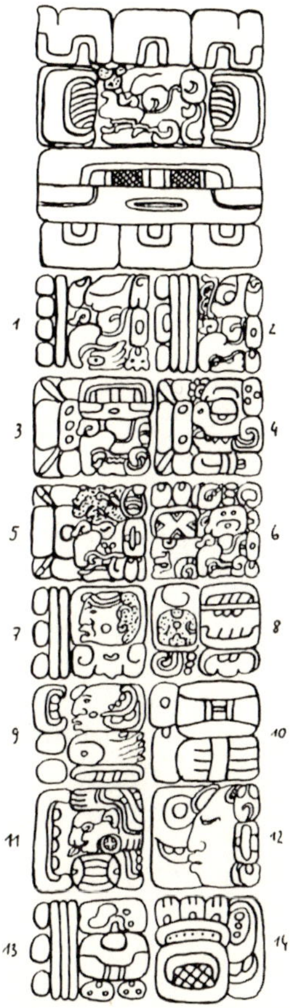

erweist sich als offensichtlicher Unsinn. Fairerweise könnte man den Maya noch zugestehen, dass sie die bekannten Serien aneinanderreihten. Somit waren sie theoretisch in der Lage quasi unendlich viele, aber trotzdem nicht alle Finsternisse, anzugeben.

Was mir besonders gefällt, ist, dass das Datum 9.17.0.0.0. dabei ist, vom 24. Januar 771.

Warum das?

Weil wir diese Finsternis auch auf einer anderen Stele haben, auf der Stele E von Quirigua. Hier ist eine Zeichnung dieses Datums. Siehst du die Glyphe 8?

Mit der Lupe sogar gut.

Deshalb habe ich das Zeichen noch einmal vergrößert.
Der rechte Teil bedeutet "Himmel". Und der linke Teil zeigt einen geöffneten Rachen.

Warum einen Rachen?

Weil sich die Maya so die Sonnenfinsternis erklären. Sie sagen: Wenn der Jaguar die Sonne frisst, dann verdunkelt sich der Himmel. Aber wenn wir den Jaguar erschrecken, indem wir viel Lärm machen, wird er sie wieder ausspucken!

Da ist ein kleiner Kreis im Rachen! Das muss die Sonnenscheibe sein!

Das denke ich auch. Es gibt keine andere Erklärung.

Super!

Übrigens beschreibt der Dresdener Codex auch Mondfinsternisse.

Wo ist die Mondfinsternistafel?

Es ist die gleiche.

Aber da müssten doch andere Daten sein!

Sie sind nicht direkt geschrieben, aber sind implizit mit enthalten. Erinnere dich an die ersten zwei Daten: das erste Datum war 9.16.4.10.8. 12 Lamat 1 Muwan und das zweite war 9.16.4.11.3. 1 Ak'bal 16 Muwan. Das erste ist das Basisdatum für die Sonnenfinsternisse. Das zweite liegt 15 Tage später.

Also die Dauer von Neumond bis Vollmond. Ich verstehe schon: da Sonnenfinsternisse bei Neumond stattfinden, und Mondfinsternisse bei

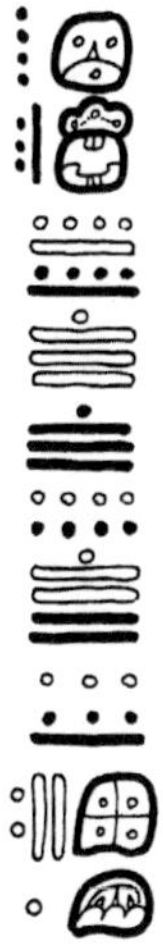

Vollmond, dient das zweite Datum als Basis für Mondfinsternisse.

Genau. Wenn wir jetzt von 9.16.4.11.3. 1 Ak'bal 16 Muwan ausgehend jeweils die gleiche Anzahl von Tagen addieren, also 177, 177, 148, 177 usw., dann erhalten wir wieder eine Tabelle, die wir gegen Mondfinsternisereignisse testen können. So würde die Tafel für die ersten 15 Daten aussehen.

Ich rechne die Finsternisse wieder aus und du setzt die Mondfinsternisglyphe ein.

...

Das Ergebnis ist wiederum eindeutig: Nicht jedes Datum im Codex ist ein Mondfinsternisdatum! Und das Nulldatum "11. August" kann nicht gerade viele Mondfinsternisse für sich verbuchen!

Quod erat demostrandum!

Übrigens, Jens, fällt dir denn nichts dazu ein, dass viele Wissenschaftler so an diesem 11. August hängen?

Ich kann mir das nur so erklären, dass "unser" Nulldatum und damit "unsere" Kalenderzählung in der klassischen Periode der Maya gültig war. Später dann gab es Kalenderanpassungen, wodurch die Maya-Daten der nachklassischen Zeit, bei ähnlicher Eichung wie wir sie vornahmen, tatsächlich eher zum Nulldatum 11.8.3114 v.Chr. passen.

	Maya-Datum			Gregorianisches Datum für Nulldatum 13. August 3114 v. Chr			Gregorianisches Datum für Nulldatum 11. August 3114 v. Chr		
	1 Tag vorher	Datum der mittleren Reihe	1 Tag nachher	1 Tag vorher	Datum der mittleren Reihe	1 Tag nachher	1 Tag vorher	Datum der mittleren Reihe	1 Tag nachher
	Basis-datum	**9.16.4.11.3 1 Ak´bal 16 Muwan**			27. Nov 755			25. Nov 755	
+ 177	8 Kawak	9.16.5.2.0. 9 Ajaw 8 Xul	10 Imix	21. Mai	22. Mai 756 	23. Mai	19. Mai	20. Mai	21. Mai
+ 177	3 Kib	9.16.5.10.17. 4 Kaban 5 Muwan	5 Ets´nab	14. Nov	15. Nov 756 	16. Nov	12. Nov	13. Nov	14. Nov
+ 148	8 K´an	9.16.6.0.5 9 Chikchan 8 Sots´	10 Kimi	11. April	12. April 757	13. April	9. April	10. April	11. April
+ 177	3 Imix	9.16.6.9.2. 4 Ik´ 5 Mak	5 Ak´bal	5. Okt	6. Okt 757	7. Okt	3. Okt	4. Okt	5. Okt
+ 177	11 Ets´nab	9.16.6.17.19. 12 Kawak 17 Sip	13 Ajaw	31. März	1. April 758	2. April 	29. März	30. März	31. März
+ 177	6 Men	9.16.7.8.16. 7 Kib 14 Keej	8 Kaban	24. Sep	25. Sept 758 	26. Sep	22. Sep	23. Sep	24. Sep
+ 178	2 Been	9.16.7.17.14. 3 Hix 7 Sip	4 Men	21. März	22. März 759 	23. März	19. März	20. März	21. März

+ 177	10 Ok	9.16.8.8.11. 11 Chuwen 4 Keej	12 Eb	14. Sep	15. Sep 759 	16. Sep	12. Sep	13. Sep	14. Sep
+ 177	5 Manik´	9.16.8.17.8. 6 Lamat 16 Wo	7Muluk	9. März	10. März 	11. März	7. März	8. März	9. März
+ 177	13 K´an	9.16.9.8.5. 1 Chikchan 13 Sak	2 Kimi	2. Sep	3. Sep 760 	4. Sep	31. Aug	1. Sep	2. Sep
+ 177	8 Imix	9.16.9.17.2. 9 Ik´ 5 Wo	10 Ak´bal	26. Feb	27. Febr 761 	28. Feb	24. Feb	25. Feb	26. Feb
+ 177	3 Ets´nab	9.16.10.7.19. 4 Kawak 2 Sak	5 Ajaw	22. Aug	23. Aug 761	24. Aug 	20. Aug	21. Aug	22. Aug
+ 148	8 Kimi	9.16.10.15.7. 9 Manik´ 10 Kumk´u	10 Lamat	17. Jan	18. Jan 762 	19. Jan	15. Jan	16. Jan	17. Jan
+ 177	4 K´an	9.16.11.6.5. 5 Chikchan 3 Ch´een	6 Kimi	14. Juli 	15. Juli 762	16. Juli	12. Juli	13. Juli	14. Juli 
+ 177	12 Imix	9.16.11.15.2. 13 Ik´ 0 Kumk´u	1 Ak´bal	7. Jan	8. Jan 763 	9. Jan	5. Jan	6. Jan	7. Jan

8. Der Rastplatz der kosmischen Besucher

Sieh an. Ein Intermezzo. Ein Zwischenspiel.

Wie funktioniert das Spiel?

Offenbar wird hier mit Planeten und Zahlen gespielt. Spielen wir doch mal mit!

Da müssen wir uns mal die Spielregeln anschauen.

Ein gewisser "nüchterner Wissenschaftler" namens Dr. Kiessling hat diese aufgestellt.

Das ist komisch. Warum muss dieser Doktor Kiessling betonen, dass er nüchtern ist?

Na, er hatte eben eine Party am Vorabend, und als er Don Eric den Brief mit seinem genialen Einfall schrieb, da war er wieder nüchtern!

Na, mal sehen ob wir damit fertig werden und gegebenenfalls kontern können.

Hier wird noch einmal aufgegriffen, dass der Maya-Kalenderzyklus 18980 Tage lang ist, was nun bekanntermaßen 52 irdischen Jahren (52 × 365 = 18980) und gleichzeitig 73 "Götterjahren" entspricht (73 × 260 = 18980).

Diese "Götterjahre" sind eine Erfindung von Don Eric. Na gut. Und wie geht´s weiter?

Jetzt kommt die interessante Stelle: "Und innerhalb der 52 Jahre *erschienen, gedeuteten Mayaglyphen zufolge, bestimmte Götter mit verwirrenden Namen zehnmal am Firmament, und alle 52 Jahre wurde die Wiederkehr dieser schrecklichen Kreaturen befürchtet. Wenn die Götter in 52 Jahren (= 18980 Tagen) zehnmal am Firmament sichtbar waren, dann in 5,2 Jahren (1898 Tagen) logischerweise einmal" (S. 142).*

In welcher Form erschienen sie denn?

Naja, unser nüchterner Wissenschaftler dachte da wohl auch eher skeptisch an einen Kometen oder ein recht pünktliches Raumschiff, bis er laut Don Eric eine sensationelle Entdeckung gemacht hatte.

Jetzt wird's spannend! Los erzähle!

Lies doch mal selbst: "Was beim Blick in den Planetenatlas sofort ins Auge springt, ist die große Lücke, die zwischen Mars und Jupiter klafft. Dort bewegt sich - nur im Fernrohr sichtbar - die Riesengruppe kleiner Planeten, Asteroiden genannt, auf den Keplerschen Bahnen um die Sonne. Unterstellt, diese Asteroiden wären Trümmer eines ehemaligen Planeten, dann hätte sich dieser in seiner kompakten Existenz in 1898 Tagen = 5,2 Jahren einmal um die Sonne gedreht" (S. 143)

Hier bahnt sich eine Sensation an!

Und diese wird auch formuliert: "So gesehen ergab die Kombination aus dem Götterkalender Tzolkin und dem Erdenkalender Haab kein Zufallsdatum, sie bestimmte vielmehr die genaue Umlaufbahn des Planeten X" (S. 143)

Na, das ist doch prima! Jetzt wissen wir endlich, woher der 260-Tage-Kalender stammt!

Warte erst mal, es kommt noch dicker: "Und sie [zuvor genannte Kombination] ergab nicht nur diese Bestimmung: In der zehnten

Potenz mit 18980 Tagen (= 52 Jahre) fixierte sie die Idealposition des Planeten X zur Erde. An diesem Fixtag fürchteten dann die Erdenkinder die Heimsuchung durch die Götter" (S. 143)

War wohl nicht gut Kirschen essen mit den außerirdischen Lehrmeistern?

Hier ist schon mal ein Freistoß für uns fällig. Er meint das Zehnfache, nicht die zehnte Potenz!

Ach komm, verzeihen wir ihm diese kleine Potenzschwäche.

Na gut, ist auch nicht so wichtig. Vielmehr müssen wir analysieren, inwiefern die beiden Götterfreunde Recht haben.

Nur zu. Du bist der Astronom!

Tatsächlich gibt die so genannte Titius-Bodesche Reihe jene Abstände von der Sonne an, wo sich Planeten mit ihren Bahnen befinden. Auch der Asteroidengürtel ist mit aufgeführt. Die später von Don Eric genannten Daten der Entdeckungen der größten Planetoiden scheinen okay zu sein. Die Umlaufzeit eines Planeten oder auch Planetoiden lässt sich bei Kenntnis der großen Halbachse seiner Bahn, also quasi des Radius, mithilfe des dritten Keplerschen Gesetzes ermitteln.

Ist es denn möglich, dass sich an der Stelle des Asteroidengürtels ein Planet befunden hätte?

Meines Wissens ist noch nicht mit Sicherheit geklärt, dass es dort keinen Planeten gab. Wenn es einen gab, dann muss er sehr zeitig, quasi knapp nach der Entstehung des Sonnensystems, aufgrund kosmischer Einwirkungen wieder zerfallen sein und sich weiträumig verteilt haben. Was auch dagegen spricht, ist der Umstand, dass er sehr klein gewesen sein müsste, denn das Material des Asteroidengürtels reicht bei weitem nicht aus, um einen mit der Erde vergleichbaren Planeten zu formieren. In jedem Falle wäre Leben unmöglich gewesen.

Weil keine Atmosphäre, kein Wasser usw. vorhanden waren, oder?

Zumindest nicht lange genug. Die Mehrheit der Wissenschaftler ist allerdings der Auffassung, dass sich aufgrund der Jupiternähe und der damit verbundenen gewaltigen Gravitationswirkungen kein Planet bilden konnte.

Nun nehmen wir einfach mal an, da hätte ein Planet X sein können, um das Spiel weiterzuspielen!

Überlegen wir mal weiter. Don Eric äußert, dass dieser Planet sich aller 5,2 Jahre in "Idealposition" befunden hätte.

Das würde die Position bedeuten, wo man ihn am deutlichsten sieht.

Genau. Das ist die so genannte Opposition, d. h. die Erde überholt ihn gerade auf ihrer weiter innen liegenden Bahn und kommt ihm so am nächsten. Die Dauer zwischen zwei solchen Oppositionen ist ein synodisches Jahr dieses Planeten.

Moment mal, wir überholen ihn und sehen ihn dann aller 5,2 Jahre am besten? Aber hat Don Eric nicht vorhin gesagt, dass der Planet X 5,2 Jahre für einen Sonnenumlauf braucht? Das ist doch wohl nicht das Gleiche!

Richtig, ein verstecktes, aber grobes Foul. Dafür sollte es die gelbe Karte geben!

Kannst du mal genauer erklären, was jetzt los ist?

Selbstverständlich. Wenn der Planet X existiert hätte, dann hätte er die Sonne in 5,2 Jahren umlaufen. Davon geht Don Eric aus.

Das ist die siderische Umlaufzeit, wenn ich mich nicht irre.

So ist es. Das synodische Jahr des Planeten X lässt sich dann ermitteln mit der Formel:

$$\frac{1}{T_{syn}} = \frac{1}{T_{Erde}} - \frac{1}{T_{sid}}$$

Warte! Lass mich mal umformen. Das ist eine elegante Formel, würde Einstein sagen. Erinnert mich an die guten alten Zeiten! Weißt du noch, als unser Physikpraktikum einmal in der Kneipe stattfand?

Das waren glorreiche Zeiten!

Unser nächstes Klassentreffen sollten wir wieder in Jena durchführen! Gibt es den Quantenkeller eigentlich noch?

Ich glaub´ schon. Das Wohnheim steht ja noch!

Also, wenn ich die Formel umforme, bekomme ich: $T_{syn} = \frac{T_{Erde} \times T_{sid}}{T_{sid} - T_{Erde}}$

Wenn ich mit 365,2422 und 1898 Tagen rechne, dann erhalte ich 452 Tage für die synodische Umlaufzeit des Planten X!

Sehr gut. Und jetzt rechnen wir mal aus, wie oft dieser Planet erschienen wäre: 18980 ÷ 452 = 42. Also 42 mal wäre der Planet zu sehen gewesen, nicht nur 10 mal! Das stimmt also hinten und vorne nicht, was da der Doktor Kiessling und Don Eric zusammengebraut haben!

Das verdient schon eine rote Karte, denn sie haben versucht, die Leser total für dumm zu verkaufen! Ich denke doch, dass viele Leser den Unterschied wissen zwischen synodischer und siderischer Umlaufzeit!

Nun wird nicht jeder diese Bezeichnungen wissen, aber doch zumindest, dass es einen Unterschied gibt! Man kann sich das wie zwei Läufer in einem Stadion vorstellen. Was die Zuschauer im Stadion sehen, ist die siderische Umlaufzeit des Läufers. Aber wenn ich selbst ein Läufer bin und mit der Stoppuhr messe, wie lange der andere Läufer braucht, bis er wieder neben mir läuft, dann würde ich seine synodische Umlaufzeit messen.

Sehr gut. Also bisher wissen wir schon, dass die Maya den Planeten X nicht hätten beobachten können, denn er hat nicht bis in Mayazeit hinein existiert. Zweitens wissen wir, dass sie den Planeten nicht alle 5,2 Jahre beob-

achtet hätten, selbst wenn es ihn gegeben hätte. Das sind schon zwei grobe Fouls. Aber das Foulspiel geht weiter! Selbst wenn wir so tun würden als hätten wir diese zwei groben Schnitzer nicht bemerkt, führen Don Erics Ausführungen immer noch nicht zu intelligenten Schlussfolgerungen.

Was folgt denn nun Schönes?

Es folgt wieder ein Zaubertrick mit Zahlenzauberei, die den Leser zu verwirren sucht. Seine scheinbar überraschende Entdeckung, dass eben wegen gewisser Zusammenhänge der an den Kalendern beteiligten Zahlen der Planet X ins Spiel kommt, finde ich auf den ersten Blick recht pfiffig. Besonders die Argumentation, dass der Götterkalender mit seinen 260 Tagen sicherlich von einem raumfahrenden Volk stamme, dessen Heimatplanet innerhalb von 1898 Erdentagen die Sonne umläuft, finde ich ansatzweise genial.

Ich weiß schon, worauf du abzielst: auf die 7,3 Erdentage lange Tageslänge des Planeten X!

Natürlich! Was Don Eric macht, ist folgendes: Er sagt sich: jetzt werde ich mal einen schönen Trick vorführen: ich werde zeigen, dass das Jahr auf dem Planeten X genau 260 Tage zählte. Dann kann ich das den Leuten als das "Götterjahr" der Maya verkaufen! Wie muss ich da rechnen? Umlaufzeit durch Jahreslänge = Rotationszeit:

$$1898 \div 260 = 7{,}3.$$

Diese 7,3 Tage muss ich nur geschickt und unauffällig aus dem Ärmel schütteln!

So ist es! Hier kommt der Ärmeltrick: "Nehmen wir an, ein Tag auf dem Planeten X entspräche 7,3 Erdentagen" (S. 145).

Er schickt dann schnell noch eine Pseudo-Erklärung hinterher, nämlich dass die 73 eine heilige Zahl gewesen war. Prima!

Und jetzt kommt der Trommelwirbel und die Spannung steigt: "Wie viele Tage würde dann ein Planet-X-Jahr haben?

$$1898 \div 7{,}3 = 260 \text{ Tage}$$

Das Tzolkin stimmt immer"! (S. 146) Tusch! Und Herzlichen Glückwunsch!

Das ist wirklich eine Glanzleistung! Er verwendet die gleiche Formel! Er geht von 260 Tagen aus und errechnet 7,3 Tage. Dann geht er von 7,3 Tagen aus und mimt Überraschung, wenn 260 Tage herauskommen! Da beißt sich die Katze doch in den eigenen Schwanz!

Da müsste ich mir doch die Hosen mit der Kneifzange anziehen! Und spricht dann noch von "Zufall"!

Ich finde, wir haben viel Geduld gezeigt in diesem Spiel! Aber spätestens nach der dritten Gelben Karte verdient Don Eric die Rote Karte!

Alles in allem scheint auch der "nüchterne" Wissenschaftler Dr. Kiessling doch nicht so nüchtern gewesen zu sein!

Er muss schon ziemlich betrunken gewesen sein, um so einen Mist zu verzapfen!

Bemerkst du eigentlich, dass sich der ganze Rechenzauber gewaltig auf diese 1898 Tage stützt? Nicht etwa 1897 oder 1899 oder etwas derartiges.

Klar, da kriegt man ja Gänsehaut vor Ehrfurcht! Wir sollten mal überprüfen, wie groß die Umlaufzeit dieses hypothetischen Planeten X überhaupt wäre!

Na dann los!

Nr.	Name	Durchmesser (km)	Mittlere Distanz von der Sonne (AE)	Nr.	Name	Durchmesser (km)	Mittlere Distanz von der Sonne (AE)
1	Ceres	960 x 932	2,7664	51	Nemausa	148	2,3655
2	Pallas	608	2,7735	52	Europa	289	3,099
3	Juno	240	2,6673	53	Kalypso	115	2,6189
4	Vesta	538	2,3626	54	Alexandra	166	2,7137
5	Astraea	119	2,5736	55	Pandora	67	2,7603
6	Hebe	195	2,4253	56	Melete	113	2,5959
7	Iris	200	2,3896	57	Mnemosyne	113	3,1474
8	Flora	135	2,2015	58	Concordia	94	2,7006
9	Metis	190	2,3865	59	Elpis	164	2,7133
10	Hygeia	450	3,1361	60	Echo	60	2,3932
11	Parthenope	162	2,4526	61	Danae	82	2,9824
12	Victoria	117	2,3343	62	Erato	95	3,1216
13	Egeria	224	2,5761	63	Ausonia	103	2,3956
14	Irene	152	2,5856	64	Angelina	97	2,6833
15	Eunomia	272	2,6451	65	Cybele	237	3,437
16	Psyche	250	2,9199	66	Maja	73	2,6467
17	Thetis	93	2,4699	67	Asia	58	2,4220
18	Melpomene	140	2,2969	68	Leto	123	2,7861
19	Fortuna	200	2,4413	69	Hesperia	138	2,9801
20	Massalia	145	2,4089	70	Panopaea	122	2,6144
21	Lutetia	96	2,4352	71	Niobe	83	2,7551
22	Kalliope	181	2,6337	72	Feronia	86	2,2667
23	Thalia	107	2,6275	73	Klytia	44	2,6650
24	Themis	189	3,1283	74	Galatea	99	2,7814
25	Phocaea	72	2,3996	75	Eurydike	55	2,6705

26	Proserpina	95	2,6463	76	Freia	183	3,4169
27	Euterpe	132	2,3471	77	Frigga	70	2,6684
28	Bellona	121	2,7775	78	Diana	120	2,6190
29	Amphitrite	212	2,5551	79	Eurynome	66	2,4440
30	Urania	104	2,3656	80	Sappho	78	2,2955
31	Euphrosyne	256	3,1485	81	Terpsichore	119	2,8522
32	Pomona	80	2,5875	82	Alkmene	61	2,8337
33	Polyhymnia	65	2,8654	83	Beatrix	81	2,4319
34	Circe	118	2,6855	84	Klio	79	2,3610
35	Leukothea	108	2,9950	85	Io	145	2,6533
36	Atalante	109	2,7473	86	Semele	120	3,1178
37	Fides	108	2,6405	87	Sylvia	260	3,4889
38	Leda	116	2,7394	88	Thisbe	232	2,7673
39	Laetitia	150	2,7693	89	Julia	151	2,5500
40	Harmonia	108	2,2672	90	Antiope	85 + 85	3,1597
41	Daphne	174	2,7645	91	Aegina	114	2,5909
42	Isis	100	2,4407	92	Undina	126	3,1892
43	Ariadne	66	2,2039	93	Minerva	141	2,7545
44	Nysa	71	2,4236	94	Aurora	205	3,1614
45	Eugenia	215	2,7203	95	Arethusa	136	3,0697
46	Hestia	124	2,2570	96	Aegle	170	3,0592
47	Aglaja	127	2,8778	97	Klotho	83	2,6694
48	Doris	250	3,109	98	Ianthe	104	2,6855
49	Pales	150	3,0844	99	Dike	72	2,6646
50	Virginia	100	2,6495	100	Hekate	89	3,0945

Zunächst einmal verschaffen wir uns einen Einblick in die Welt der Asteroiden. Sieh dir die Liste der ersten 100 Asteroiden des Hauptgürtels an. Dabei gibt die Nummer, die auch Bestandteil des vollständigen Namens ist, die Reihenfolge ihrer Entdeckung an. Wer noch mehr Asteroidendaten ansehen möchte, kann zum Beispiel die von mir verwendete Quelle [toon1] *aufsuchen. Von dort aus gelangt man zu weiteren entsprechenden Seiten. Was denkst du, wenn du diese Daten siehst?*

Ich denke, die Namen stammen aus dem griechischen Bestseller: "Die 100 beliebtesten Babynamen in Griechenland"... Okay: Auf den ersten Blick fällt mir auf, dass sich die Sonnenabstände gewaltig unterscheiden!

Die Asteroiden verteilen sich tatsächlich zwischen Mars und Jupiter etwa wie die Fahrer eines Radrennens nach, sagen wir, einer Stunde nach dem Start. Dabei bildet das Hauptfeld einen Gürtel ungefähr zwischen 2,2 AE und 3,5 AE Sonnenabstand (1AE = eine Astronomische Einheit = der mittlere Abstand der Erde von der Sonne, rund 150 Millionen Kilometer). In der Grafik wird deutlich, dass auch das Hauptfeld relativ zerrüttet ist. Hier sind die absoluten Häufigkeiten von Asteroiden aus dieser Gruppe der ersten 100 in Abhängigkeit von den Sonnenabständen in AE dargestellt.

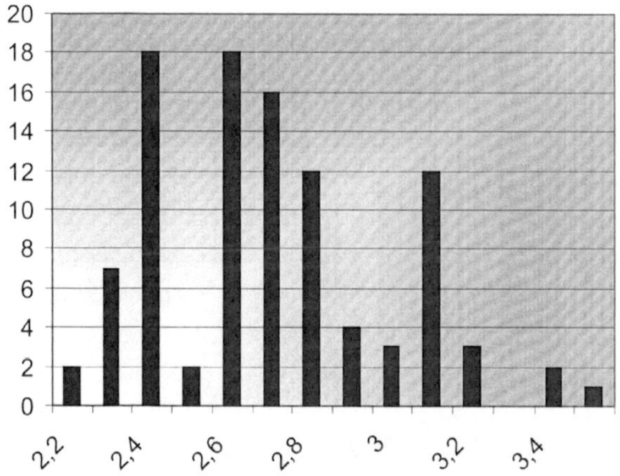

Aber, das ist ja eine verdammt breite Streuung! Hätte ich gar nicht gedacht!

Ja, und für ein Objekt mit 2,2 AE Sonnenabstand (etwa der kleinste Wert unserer 100 Asteroiden) ergibt sich eine Umlaufzeit von 3,26 Jahren (= 1191 Tage). Analog erhält man für 3,5 AE Sonnenabstand (etwa der größte Wert unserer 100 Asteroiden) die Umlaufzeit von 6,55 Jahren (= 2392 Tage).

Wie aussagekräftig sind eigentlich unsere Zahlen?

Betrachtet man mehr der zigtausend Asteroiden, stellt man fest, dass der Bereich in dem sich das Hauptfeld befindet von uns schon recht gut angenähert wurde. Einzelgänger können auch knapp außerhalb liegen. Ausreißer gibt es natürlich auch, aber die gehören ja nicht mehr zum Gürtel. Angesichts unserer Auswertung der Daten kann ich nur sagen, dass die Angabe der Umlaufzeit von genau 1898 Tagen zwar in dem von uns ermittelten Bereich liegt, aber äußerst willkürlich ist!

Naja, schließlich braucht Don Eric gerade diese Zahl zum Zaubern!

Nun könnte er sich noch herausreden, dass er eine Art Mittelwert gebildet hat. Und dort könnte ja der Planet X gewesen sein, dessen Trümmer auseinander flogen. Aber nicht einmal das funktioniert, denn unser Mittelwert des Abstandes liegt für die ersten 100 Asteroiden bei 2,7 AE, woraus sich eine theoretische Umlaufzeit von 1620 Tagen ergeben würde!

Hoho! Da gibt es aber nichts mehr zu rütteln! Das war´s dann! Game over!

Damit nicht genug: Don Eric spielt beim Abgang noch einen letzten Abschiedstusch! Er setzt noch einen großen Knüller drauf: er meint tatsächlich (auf Seite 150), die Menschheit könnte den Planeten Erde in Stücke reißen und in einen neuen Asteroidengürtel verwandeln!

Das hat nicht einmal der Asteroid geschafft, der vor 65 Millionen

Jahren vor der Nordküste der Yucatan-Halbinsel einschlug!

Eben. Und dieser war nicht gerade klein! Er muss etwa 15 Kilometer groß gewesen sein und hatte eine gewaltige Energie freigesetzt. Sieh mal hier:

"Das aus dem Chicxulub-Krater auf der mexikanischen Halbinsel Yucatan herausgeschleuderte Gestein hat mit katastrophalen Auswirkungen die Ära des Mesozoikums (Erd-Mittelalter) beendet und den Anfang des Känozoikums (Erd-Neuzeit) mit dem Aufkommen der Säugetiere eingeläutet.
Anhand einer Computersimulation haben jetzt die zwei amerikanischen Forscher David Kring von der University of Arizona und Daniel D. Durda vom Southwest Research Institut die Auswirkungen des Einschlags präzisiert und im »Journal of Geophysical Research - Planets« veröffentlicht. Der Aufprall des Eindringlings setzte zehn Milliarden Mal mehr Energie frei als die Atombomben auf Hiroshima und Nagasaki. Der Chicxulub-Krater hat heute noch einen Durchmesser von rund 180 Kilometern." [gufo1]
Meiner Ansicht nach ist das die größte Gefahr für die Menschheit. Daneben sehen die uns bekannten Naturkatastrophen ganz winzig aus.

Selbst die von Menschen verursachten Katastrophen sehen dagegen klein aus! Auch wenn natürlich die Vertreter der Spezies Homo Sapiens Sapiens, was immer das auch heißen mag, mit Abstand (ob mit Stolz, weiß ich nicht) den ersten Platz einnehmen in der Fähigkeit, die Welt zu verändern! Sie können das Wasser vergiften, Millionen von Artgenossen grausam dahinschlachten, die meisten Tierarten ausrotten, die Gletscher abschmelzen, einen nuklearen Winter verursachen und sogar die Meeresströmungen umleiten! Aber das war´s dann auch! Zwei Dinge können wir nie schaffen: die Kakerlaken ausrotten und den Planeten Erde in Stücke reißen! Nicht mit allen Waffen der Welt!

Albert Einstein würde hier noch ergänzen: Auch die Dummheit können wir nicht ausrotten!

Darauf trink' ich einen! Auf den Rastplatz der Götter!

Warum eigentlich "Rastplatz"?

Laut Don Eric nannten die Aliens ihren Planeten oder Asteroiden den "Rastplatz" (S. 177). Eine angebliche Übersetzung aus dem Popol Vuh des Namens des Berges "Hacawitz". Aber kein Übersetzer des Popol Vuh gibt diese Übersetzung an, nur die Varianten "Kahler Berg" oder "Feuerberg" findet man.

Salud! Auf ....

Auf Albert Einstein!

Jawohl, wir haben ja das Einstein-Jahr!

Prost, Albert!

9. 747 v. Chr. - Eine sensationelle wissenschaftliche Entdeckung!

Eigentlich ist es enttäuschend, dass sich die Götter mit einer so banalen Erklärung wieder haben wegdiskutieren lassen. Don Eric hatte eine so prima Geschichte gesponnen, wie die Aliens mit dem Raumschiff kamen und die andere Jahreslänge feststellten und wie sie nach ihrem alten Kalender Weihnachten feierten und so.

Moment, die Götter sind noch nicht ganz weg, nur der Planet X! Immerhin steht da noch das Argument, dass die Maya nicht unbedingt zwei Kalender brauchten und schon gar nicht einen mit einer Jahreslänge von 260 Tagen!

Ach ja. Stimmt! Wie Don Eric schreibt: "Seit Jahrzehnten geistert durch die Reihen der Archäologen die Frage, was wohl die magische Zahl 260 des Tzolkin bedeutet haben mag" (S. 143)

Das müssen wir auf jeden Fall klären. Aber was wir auch erklären müssen, ist das Datum 13. August 3114 vor Christus. Da wir nicht glauben, dass das der Tag ist, an dem die Götter kamen, müssen wir erklären, woher genau dieses Datum kommt!

Ja, allerdings. Ich habe da so eine Vermutung wie es zum Nulldatum kam, aber zuerst sollten wir uns die 260 Tage anschauen.

Okay. Ich habe da mal etwas nachgeforscht und kann dir einige astronomische Erklärungen aufführen.

Da bin ich aber gespannt!

1. *Die Sonne legt in ihrem scheinbaren Jahreslauf am Himmel 360° in 365 Tagen zurück, also ca. 1° pro Tag. Der Mond schafft*

die 360° in einem siderischen Monat, d. h. in 27,32 Tagen, also ziemlich genau 13° pro Tag. Zwar benutzten die Maya sicherlich keine Winkelmesser, aber vielleicht konnten sie irgendwie feststellen, dass eine Mondtagesbewegung 13 Sonnentagesbewegungen entsprachen. Zusammen mit ihrer Zahlensystembasis 20 würde sich dann der Tzolkin erklären lassen (13 × 20 = 260).

Das ist schon einmal sehr gut. Natürlich hatten die Maya kein 360°-System, darum können wir die Zahl 13 nicht direkt von den 13° ableiten, die der Mond in einem siderischen Monat zurücklegt. Aber du hast trotzdem recht, denn am Himmel ordneten die Maya jedem dieser Abschnitte ein Zodiakzeichen zu, und das bedeutet, es sind genau 13 an der Zahl. Und von dieser 13 können wir die Zahl 13 ableiten, die mit 20 multipliziert 260 ergibt!

2. *Die Sichtbarkeitsdauer der Venus als Morgenstern oder als Abendstern beträgt ebenfalls rund 260 Tage. Dass die Maya die Venus langfristig beobachteten wissen wir schließlich aus dem Dresdner Codex.*

Das ist auch ein gutes Argument. Übrigens wissen wir von der Venusbeobachtung auch durch Steleninschriften aus der klassischen Maya-Zeit. Hier ist noch ein Zitat von Susan Milbrath, aus ihrem Buch Star Gods of the Maya, Seite 193: "Floyd Lounsbury was the first to associate Venus specifically with warefare. ... His study of the distribution of star-war dates indicates that war imagery is linked with the first visibility of Venus in the morning and evening sky, as well as with the short period of inferior conjunction. ... Apparently, warfare was avoided when Venus was invisible in superior conjunction." [Milb99a]

Okay. Habe ich richtig gehört: star-war?

Ja, ja, Sternenkrieg! Weil eben in der Hieroglyphe für "Krieg" das Sternenzeichen auftaucht! Die Kriegszüge der Maya fanden also meistens statt, wenn die Venus gerade wieder als Morgen- oder Abendstern sichtbar war. Aber auch, wenn Jupiter sich in rückläufiger Bewegung befand. Darum kann das Sternenzeichen sich auch auf andere Planeten beziehen. Das ist die Hieroglyphe:

3. Der Zeitraum zwischen den Zenitdurchgängen der Sonne bei einer geographischen Breite von 15 Grad wie z. B. in der relativ südlich gelegenen Mayastadt Copan beträgt 260 Tage.

Jetzt überraschst du mich aber! Woher hast du das denn gewusst?

Es gibt im Internet einige interessante Diskussionsforen, wo sich einige Freaks interessenmäßig auf unserer Wellenlänge befinden. Sieh ruhig mal nach, einfach googeln mit Suchbegriffen wie "Tzolkin" usw. und schon wirst du fündig.

Tatsächlich hast du vollkommen recht. Auf der geographischen Breite von 15 Grad Nord wurde sehr wahrscheinlich auch der Kalender der Maya entwickelt! Diese Information können wir dem genialen Maya-Ethnologen Rafael Girard entnehmen. Darüber hat er geschrieben in seinem Werk "Die ewigen Mayas". [Gira69a]

Dann habe ich ja noch die Vermutung, dass die 260 Tage einen ganz bodenständigen Zyklus darstellen, nämlich etwas mit dem Mais zu tun haben.

Da liegst du goldrichtig! Deine bisherigen drei Argumente sind schon prima, aber hier nähern wir uns dem wahren Ursprung dieser mysteriösen 260 Tage! Schau dir diese Tabelle an. Ich habe sie, basierend auf den Untersuchungen von Rafael Girard, etwas modifiziert.

Das ist der wahre Ursprung der 260 Tage! Vom Tag 1 Imix bis zum nächsten Tag 1 Imix sind es 3 + 40 + 40 + 52 + 52 + 73 Tage, also 260 Tage, die sich vom 6. Februar bis zum 23. Oktober erstrecken, was der Periode der heiligen Maispflanze entspricht!

Soweit zu den mysteriösen 260 Tagen.

Tag *	gregorianischer Tag	Heiliger Tag	Ereignis
Tag 1	6. Februar	1 Imix	erster Tag der Schöpfung
+1 Tag -> Tag 2	7. Februar	2 Ik´	zweiter Tag der Schöpfung
+1 Tag -> Tag 3	8. Februar	3 Ak´bal	dritter Tag der Schöpfung
+1 Tag -> Tag 4	9. Februar	4 K´an	vierter Tag der Schöpfung
+ 40 Tage -> Tag 44	21. März	4 K´an	Brandrodung der Milpa
+ 40 Tage -> Tag 84	30. April	4 K´an	erste Passage der Sonne durch den Zenit, erste Aussaat
+ 52 Tage -> Tag 136	21. Juni	6 Kib	Vorbereitung für die zweite Aussaat
+ 52 Tage -> Tag 188	12. August	6 Lamat	zweite Passage der Sonne durch den Zenit, Knicken der Maiskolben der ersten Milpa
+ 73 Tage -> Tag 261	23. Oktober	1 Imix	Maisernte, Ende des Maisjahres

Girard hatte immer großen Wert auf Abschnitte von 40, 52 und 73 Tagen gelegt, denn diese befolgen die Chorti-Maya rigoros.

Was mir auffällt, sind die Daten für Frühlingsanfang und Sommeranfang!

Genau. Sie dienen uns als Eckdaten, genau wie die Daten der Zenitdurchgänge. Wie du gesagt hast, sind es 260 Tage vom 13. August bis zum 30. April.

Warum hast du Girards Daten modifiziert?

Er berichtete, dass die Chorti-Maya am 8. Februar ihr Agrarjahr beginnen. Die Tzotzil-Maya beginnen es am 5. Februar. Aber wie wir an den Eckdaten sehen, gingen die antiken Maya sehr wahrscheinlich vom 6. Februar aus. Dann fällt auch der Tag der ersten Aussaat auf den Tag K'an, was "Mais" bedeutet, sowie auf den ersten Zenitdurchgang.

Was bedeutet "vierter Tag der Schöpfung" in deiner Tabelle?

Na, das führt uns wieder zum Nulldatum! Erinnere dich, wie der Nulltag heißt: 13.0.0.0.0. 4 Ajaw 8 Kumk'u. Also "4 Ajaw" ist direkt eine Anspielung auf die ersten 4 Menschen, die erschaffen wurden! Die 4 Schöpfungen werden im Popol Vuh geschildert. Zuerst wurden die Tiere erschaffen. Aber sie verehrten die Götter nicht. Darum wurden sie verdammt, geopfert zu werden. Dann wurden die Lehmmenschen erschaffen, aber sie lösten sich im Wasser auf. Dann wurden die Holzmenschen erschaffen, aber sie bewegten sich nicht gut, und verehrten auch nicht die Götter, darum wurden sie zerstört, und einige verwandelten sich in die Affen, die ersten Künstler.

Das sind erstmal 3 Schöpfungen. Und die vierte?

Und die vierte Schöpfung ist der Maismensch. Der Maya selbst.

Okay.

Das bedeutet übrigens, dass die Maya die Spanier als totale Primitivlinge ansehen mussten!

Warum denn das?

Na, überleg doch mal, was die Spanier predigten! Die Bibel! Der Christenbibel zufolge waren ja die ersten Menschen aus Lehm gemacht! Aber die Lehmmenschen sind ja der erste, primitive Versuch der Mayagötter, den Menschen zu erschaffen!

Ja, wirklich peinlich!

Und anhand solcher Typen wie de Landa müssen sich ja die Maya auch in ihrer Meinung bestätigt gefühlt haben.

Nun bleibt aber noch ein Rätsel? Der 260-Tage-Kalender rotiert doch! Wie kann dann der Tag1 Imix immer auf den 6. Februar fallen! Das verstehe ich nicht!

Da hast du recht. Heute rotiert der Tzolkin-Kalender. Der Tag 1 Imix fällt natürlich nicht mehr auf den 6. Februar, sondern wandert mit den Jahren fleißig im ganzen Kalenderjahr herum. Die Agrarperiode von 260 Tagen hat sich natürlich erhalten. Aber vor 4000 Jahren zählte man nur die 260 Tage, immer am 6. Februar beginnend. Es gab noch keinen 365-Tage-Kalender und auch keine Lange Zählung.

Ach so. Dann kann man also das Gleiche für den 365-Tage-Kalender rekonstruieren?

Wie meinst du das?

Na, wann begann der 365-Tage-Kalender?

Das wäre die Haab-Position 1 Poop.

Okay. Und auf welchen Tag fiel der Tag 1 Poop?

Auf den 16. Juli, julianisch. (Das wäre der 26. Juli im gregorianischen Kalender.) Jedenfalls zu de Landas Zeiten! Diesen Tag nannte er den "Neujahrstag".

Aber die Maya haben doch kein Schaltjahr! Das heißt, auch der Neujahrstag 1 Poop muss doch im Laufe der Zeit durch das Jahr wandern!

Das ist richtig!

Wann wäre denn der Maya-Neujahrstag dieses Jahr?

Lass mich mal rechnen! Hier ist das Datum: 12.19.12.3.3. 8 Ak'bal 1 Poop, das ist der 7. April 2005.

Okay. Aber ist es nicht logisch anzunehmen, dass der Maya-Neujahrstag ursprünglich auch im Februar lag, nicht im Juli oder April?

Da hast du recht. Aber es kann nicht der 6. Februar gewesen sein!

Warum nicht?

Weil der Tag Ajaw immer nur auf die Koeffizienten 3, 8, 13, und 18 fällt. Der Tag Imix kommt danach, kann also nur auf 4 Poop, 9 Poop, 14 Poop oder 19 Poop fallen!

Gut. Dann war es eben 1 Imix 4 Poop!

Worauf willst du hinaus?

Na, siehst du das denn nicht?

Was denn?

Also, ich habe da eine ganz geniale Idee!

Ich nicht! Nun lass mal die Katze aus dem Sack!

Nein! Lass ich nicht! Ich werde mal die Katze noch im Sack lassen!

Aber warum denn?

Weil ich dich erst noch etwas fragen muss!

Was denn?

Warum beginnt der Kalender der Maya am 13. August 3114 vor Christus?

Also, so genau weiß das ja keiner. Ich würde sagen, es ist ein Datum, das nur auf Berechnung beruht. An diesem Tag gab es die Maya oder Olmeken noch nicht. Aber irgendwann müssen sich die Kalender-Schamanen zusammengesetzt haben und gesagt haben: Wenn wir heute eine Lange Zählung entwerfen, um fortan die Tage zu zählen, bis in alle Ewigkeit, dann müssen wir ja heute ein konkretes Datum festlegen!

Okay. Aber auf 0.0.0.0.0. haben sie es ja offensichtlich nicht festgelegt, denn dann hätte dieses Treffen der Kalender-Schamanen am 13. August 3114 vor Christus stattgefunden!

Also haben sie offenbar gesagt: Wir können es für heute nicht auf 0.0.0.0.0. festlegen, denn das würde keine Zeit für unsere Geschichte lassen. Das geht nicht. Also legen wir es in die Mitte der 13 Baktun.

Die Sache mit den 13 Baktun hatten wir ja schon besprochen, warum es 13 sein müssen.

Ja, weil man dann diese Ära als Zyklus ansehen kann, denn nach 13 Baktun wiederholt sich der gleiche Tag 4 Ajaw.

Aber was ist die "Mitte" von 13.0.0.0.0.?

Gut, könnte 6.0.0.0.0. oder 6.10.0.0.0. oder vielleicht 7.0.0.0.0. sein.

Muss ja nicht genau die Mitte sein. Nehmen wir mal das letztere Datum. Das wäre 354 vor Christus.

Welcher Tag genau?

Das weiß ich nicht. Alle Computerprogramme rechen nur die Daten nach Christus aus. Wenn es vor Christus liegt, kann ich also nur das Jahr feststellen.

Das ist also dein Vorschlag, 354 vor Christus wurde die Lange Zählung erfunden?

Ja. Warum? Ist er nicht gut?

Nicht gut genug!

Warum?

Also, ich habe da so eine Ahnung! Wenn es klappt, dann kommen wir ganz groß raus!

Jetzt platze ich aber bald vor Neugier!

Meine Idee ist einfach, aber genial. Aber das hat auch Einstein immer gesagt: Das Geniale ist immer einfach! Überleg mal! Wenn wir alle Maya-Daten vor Christus überprüfen, die auf die Kalenderrunde 1 Imix 4 Poop fallen, dann müssen wir nur noch schauen, welches Datum auf einen 6. Februar fällt! Und schon wissen wir, wann der Maya-Kalender erfunden wurde, und damit auch, wie es zum Nulldatum kommt!

Na, da muss ich dich aber enttäuschen!

Jetzt bin ich aber von den Socken! Warum denn?!

Erstens, bin ich auch schon auf diese glorreiche Idee gekommen und habe diese 3 Daten 6.0.0.0.0., 6.10.0.0.0. und 7.0.0.0.0. überprüft. Denn du musst ja bedenken, dass die Maya nicht irgendein Datum gewählt hätten, z.B. 7.1.2.13.1. 1 Imix 4 Poop. Ich hätte ein rundes Datum erwartet, aber da bin ich nicht weiter gekommen, denn 6.0.0.0.1. ergibt 12 Imix 9 Wo, 6.10.0.0.1. ergibt 5 Imix 4 Yaxk'in, und 7.0.0.0.1. ergibt 11 Imix 19 Sak.

Und zweitens?

Zweitens kann ich für ein Datum der Langen Zählung, was im gregorianischen Kalender vor Christus liegt, nicht den Tag genau ausrechen!

Du nicht! Aber ich! Und so schnell werfe ich die Flinte nicht ins Korn!

Was hast du denn da?

Was ich hier habe? Ein schickes, kleines Computerprogramm habe ich da entwickelt! Damit rechne ich deine Mayadaten im Handumdrehen in unseren Kalender um, auch <u>vor</u> Christus!

Oho! Jetzt wird es spannend!

Also geben wir jetzt ein: 1 Imix 4 Poop, und wir schauen, was er ausspuckt!

0.1.8.8.1.	28. Aug 3086 v.Chr.	4.3.2.15.1.	2. Aug 1475 v.Chr.
0.4.1.3.1.	15. Aug 3034 v.Chr.	4.5.15.10.1.	20. Juli 1423 v.Chr.
0.6.13.16.1.	3. Aug 2982 v.Chr.	4.8.8.5.1.	8. Juli 1371 v.Chr.
0.9.6.11.1.	21. Juli 2930 v.Chr.	4.11.1.0.1.	25. Juni 1319 v.Chr.
0.11.19.6.1.	9. Juli 2878 v.Chr.	4.13.13.13.1.	13. Juni 1267 v.Chr.
0.14.12.1.1.	26. Juni 2826 v.Chr.	4.16.6.8.1.	31. Mai 1215 v.Chr.
0.17.4.14.1.	13. Juni 2774 v.Chr.	4.18.19.3.1.	18. Mai 1163 v.Chr.
0.19.17.9.1.	31. Mai 2722 v.Chr.	5.1.11.16.1.	5. Mai 1111 v.Chr.
1.2.10.4.1.	19. Mai 2670 v.Chr.	5.4.4.11.1.	23. Apr 1059 v.Chr.
1.5.2.17.1.	6. Mai 2618 v.Chr.	5.6.17.6.1.	10. Apr 1007 v.Chr.
1.7.15.12.1.	24. Apr 2566 v.Chr.	5.9.10.1.1.	29. März 955 v.Chr.
1.10.8.7.1.	11. Apr 2514 v.Chr.	5.12.2.14.1.	16. März 903 v.Chr.
1.13.1.2.1.	30. März 2462 v.Chr.	5.14.15.9.1.	4. März 851 v.Chr.
1.15.13.15.1.	17. März 2410 v.Chr.	5.17.8.4.1.	19. Feb 799 v.Chr.
1.18.6.10.1.	4. März 2358 v.Chr.	**6.0.0.17.1.**	**6. Feb 747 v.Chr.**
2.0.19.5.1.	19. Feb 2306 v.Chr.	6.2.13.12.1.	25. Jan 695 v.Chr.
2.3.12.0.1.	7. Feb 2254 v.Chr.	6.5.6.7.1.	12. Jan 643 v.Chr.
2.6.4.13.1.	25. Jan 2202 v.Chr.	6.7.19.2.1.	31. Dez 592 v.Chr.
2.8.17.8.1.	13. Jan 2150 v.Chr.	6.10.11.15.1.	18. Dez 540 v.Chr.
2.11.10.3.1.	1. Jan 2098 v.Chr.	6.13.4.10.1.	6. Dez 488 v.Chr.
2.14.2.16.1.	18. Dez 2047 v.Chr.	6.15.17.5.1.	23. Nov 436 v.Chr.
2.16.15.11.1.	6. Dez 1995 v.Chr.	6.18.10.0.1.	10. Nov 384 v.Chr.
2.19.8.6.1.	23. Nov 1943 v.Chr.	7.1.2.13.1.	28. Okt 332 v.Chr.
3.2.1.1.1.	11. Nov 1891 v.Chr.	7.3.15.8.1.	16. Okt 280 v.Chr.
3.4.13.14.1.	29. Okt 1839 v.Chr.	7.6.8.3.1.	3. Okt 228 v.Chr.
3.7.6.9.1.	17. Okt 1787 v.Chr.	7.3.15.8.1.	16. Okt 280 v.Chr.
3.9.19.4.1.	4. Okt 1735 v.Chr.	7.6.8.3.1.	3. Okt 228 v.Chr.
3.12.11.17.1.	22. Sep 1683 v.Chr.	7.9.0.16.1.	21. Sep 176 v.Chr.
3.15.4.12.1.	9. Sep 1631 v.Chr.	7.11.13.11.1..	8. Sep 124 v.Chr.
3.17.17.7.1.	27. Aug 1579 v.Chr.	7.14.6.6.1	27. Aug 72 v.Chr.
4.0.10.2.1.	14. Aug 1527 v.Chr.	7.16.19.1.1.	14. Aug 20 v.Chr.

Das ist ja genial! Schau dir das an! Nur ein Datum fällt überhaupt auf den 6. Februar!

Wir können vorsichtshalber einen Tag Fehler einrechnen.

Ja, natürlich! Da hätten wir 2.3.12.0.1. 1 Imix 4 Poop, am 7. Februar 2254 vor Christus, und 6.0.0.17.1. 1 Imix 4 Poop, am 6. Februar 747 vor Christus!

Siehst du! Nur 2 Daten!

Also, das erste fällt raus! Die Maya können nicht schon 2254 vor Christus den Kalender erfunden haben! Das wäre immer noch viel zu zeitig!
Also muss es das Datum 6.0.0.17.1. gewesen sein. Stimmt sogar auf den Tag genau! Ist genau der 6. Februar!

Ja, stimmt.

Und schau mal! Das ist fast ein rundes Datum! Da sind 2 Nullen!

Ja, auf jeden Fall! Es ist das einzige Datum mit 2 Nullen! Das muss es sein! Aber was mir noch keine Ruhe lässt, ist die Frage: Warum haben die Maya nicht 6.0.0.0.1. für diesen Tag gewählt? Warum 6.0.0.17.1.? Warum diese 17 in der Winal-Position? Warum?

Da müssen sie gute Gründe dafür gehabt haben!

Ja, aber was soll denn der Grund dafür gewesen sein?

Weiß ich auch nicht.

Wenn wir dieses Rätsel beantworten können, dann haben wir die Nuss wirklich geknackt!! ... Lass mich mal nachdenken. Wo ist mein Kalendercodex?

Hier.

Irgendwo ist die Antwort! Und sie ist ganz einfach! Ich fühle es! Diese verflixte 17 verändert alles! Es hätte 6.0.0.0.1. 1 Imix 4 Poop sein müssen... Dadurch ändert sich alles!

Genau. Alles... sogar das Nulldatum...

Was meinst du?

Das Nulldatum ändert sich.

Warum?

Na, sie haben ihr Datum verschoben, um 17 mal 20 Tage. Dadurch verschiebt sich auch die Kalenderrunde für das Nulldatum um 340 Tage!

Das ist es! Das ist es! Du bist ein Genie! Es wäre ja ein ganz anderer Tag für das Nulldatum herausgekommen! Es wäre ein Tzolkin-Tag 340 Tage eher gewesen, nicht der Tag "4 Ajaw"! Nehme ich zumindest an, dass nicht "4 Ajaw" herauskommt! Ich muss ausrechnen, auf welchen Tag 13.0.0.0.0. gefallen wäre, falls die Maya 1 Imix 4 Poop auf 6.0.0.0.1. gelegt hätten! ... Warte! ... Gleich ist es soweit! ... Ich hab´s: es wäre der Tag "6 Ajaw" gewesen! Aber "6 Ajaw" ist nicht gut, denn es muss "4 Ajaw" sein, denn es sind 4 Männer, die von den Mayagöttern erschaffen werden, nicht 6. Es ist auch die vierte Schöpfung. Es ist das vierte Zeitalter, in dem die Maya lebten!! Genauso wie es das Popol Vuh sagt:

Xa q´ana jal,	Nur aus gelbem Mais,
saqi jal utyo´jil;	aus weißem Mais wurde sein Fleisch gemacht.
xa echa´ raqan,	Nur aus Maisteig wurden die Beine,
uq´ab´ winaq.	wurden die Arme des Menschen geformt.
Ri e qa nab´e qajaw,	Sie sind unsere ersten Ahnen,
e kajib´ chi winaq tz´aq.	zu viert wurden sie erschaffen.
Xa echa´ okinaq kityo´jil.	Nur Maisteig trat in ihre Körper ein.

Super! Siehst du?! Wir haben es doch noch gepackt! Wäre nur noch für mich die Frage, warum sie nicht 1 Imix mit 1 Poop kombiniert haben? Warum mit 4 Poop?

Das ist nun für mich einfach erklärbar! Weil sie diesen Tag als den ersten Tag des Maisjahres ansahen, aber als den vierten Tag der Schöpfung. Das Zeitalter des Maises ist das vierte Zeitalter. Das hat Rafael Girard immer wieder betont. Dann würde sich ergeben:

1. Tag:	11 Ets´nab 1 Poop	Ets´nab:	Opfermesser, Opfer der Tiere
2. Tag:	12 Kawak 2 Poop	Kawak:	Regen, Auflösung der Lehmmenschen im Wasser
3. Tag:	13 Ajaw 3 Poop	Ajaw:	Mensch, Holzmenschen
4. Tag:	1 Imix 4 Poop	Imix:	Mais, Maismenschen

Wenn wir uns die Bedeutungen der Tage anschauen, dann entsprechen sie den 4 Schöpfungen der Mayagötter! So wie im Popol Vuh geschildert. Es sind immer 3 Tage vorher! Das Gleiche dann bei der Langen Zählung! Auch da geht die 819-Tage-Zählung nicht 13.0.0.0.0. 4 Ajaw 8 Kumk´u los, sondern 3 Tage vorher!

Jetzt kommst du richtig in Form!

Es ist einfach fantastisch, wie alles zusammenpasst! Und alle Wege führen immer wieder zum Popol Vuh!

Aber warum werden die Tiere geopfert?

Na, lies selbst:

Ta xraj k´u kitij chik kiq´ij;	Doch die Tiere wollten ihr Glück noch einmal versuchen.
xraj kitijtob´ej chik,	Sie wollten es noch einmal probieren,
xraj pu kinuk´ chik q´ijilab´al.	sie wollten noch einmal versuchen, die

Xa ma xkita´ wi kich´ab´al
chi kib´il kib´.
Xa ma xnawachir wi k´ut,
xa ma b´anataj wi puch.
K´eje k´ut xech´akataj wi kityo´jil.
Xkipatanij: xatiyik,

xekamisaxik ri chikop k´o
waral chuwach ulew.

Tage zu verehren.
Aber sie konnten ihre Sprache
untereinander nicht verstehen,
sie waren einfach nicht dazu fähig,
vergeblich blieben ihre Versuche.
Darum wurde ihr Fleisch geopfert,
und die Tiere auf der Erde waren fortan
verdammt,

gegessen und getötet zu werden.

Und die Lehmmenschen?

Ta utz´aqik k´ut,

ub´anik puch ulew,
xoq´o´l utyo´jil xkib´ano.
Ma k´u utz xkilo:
xa chi yojomanik, xa tzub´ulik,
xa neb´elik, xa lub´anik,
xa wulanik, xa pu chi´umarik.
Mawi chi k´olo ujolom, xa jun
b´enaq wi uwach,xa k´ul uwach;

mawi chi mukun chi rij.
Chi ch´aw nab´e maja b´i una´oj,

xa jusuk´ chi´umar pa ja´.

- Mawi k´o!
Xecha´ chi k´u ri Ajtz´aq, Ajb´it.

- Qawach lab´eq!
Ta chuxoq!

Und die Schöpfung und Formung des
Körpers

machten sie mit Erde, mit Lehm.
Aber es sah nicht gut aus:
Da zerfällt er, er wird weich,
er wird pappig, er wird schlabberig,
er geht kaputt und löst sich auf.

Seinen Kopf dreht er nicht,
sein Blick ist starr,
er kann nicht nach hinten blicken.
Zwar spricht er anfangs, doch ohne
Sinn,
bald weichen ihn die Wasser auf, und er
sinkt dahin.

"Das wird nichts!"
sagten sich die Schöpferin und der
Former.
"Er scheint kaputt zu sein!
So sei es denn!

Xa lab´e mawi chibinik,	Wie es scheint, kann er nicht gehen
ma pu chipoq´otajik.	oder sich vermehren.
Ta chuxoq!	So sei es denn!
Xa una´oj chiri	Es soll nur eine Idee sein!"
´!Xecha´.	So sagten sie.
Ta xkiyoj k´ut,	Und sie zerstörten ihre Schöpfung und Formung,
xkiyoq´ chik ri kitz´aq, kib´it.	sie stampften sie ein.

Das finde ich cool: "... sie stampften sie ein"!

Jetzt wissen wir, dass die Maya am 6. Februar 747 vor Christus den Kalender der Langen Zählung erfanden! An diesem Tag legten sie das Datum der Langen Zählung auf den Tag 6.0.0.17.1. fest, woraus folgt, dass 13.0.0.0.0. 4 Ajaw 8 Kumk´u auf den 13. August 3114 vor Christus fallen muss! Das Nulldatum des Maya-Kalenders ergibt sich somit nicht als Datum des Besuches der Astronauten fliegender Untertassen, sondern aus dem Agrarjahr der heiligen Maispflanze und der inneren Struktur des Maya-Kalenders!

Das ist fantastisch! Eine richtige Entdeckung haben wir gemacht! Und Don Eric haben wir sie zu verdanken!

Tja, ohne ihn wären wir nicht darauf gekommen!

Da hat er also indirekt doch noch was Gutes vollbracht!

Das verdient einen Toast!

Prost, Don Eric!

Zum Wohl!

10. 2012 n.Chr. - Die Prophezeiung vom Untergang der Welt

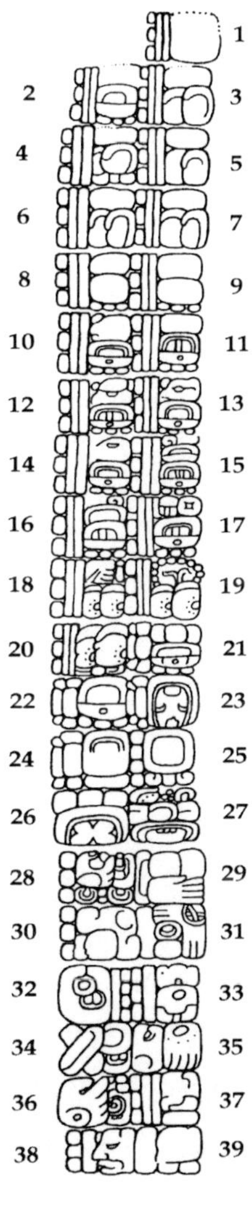

Nun haben wir schon gezeigt, woher das Datum 13. August 3114 vor Christus stammt.

Wir haben auch erklärt, warum die Maya mit Epochen von 5125 Jahren oder 13 Baktun rechnen.

Das heißt, damit ist auch das Datum 23. Dezember 2012 vorgegeben! Es folgt zwangsläufig daraus: denn

0.0.0.0.0. 4 Ajaw 8 Kumk'u -
13. August 3114 vor Christus
\+ 13.0.0.0.0.
= 13.0.0.0.0. 4 Ajaw 3 K'ank'in -
23. Dezember 2012

Okay, da hört die Zeitrechnung quasi auf oder könnte bei 0.0.0.0.0. wieder anfangen.

Ja, und manche Menschen prophezeien für dieses Enddatum eben einen Weltuntergang.

Um sicher zu gehen, dass ich dich richtig verstanden habe, greife ich mal zu einer Analogie aus meiner Erfahrungswelt.

Siehst du einen Zusammenhang zur Astronomie?

Nein, zur Informatik. Ich betreue seit Jahren ein Computerkabinett. In diesem Zusammenhang stand ich schon einmal vor dem "Ende der Zeitrechnung". Kannst du dich an das so genannte Jahr-2000-Problem erinnern?

Na klar, da hatte man doch Angst vor Computerabstürzen.

Genau. Als die ersten PC-Betriebssysteme geschrieben wurden, war es eine Üblichkeit, das Datum im Format TT-MM-JJ zu verarbeiten, d. h. man benutzte 2 Ziffern für den Tag, 2 Ziffern für den Monat und 2 Ziffern für das Jahr.

Aha, und die zwei Ziffern für das Jahr beziehen sich auf das Jahrhundert mit der 19 davor, also 1900 bis 1999.

Richtig. Es war einfach nicht von Bedeutung, dass da irgendwann mal in der Zukunft zwei Ziffern für das Jahr nicht mehr ausreichen und damit eine Unterscheidung zwischen 00 für 1900 und 00 für 2000 unmöglich werden könnte.

Da kannst du mal sehen, wie kurzsichtig der moderne Mensch ist. Da lobe ich mir die antike Weisheit! Aber was willst du mir denn damit überhaupt sagen, Junge! Hier geht es doch nicht nur um ein "Computerproblem" im Mayakalender! Hier geht es um die ganze Welt, das Ende aller Zeiten!

Oh Gott! Ja doch! Ich versuche, für deinen bevorstehenden Weltuntergang den gebührenden Respekt aufzubringen. Gut, dass wir wissen wann die Welt untergeht! Da kann ich pünktlich zum 23. Dezember 2012 die Himmelsmechanik ölen, dass sie weiterläuft. Naja, könnte ja sein, dass die Außerirdischen da irgendwas wussten und dieses Enddatum mitgeliefert haben.

Was heißt hier Himmelsmechanik ölen und Außerirdische? Du hast wohl zu lange neben der Tequilaflasche geschlafen!

Ich weiß, du findest es nicht so gut, dass ich mich über die ganze Sache lustig mache. Aber lohnt es sich tatsächlich, ernsthaft über einen Weltuntergang an diesem Tag nachzudenken? Wir begeben uns doch damit auf dieselbe abenteuerliche Reise wie Don Eric und werden unserer Bodenständigkeit untreu.

Du erinnerst mich an Bart Simpson! Der hatte sich auch so lustig gemacht, als ihm sein Freund Millhouse erklärte, wie wichtig die Seele sei. Aber nachdem Bart seine Seele für 5 Dollar verkauft hatte, machte er eine Reihe unheimlicher Erfahrungen! Auf jeden Fall kannst du mir glauben, dass es sich lohnt, darüber nachzudenken. Mich fasziniert dieses Thema jedenfalls gewaltig!

Aber warum? Gibt es denn da Hieroglyphentexte der Maya?

Angeblich ja. Einen Text in Cobá, der das Datum 13.0.0.0.0. erwähnt. Ich habe das schon mehrmals von verschiedenen Leuten gehört. Und ich weiß nicht genau warum. Denn wer sich diese Inschrift genauer anschaut, muss sehen, dass hier das Datum dem Jahr 3114 vor Christus entspricht, nicht dem Jahr 2012 nach Christus.

Warum?

Weil die Glyphe 33 die Monatsposition "8 Kumk'u" enthält, aber wenn es das Jahr 2012 wäre, dann müsste hier "3 K'ankin" stehen.

Damit hat sich ja die Sache hier schon erledigt! Es ist also ein Text über die Erschaffung der Welt, nicht das Ende der Welt! Aber steht vielleicht noch etwas Interessantes geschrieben?

Also, nicht viel. Mit der Glyphe 20 beginnt das Datum 13.0.0.0.0. Glyphe 25 ist der Tag "4 Ajaw". Glyphe 26 und 27 sind die Zählung der 9 Götter der Unterwelt. Glyphe 28 ist das Mondalter von 3 Tagen. Glyphe 29 ist die Zahl des Mondmonats, hier der erste Mondmonat des Eins-Junajpu. Glyphe 30 ist der Name des ersten von 18 Mondmonaten. Glyphe 31 bedeutet "... ist der Name des jungen Mondes". Glyphe 32 heißt "29 Tage (ist die Dauer des Mondmonats)". Glyphe 33 ist der Monat 8 Kumk'u. Die Glyphen 34 und 35 liest Nikolai Grube als "halaj k'oob", was er übersetzt mit "die Herdsteine erschienen". Das ist eine gut bekannte Passage von anderen Texten, die die 3 Herdsteine sogar einzeln benennen. Glyphe 36 liest man "homaj", das heißt "es vollendeten sich", und in Glyphe 37 erscheint noch einmal "13 Baktun", aber in einer anderen Variante geschrieben. Wenn wir noch einmal die Glyphen 20 und 37 vergleichen: sie entsprechen diesen 2 Varianten für die Baktun-Glyphe:

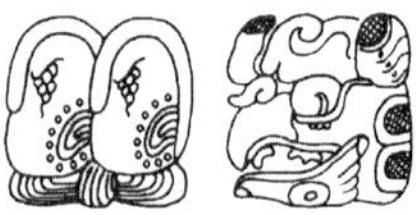
Zwei Varianten der Baktun-Glyphe (144 000 Tage)

Aber nun zeige uns doch mal einen Hieroglyphentext, der das Jahr 2012 erwähnt! Wir wollen doch wissen, was dann passiert!

So einen Text würde ich dir gern zeigen. Aber es gibt ihn nicht! Wer anderer Meinung ist, soll ihn mir zeigen! Wer mir als erster diesen Hieroglyphentext bringt, dem schenke ich einen Mayacodex und einen Aztekencodex! Ich lege noch einen vier Meter langen Mixtekencodex drauf, der die komplette Biographie des Mixtekenherrschers "8 Hirsch" beschreibt. Alles gratis für einen einzigen Hieroglyphentext!

Das heißt also, dass es keine Prophezeiungen der Maya über das Ende der Welt gibt?

Das habe ich nicht gesagt! Ich habe noch keine in Form von Hieroglyphentexten gefunden. Aber Prophezeiungen gibt es ja auch in mündlicher Form, oder geschrieben in lateinischen Buchstaben...

Zum Beispiel?

Da wären zum Beispiel die Prophezeiungen des Jaguarpropheten

Chilam Balam.

Lass mal gucken!

Wie du siehst, beginnt am 23. Dezember 2012 ein neuer Zyklus. Einmal beginnt eine neue Epoche von 5125 Jahren, oder von 5200 Jahren (Tun) zu 360 Tagen, wie die Maya sagen würden. Es beginnt außerdem ein neuer K'atun.

Ein K'atun sind 20 Jahre, stimmt's?

Ja. Nun beziehen sich die Prophezeiungen des Jaguarpropheten immer auf einen K'atun. Wir müssen uns also die Prophezeiung für den K'atun "4 Ajaw" anschauen.

Das heißt, die folgende Prophezeiung wäre gültig für 2012 bis 2032?

So ist es. Genauer gesagt, vom 23. Dezember 2012 (13.0.0.0.0. 4 Ajaw 3 K'ank'in) bis zum 8. September 2032 (13.0.19.17.19. 1 Kawak 2 Ch'een). Hier sollte ich vielleicht noch mal daran erinnern, dass der nächste Tag, also der 9. September 2032, der Tag 13.1.0.0.0. 2 Ajaw 3 Ch'een wäre.

Wie ist nun die Prophezeiung?

Ich werde mal auch den spanischen Text mit angeben und ins Deutsche übersetzen. Verlange aber nicht von mir, dass ich das irgendwie kommentiere!

Das brauchst du nicht, wenn der Text für sich selbst spricht...

El Libro de los libros de Chilam Balam [Fond94]	**Das Buch der Bücher des Jaguarpropheten**
... que se asiente el 4 Ahau Katun. Ésta es la palabra que está en la carga de sus años según los antiguos nombres.	...möge sich der 4 Ajaw-K'atun setzen. Das ist das Wort das die Last der Jahre ist gemäß der antiken Namen.

Uucil Yabnal, Siete-aguas-suyas, es el asiento del 4 Ahaw Katun en Siete Aguas de Chichen.

Wukil Yabnal, Ort der Sieben Wasser, ist der Sitz des 4 Ajaw-K´atun in den Sieben Wassern von Chichén Itzá.

... su rostro estará cubierto; muerta estará su mirada; llanto por su pan, llanto por su agua porque se le negarán devociones y reverencias.

... Sein Gesicht wird bedeckt sein; tot wird sein Blick sein; Weinen um sein Brot, Weinen um sein Wasser, denn man wird ihm Huldigung und Verehrung verweigern.

Tembloroso, tembloroso y moribundo estará su poder por falta de reverencia de los Señores príncipes, de los que rigen y gobiernan.

Ängstlich, ängstlich und im Sterben liegen wird seine Macht durch das Fehlen der Verehrung der Herren Thronerben, derer, welche regieren und herrschen.

Esto es lo que manifiesta el 4 Ahau Katun: mezquinidad de pan, mezquinidad de agua también, terminará la obediencia y el respeto porque habrá otra voluntad distinta y no será más respetada, porque dulce fue a sus garganta que se le obedeciera pero no querrá respetar.

Das ist es, was der 4 Ajaw-K´atun manifestiert: Kargheit des Brotes, Kargheit des Wassers auch; Gehorsam und Respekt werden enden, denn es wird einen anderen Willen geben, welcher nicht mehr respektiert werden wird, denn süß schmeckte es ihm in der Kehle, dass man ihm gehorchte, aber er selber wird nicht respektieren.

Hacia el ponente tiene su Estera y su trono; muerte repentina será su carga.

Zum Westen hin hat er seine Thronmatte und seinen Thron; der plötzliche Tod ist seine Last.

Entonces habrá Batabes, Los-del-hacha, extranjeros y advenedizos y será el asfixiar por el cuello a los Halach Uiniques, Jefes de los pueblos, haciéndoles vomitar sangre. Ésta es la carga del Katun.

Waffenmänner, die Männer der Axt, wird es geben, Fremde und Emporkömmlinge und ein Ersticken an der Kehle der Wahren Männer, der Häupter der Völker, wird es geben, bis sie Blut erbrechen werden. Das ist die Last des K´atun.

...entonces estará el Quetzal, estará el Yaxum, pájaro verde ... estará el ave anunciadora ...

... Der Quetzal wird wiederkehren, der Yaxum, der grüne Vogel ... der Vogel des Schicksals wird wiederkommen

... llegarán entonces los espantajos de a caballo, cuando llegue Cristo; llegarán los jinetes.

... die Schrecklichen werden zu Pferde ankommen, wenn Christus kommen wird; die Reiter werden wiederkommen.

Los tributos se ocultarán entonces guardados en sacos en Chichen, Orilla-de-los-pozos.

Die Tribute werden versteckt werden in Säcken in Chichén Itzá, Am-Rande-des-Brunnens.

La mitad del Katun buena y la mitad no buena. Esplenderá Ah Chicum Ek,

Die Hälfte des K´atuns wird gut sein, die andere Hälfte nicht gut. Aj Chukum Ek´,

El-estrella-guiadora, en el cielo ... Pero nadie se dará cuenta de las señales porque sordos estarán a todas las cosas.

der Führende Stern, wird im Himmel scheinen ... Aber niemand wird seine Zeichen bemerken, denn taub werden sie allen Dingen gegenüber sein.

Manifiesta el 4 Ahaw Katun muerte súbita y entradas de Zopilotes a las casas ...

Plötzlichen Tod wird der 4 Ajaw-K'atun bekunden und die Ankunft der Krähengeier in den Häusern ...

Así dijo el gran Ah Kin, ... Chilam Balam ... para la carga el 4 Ahau Katun.

So sprach der große Priester der Sonne, ... der Jaguar-Prophet ... über die Last des 4 Ajaw-K'atun.

Das ist schon viel Material, um darüber nachzudenken!

Ich überlasse es dem Leser, seine eigenen Schlüsse zu ziehen...

Gibt es noch einen anderen Text über diesen 4-Ajaw-K'atun oder den Untergang der Welt?

Ich kenne einen einzigen Text, der sich direkt auf den Untergang der Welt bezieht. Diese Prophezeiung stammt von dem legendären Schamanen der Lacandon-Maya, vom alten Chan K'in Ma'ax, der im Alter von ungefähr 125 Jahren gestorben ist. Dieser war der letzte Schamane der Lacandon-Maya.

Die Lacandon-Maya hast du mir gestern ja gezeigt. Sie sind leicht an ihren langen weißen Hemden zu erkennen. Und am unverkennbaren Mayagesicht.

Sie sind die letzten nicht-christianisierten Maya gewesen. Erst um 1900 hat man sie im Dschungel von Chiapas entdeckt. Sie wurden logischerweise oft von Ethnologen besucht, denn sie kannten ja noch viele der Überlieferungen der klassischen Maya. Vor allem der alte Chan K'in wurde oft interviewt. Einer der besten Spezialisten der Lacandonen war übrigens ein Deutscher: Christian Rätsch. Er besuchte sie viele Male und lebte viele Monate unter ihnen. Er hat sogar ihre Sprache erlernt und dann verschiedene Texte übersetzt. Einer der Texte ist die Prophezeiung des alten Schamanen Chan K'in über das Ende der Welt. Es ist ein sehr poetischer Text, der mir sehr gefällt.

Ein poetischer Text über das Ende der Welt?!

Lies selbst:

Die Prophezeiung des Lacandon-Schamanen Chan K'in

"Es wird das Ende der Welt kommen. So erzählte man, so sagt man. Es wird unser Ende kommen, wenn es keine Bäume mehr gibt, dann, wenn sie alle gefällt sind, wenn es überall Menschen gibt, wenn es keinen Wald mehr gibt. So heißt es, so sagt man, so erzählten es die alten Maya von Yaxchilán. So sagten sie: So sei es denn, denn es ist wahr, so heißt es, wenn der ganze Wald voller Menschen ist, wenn der ganze Wald voller Kah, der Menschen, die eng zusammenwohnen, ist und alle Bäume gefällt sind, wenn es keine Mahagoni-Bäume mehr gibt, wenn alle Bäume dahin sind, gefällt sind und nur noch die Berge daliegen, dann kommt das Ende der Welt. Jetzt noch nicht, aber bald ist es soweit. Dann wird uns das Ende erreichen. So sagt man. Dann kommt das Ende für uns. Nichts wird da bleiben von uns."

Aber er hat kein konkretes Datum dafür angegeben, oder?

Nein, nicht direkt. Aber indirekt. Es sagt: "wenn alle Bäume gefällt sind". Da muss ich immer daran denken, wenn ich nach Palenque komme. Vor 10 Jahren, als ich als Reiseleiter hier anfing, gab es noch viel mehr Wald in den Bergen von Palenque. Jedes Mal wenn ich komme, sehe ich weniger Bäume. Auch in der Selva Lacandona, einem der reichsten Biosphärereservate der Erde... Immer mehr fällt der Kettensäge zum Opfer. Da denke ich manchmal, wie lange wird das noch gut gehen? Denn wo der Wald auf den Bergen fehlt, da kommt es zu Erosion. Wo es Erosion gibt, kommt es zu Wassermangel. Und da wären wir wieder bei der Prophezeiung des Jaguarpropheten.

Heute führt man die Kriege noch um Erdöl. Die nächsten Kriege wird man um Wasser führen, heißt es.

"Kargheit des Wassers auch wird die Last des 4 Ajaw-K'atuns sein..." Aber was mir wirklich nie aus dem Kopf geht, ist das Schicksal des alten Chan K'in.

Warum?

Schau dir mal dieses Foto an: da ist mein Sohn mit einem Lacandonenjungen in San Cristóbal de las Casas. Dort befindet sich das berühmte Museum Na Bolom. Es wird von Freiwilligen unterhalten, hat eine prima ausgestattete Bibliothek, wo du übrigens auch einen von mir gezeichneten Codex findest, und es hat einen Raum, der den Lacandonen gewidmet ist, und wo sie immer kostenlos übernachten können. Das Haus, mit einem schönen Patio übrigens, gehörte dem dänischen Archäologen Frans Blom. Er war übrigens mit Diego Riviera befreundet, und so manche Tequila-Flasche wurde dort im Garten geleert. Aber das ist eine andere Geschichte!
Frans Blom war mit Gertrude Duby, einer Schweizerin, einer Reporterin, verheiratet. Eine sehr energische Frau, die sich sehr für die soziale Situation der Frauen Mexikos einsetzte, vor allem für die Indígenas. Frans Blom lernte sie in der Selva Lacandona kennen, denn sie engagierte sich auch gut für die Erhaltung des Regenwaldes der Lacandonen. Mit dem Schamanen Chan K'in war sie sehr befreundet. Es gibt ein paar legendäre Fotos von ihr und den Lacandonen im Regenwald.
Jedenfalls waren sie jahrzehntelang befreundet, bis sie eines Tages, als der alte Chan K'in jenseits der 100 Jahre zählte, zu ihm sagte: "Ich will nicht auf dieser Welt leben, wenn es dich nicht mehr gibt." Doch er erwiderte das Gleiche: "Ich will auch nicht ohne dich hier leben. Ich will lieber eher sterben!"

Und wer von beiden war eher gestorben?

Das ist nicht der Punkt. Was mir einen Schauer über den Rücken jagt, ist der Gedanke, wann sie gestorben sind.

Was, zur gleichen Zeit?!

Nicht im gleichen Jahr, aber am gleichen Tag! Trudy, wie man sie liebevoll nannte, starb am 23. Dezember 1993, im Alter von 92 Jahren. Genau auf den gleichen Tag, aber 3 Jahre später, am 23. Dezember 1996, starb der alte Chan K'in. Verstehst du, am 23. Dezember! Genau wie 2012, wenn der letzte Tag auf den 23. Dezember fällt!

Das ist ja unheimlich!

Daran muss ich manchmal denken, wie ich eines Tages nach Palenque kam, und dem Sohn des Schamanen, der übrigens auch Chan K'in heißt, eine antike Feuersteinspitze übergab, denn er wollte sie seinem Vater zeigen. Hier ist ein Foto mit zwei Lacandonen in Palenque. Das Foto ist schon älter wie du siehst, da hatte ich noch schulterlange Haare.

Ja, Alter, so wie in Jena an der Uni. Da würde man dich heute nicht mehr wieder erkennen!

Damit hatte es auch seine Bewandtnis. Du hast doch gesehen, dass die Lacandonen ihre Sachen verkaufen, wie Figuren aus Keramik, Muschelkalk und auch Pfeil und Bogen.

Ja, genau wie da auf dem Foto!

Genau. Jedenfalls war ich eines Tages wieder dort, und die Lacandonen erklären dann immer warum jeder Pfeil verschieden ist, z.B. der Pfeil für die Taube ist nur aus Holz, aber hat eine breite Spitze, damit man sie nur betäubt, und der Pfeil für den Fisch ist spitz, um ihn aufzuspießen, aber der Pfeil für den Affen hat Widerhaken, denn er ist schlau und zieht sich gern den Pfeil raus. Ich war also dabei, das alles so zu übersetzen. Dann fragte eine Frau aus meiner Gruppe: "Warum sind denn die Feuersteinspitzen der Pfeile so krumm und schief?" Und der Lacandon antwortete: "Weil niemand mehr das genaue Lied kennt!" Und ich habe das so übersetzt, ohne mir erst mal was dabei zu denken, denn für mich war das ja nichts Besonderes.

Aber: was heißt denn "weil niemand mehr das genaue Lied kennt"? Das verstehe ich nicht!

Genau das sagte mir diese Frau und schaute mich fragend an. Dann musste ich daran denken, dass für die Indianer vieles so selbstverständlich ist, aber für die Touristen muss man das erst einmal erklären: Bei den Lacandonen geht man vom Glauben aus, dass die ganze Welt beseelt ist, und dass man für jede Sache den Willen der Götter erfragen muss! Wenn sie jemanden heilen, ist das selbstverständlich, aber das gilt auch für scheinbar so alltägliche Unternehmungen wie ein Kanu bauen oder eine Feuersteinspitze schlagen. Die Lacandonen sprechen dann immer einen Spruch, oder singen ein Lied dazu, dessen Text man ganz genau befolgen muss, sonst wird die Sache nicht gelingen. Sie glauben also, dass man nur dann eine Sache perfekt ausführen kann, wenn man den Text genau aufsagt oder singt. Und wenn der Text verloren gegangen ist, dann kann man den gewünschten Gegenstand logischerweise nicht mehr in dieser perfekten Qualität herstellen! Wichtig ist auch, den Gegenstand zu beseelen. Die Weihrauchgefäße oder Kakaobecher oder Tempel wurden beseelt. Das wissen wir nicht nur von den heute lebenden Maya, sondern sogar direkt von den Hieroglyphentexten der klassischen Maya. Schau hier:

Das heißt: "alay joy u ts'ibnajal yuch'ab ta yutal ts'ih te'el kakaw" - Es erschien, es wurde beseelt die Bemalung seines Trinkbechers für den nahrhaften baumfrischen Kakaotrunk". Fast immer so oder ähnlich sind die meisten Hieroglyphentexte der Kakaobecher. Beseelt sind vor allem auch Weihrauchgefäße und Visionsteller. Das sind große Teller, wo die Mayaherrscher Papierstreifen mit ihren Blutstropfen verbrennen, um den Kontakt zu den Ahnen herzustellen. Diese Teller werden dann, wenn ihre Zeit abgelaufen ist, in der Mitte durchbohrt, damit die Seele dieses Tellers wieder entweichen kann. Darum wundern sich viele Touristen, wenn sie im Museum einen Keramikteller sehen, der in der Mitte, mitten durch die Bemalung, so durchbohrt worden ist.

Mann, oh Mann, ich glaube, da gibt es noch viele Dinge, von denen wir gar keine Ahnung haben...

Ach so, warte, jetzt schweife ich langsam ab hier! Ich wollte ja von dieser Feuersteinspitze erzählen. Hier ist ein Foto von dieser Spitze. Ich hatte also dem jungen Chan K'in versprochen, eines Tages eine antike Feuersteinspitze mitzubringen, die ich in Calakmul gefunden hatte. Damals in Calakmul gab es noch keine Touristen, und Millionen von Keramikscherben, ungelogen, lagen direkt auf dem Weg. Und eine Feuersteinspitze fand ich vor der großen Pyramide. Als ich wieder in Palenque war, zeigte ich dem Chan K'in also diese Spitze und sagte ihm: "Schau, heute habe ich die Feuersteinspitze mit. Für deinen Vater." Und da sagte er mir, dass er gerade vor ein paar Tagen verstorben war. Da war ich natürlich fertig! Aber nie werde ich das Datum vergessen, als er mir sagte, am 23. Dezember.

Also, ich glaube, dieses Datum 23. Dezember hat schon etwas für sich!

Vor allem astronomisch gesehen?

Warum?

Na, du bist doch der Astronom! Da fällt mir ein, dass ich unbedingt John Major Jenkins erwähnen muss! Er hat den Fall des Enddatums besonders intensiv studiert und ist zu erstaunlichen Ergebnissen gekommen!

Jetzt bin ich aber gespannt!

In seinem Buch Maya Cosmogenesis 2012 kommt er zu folgendem Ergebnis; ich werde jetzt mal den Originaltext wieder in Originalsprache zitieren, nicht dass mir jemand nachsagen will, ich hätte mir das ausgedacht. Danach folgt meine Übersetzung:

1. The Maya intended the 2012 end-date of the 13-baktun cycle of their Long Count calendar to target the rare alignment of the solstice sun with the Galactic Center of our Milky Way galaxy.
2. They encoded this alignment into their basic institutions, including the Creation Myth, king accession rites, and the sacred ballgame. I term this idea-complex the Galactic Cosmology.
3. Izapa is the origin place of the Long Count and the Maya Creation myth, which serve as the astronomical, calendric, ritual, and mythological foundation of the Galactic Cosmology.
4. An unrecognized astronomical message in the Pyramid of Kukulcan at Chichen Itza (where the famous shadow-serpent event occurs every equinox) involves the alignment of the sun and the Pleiades in the zenith.
5. In addition, I identified the New Fire ceremony and the Calendar Round as the systems used to track the alignment of the sun and the Pleiades in the zenith.
6. Thus, Chichen Itza was identified as a place that recognized not only the future 2012 alignment of sun and Galactic Center, but a future convergence (in the 21st century) of solar and Pleiadian energy.

7. Given that the Pleiades and the Galactic Center are roughly opposed in the sky, I proposed that the Maya understood the two alignments to occur in the 21st century (over Chichen Itza, at least) as an opening of the Evolutionary Axis that extends from the Galactic Center, through earth, and out towards the Galactic Anti-Center region of the Pleiades. The implications of this are profound, and embrace ideas in Vedic and Egyptian cosmology."

1. Die Maya beabsichtigten, dass das 2012-Enddatum des 13-Baktun-Zyklus auf die seltene Übereinstimmung der Wintersonnenwende mit dem Galaktischen Zentrum der Milchstraße abzielen würde.
2. Diese Übereinstimmung codierten sie in ihren grundlegenden Glaubensvorstellungen, einschließlich des Schöpfungsmythos, der Riten zur Krönung der Könige, und im heiligen Ballspiel. Diesen Ideen-Komplex nenne ich die Galaktische Kosmologie.
3. Izapa ist der Ursprungsort der Langen Zählung und des Maya-Schöpfungsmythos, welche die astronomische, kalendarische, rituelle und mythologische Fundierung für die Galaktische Kosmologie liefern."

Moment mal, darf ich dich unterbrechen? Auf welcher geographischen Breite liegt Izapa?

Rate mal!

Doch nicht etwa 15 Grad nördlicher Breite?!

Ganz genau! Wie auch Copán!

4. Eine unverstandene astronomische Botschaft der Kukulcan-Pyramide in Chichén Itzá (wo das berühmte Ereignis der Schattenschlange zu jeder Tag-und-Nachtgleiche stattfindet) bezieht sich auf die Ausrichtung der Sonne und der Pleyaden im Zenit.

5. Zusätzlich habe ich die Zeremonie des Neuen Feuers und der Kalenderrunde als die Systeme identifiziert, welche es gestatteten, die Ausrichtung der Sonne und der Pleyaden im Zenit zu verfolgen.
6. Somit wurde Chichén Itzá als der Ort identifiziert, wo man nicht nur die zukünftige 2012 Ausrichtung von Sonne und Galaktischem Zentrum erkannte, sondern auch ein zukünftiges Verschmelzen (im 21. Jahrhundert) von Sonnen- und Pleyadenenergie.
7. Gegeben die Tatsache, dass die Pleyaden und das Galaktische Zentrum sich fast genau entgegengesetzt im Himmel befinden, habe ich vorgeschlagen, dass die Maya diese zwei Ausrichtungen so verstanden, dass sie im 21. Jahrhundert (jedenfalls über Chichén Itzá) stattfinden würden, als eine Öffnung der Evolutionären Achse, welche sich vom Galaktischen Zentrum, durch die Erde, und weiter bis zum Galaktischen Anti-Zentrum der Pleyaden erstrecken wird. Die Schlussfolgerungen sind tiefgründig, und umfassen Ideen der Vedischen und Ägyptischen Kosmologie."

Das ist für mich jetzt erst einmal zu hoch! Mit "Pleyaden-Energie" und "Evolutionärer Achse" kann ich jedenfalls nichts anfangen! Was hältst du denn davon?

Ich bin eben noch dabei, die ganze Sache zu studieren. Das ist eine sehr komplexe Sache. Etwas ist auf jeden Fall dran! Konkret geht es mir darum: Was haben die Maya wann gewusst! Einige Punkte werden wir im letzten Kapitel besprechen.

Aber haben wir denn noch Zeit zum studieren? Ich meine, glaubst du nicht, dass die Welt 2012 untergehen wird oder von außerirdischen unerwünschten Gästen besucht werden wird?!

Nein! Wir haben ja bereits gezeigt, dass das Nulldatum 3114 vor Christus von den Maya selber stammen muss, da die Lange Zählung im Jahre 747 vor Christus erfunden wurde. Es konnte also nicht von außen zufällig überliefert worden sein, z.B. als Datum des Besuches von Außerirdischen. Wenn die Außerirdischen nicht gekommen waren um 3114 vor Christus, dann werden sie auch 2012 nicht wiederkommen! Aber wichtiger für uns ist, dass die Welt 2012 noch nicht untergehen wird!

Warum bist du so sicher?

Weil es in den Maya-Hieroglyphentexten ein einziges Datum gibt, welches sich auf einen Tag nach dem Jahr 2012 bezieht! Wenn die Welt untergehen würde, wäre dieses Datum ja nicht möglich!

Und welches Datum ist das?

Es ist das Datum der Wiederkehr des Herrschers Pacal von Palenque am 23. Oktober 4772!

Na, da bin ich ja beruhigt! Und über den "Astronauten" von Palenque werden wir ja noch sprechen. Aber erst einmal werden wir uns noch ein Kapitel Don Erics anschauen, einen Zaubertrick wahrhaft kosmischen Ausmaßes!

11. Wo die Menschen zu Göttern wurden

Im Kapitel 6 stellt Don Eric in interessanter Weise die Stadt Teotihuacan vor. Allerdings legt er uns wieder einen besonders schwer verdaulichen Happen vor, indem er durchaus geschickt argumentiert, dass wir es hier hinsichtlich der Anordnung von Gebäuden mit einem in Stein verewigten Modell unseres Sonnensystems zu tun haben.

Das hältst du für geschickt?! Ich halte es für seine plumpeste Darstellung des ganzen Buches!

Aber auf den ersten Blick klingt es doch ganz beeindruckend!

Da darfst du aber ja nicht an der Oberfläche kratzen! Na, gut, damit hast du dich nicht so sehr beschäftigt!

Naja, das Astronomische ist mehr deine Sache! Also, was hast du herausgefunden?

Zunächst solltest du den Lesern noch einmal die Stadt vorstellen! Du bist ja schließlich dort gewesen!

Das ist schon eine Weile her. Aber ich muss dir gleich sagen, dass ich auch dort keine Spuren der Ufo-Flieger entdeckt habe! Nun, Teotihuacan ist eine beeindruckende Stadt gewesen, zur frühklassischen Zeit der Maya war Teotihuacan wahrscheinlich die größte Stadt der Welt. Sie bedeckte eine Fläche von ca. 25 km^2.

Bei quadratischer Form wären das immerhin 5 km × 5 km.

Genauso beachtlich war die Einwohnerzahl, die auf etwa 120 000 bis 200 000 geschätzt wird. Damit war Teotihuacan eine enorme

Großstadt. Sie existierte von etwa 250 vor Christus bis 750 nach Christus. Die ersten Besiedlungsspuren gehen bis auf 600 v.Chr. zurück. Die Stadt gehörte den Nahuas und wurde von ihnen "Tollan" genannt, die "Stadt des Schilfrohres", ein Name, der später für jede weitere große Stadt der Nahua, quasi als Beiname verwendet wurde. Zu den Nahuas gehören auch die späteren Tolteken und Azteken. Aber das sind vielleicht 100 verschiedene Volksgruppen gewesen, die zu verschiedenen Zeiten den Nahuas angehörten. Die meisten dieser Namen sind natürlich nicht überliefert. Der heute bekannte Name "Teotihuacan" bedeutet "Wo die Menschen zu Göttern wurden" und stammt von den Azteken, die ja erst gegen 1320 auftauchen, und 50 km südwestlich auf einer Insel im damaligen Texcoco-See ihre Stadt Tenochtitlan gründeten. Das wäre, was mir dazu einfällt.

Nun schreibt Don Eric, Teotihuacan gelte "unbestritten als älteste Zivilisation auf der mexikanischen Hochebene und als Stadt, die keine Vorgängerin hatte" (S. 224)

Don Eric argumentiert, dass der Bauplan Teotihuacans von den Außerirdischen stamme; die Stadt sei quasi vom Himmel gefallen, denn vorher hätte es angeblich keine andere Stadt im Hochtal Mexikos gegeben. Jedoch in jedem drittklassigen Reiseführer kann man nachlesen, dass andere Städte vor Teotihuacan existierten, und ich meine nicht nur Städte der Olmeken, sondern Städte der Nahua, wie Tlatilco, Tlapacoya, Ticomán, El Arbolillo, Zacatenco, und vor allem Cuicuilco! Letztere Stadt wurde wiederholt von Ausbrüchen des Vulkans Xitle heimgesucht, so dass die Bewohner gegen Christi Geburt in Richtung Teotihuacan auswanderten und dieser Stadt zu einem Boom verhalfen. Vor allem beim Bau der Pyramiden war man dann recht fleißig: Die drei größten Pyramiden sind die Sonnenpyramide (63m), Mondpyramide (42m) und Quetzalcoatl-pyramide (21m).

Okay. Diese Maße, schreibt Don Eric, beruhen gemäß den Forschungsergebnissen eines gewissen Hugh Harleston auf dem Grundmaß von 1,059 Metern, welches er ein "Hunab" nannte. Ich bemerke mal dazu, dass ich den Namen dieser Einheit groß schreiben werde, außer natürlich in den Zitaten.

Wie ich Don Eric kenne, muss auch dieses Maß für irgendwelche Zauberei herhalten.

Aber gewaltig. Hier kommt schon der erste Knüller: "Mit dem Einheitsmaß hatte Hugh Harleston eine neue und verblüffende Blickrichtung gefunden. Quetzalcoatl-Pyramide, Sonnen- bzw. Mondpyramide sind 21, 42 und 63 hunab hoch, stehen also im Verhältnis von 1 : 2 : 3 zueinander ... Der Computer errechnete Erstaunliches: Die Grundrißkante der Quetzalcoatl-Pyramide entsprach dem 100000sten Teil des Polarradius - an der Zitadelle entdeckte Harleston verschiedene pythagoreische Dreiecke, die ... Zahl pi und deren Funktion sowie die Ziffer für die Lichtgeschwindigkeit (299 792 km/sec.)" *(Seite 236)*

Ja, "erstaunlich" ist die Größe des Bären, den uns diese zwei Magier aufbinden wollen! Denn die Zahl (nicht Ziffer) der Lichtgeschwindigkeit "299792" existierte ja damals noch gar nicht!

Genau! Natürlich existierte die Lichtgeschwindigkeit (nicht, dass mich da jemand falsch versteht!), aber die Zahl "299792" ergibt sich natürlich erst, nachdem man das Maß des Meters und der Sekunde definiert hat. Würde die Maßeinheit z.B. "Hunab pro Tag" lauten, dann wäre die Lichtgeschwindigkeit nämlich 25 902 028 000 Hunab pro Tag, also eine ganz andere Zahl. Nun ist es ja kein Geheimnis, dass die Indianer noch kein Metermaß und Sekundenmaß besaßen! Auch die Außerirdischen konnten nicht ahnen, dass wir im 20. Jahrhundert das Meter und die Sekunde so definieren würden, denn das sind ja willkürliche Maße!

Das will ich meinen!

Übrigens, apropos "Lichtgeschwindigkeit": Weißt du wo das damals überzeugendste Experiment zum Nachweis der Konstanz der Lichtgeschwindigkeit und zur Nichtexistenz des Äthers durchgeführt wurde?

Also, meine Physikertage liegen nun wirklich etwas weit zurück!

Da gab es das Michelson-Experiment von 1887. Das war das erste dieser Art und wurde in Potsdam durchgeführt. Nachdem noch Zweifel bestanden, wurde das Experiment mit verbesserter Technik einige Male wiederholt. Eine besonders überzeugende Durchführung gelang dem Physiker Georg Joos im Jahre 1930 in einem Keller des Zeiss-Werkes in Jena.

Aha! Apropos "Keller"! Unser schönes Jena, wo wir studiert, aber vor allem auch gut gelebt haben!

Genau, auch so manche Fachsimpelei wurde häufig bei dem einen oder anderen Gläschen Gerstensaft in unserem guten alten Quantenkeller geführt!

O ho! Der Quantenkeller! He, an dieser Stelle wollen wir mal die Gelegenheit nutzen und unsere Trink... pardon! Gesprächspartner von damals grüßen!

Und alle ehemaligen, gegenwärtigen und zukünftigen Studenten in Jena im schönen Thüringen!

Jawohl!

Zum Wohl!

Warte mal! Jetzt müssen wir aber mit Bier anstoßen! Das passt doch sonst nicht! "Oye, amigo, dos cervezas, por favor! ... Sí, Corona está bien! ... " He, und was zu essen! "Y también la pizza, amigo, la cuatro estaciones ... sí, la mediana ..."

Prosit! Finde ich witzig hier! Das Bier immer mit der obligatorischen Limone!

Warte, ich muss noch einen Toast ausrufen: Herzlichen Glückwunsch zur Entdeckung der pythagoreischen Dreiecke an der Quetzalcoatl-Pyramide!

Ha, ha! Glückwunsch!

Glanzleistung!

Herausragende archäologische Entdeckung!

Vielleicht sollte man den Nobelpreis für ihn beantragen? ... Hier kommt die Pizza...

Die Zahl pi kann ich übrigens auch an dieser runden Pizza entdecken! Denn sie ist 28 cm im Durchmesser und 88 cm im Umfang. Jetzt rechne ich: 88 ÷ 28 = 3,14! Prima! Das ist die Zahl pi!

Tja, vielleicht stammt das Pizzarezept von Don Emiliano auch von den Außerirdischen?!

Auch dass die Grundrisskante der Quetzalcoatl-Pyramide gerade dem 100000sten Teil des Polradius der Erde entspricht, haut mich nicht gerade vom Hocker! Da haben doch unsere fleißigen Forscher so lange in astronomischen, geografischen und sonstigen Daten gesucht, bis sich wenigstens so etwas ähnliches wie eine verblüffende Übereinstimmung ergeben hat! Naja, was stört da schon so ein unwesentlicher Faktor von 100000, der im Übrigen eine den Maya fremde Zehnerpotenz darstellt! Nähme man die 20 als Basis, dann hätten wir einen gebrochenen Exponenten von 3,84311 ($100\,000 = 10^{5} = 20^{3{,}84311}$). Das hieße aus Sicht der Maya, man baute die Pyramide mit einer Seitenlänge, die das 20 hoch 3,84311-fache des Polarradius entspricht!

Na, das ist ja dann wohl Schwachsinn hoch 3!

Korrektur! Hoch 3,84311!

Herrlich! Ich kann nicht mehr! Ich muss echt mal sagen, ich hätte nie gedacht, dass wir beim Schreiben dieses Buches so viel Spaß haben würden!

So ist es! Auch hier erahne ich schon wieder deinen Kommentar! Denn weiter schreibt Don Eric: "Harleston begann schier an den Ziffern zu zweifeln, die der Computer ihm zublinkte" *(S. 237)*

Ich beginne da eher, an seinem Verstand zu zweifeln!

Genau, das ist es! Ich kenne dich schon! Aber jetzt lässt er die Katze aus dem Sack! Im nächsten Satz heißt es: "Pyramidenstümpfe und Plattformen der Zitadelle standen für die durchschnittlichen Bahndaten der Planeten Merkur, Venus, Erde und Mars. Für den maßstäblichen Abstand zur Sonne setzte Harleston für die Erde 96 hunab an; von dieser Markierung ausgehend, lagen Merkur mit 36, Venus mit 72 und Mars mit 144 hunab in den richtigen Distanzen" *(S. 237).*

Phänomenal!

Dazu gehört dann auch Don Erics Zeichnung auf Seite 238. Da sieht man die Bahnen des Asteroidengürtels und der Planeten Jupiter, Saturn, Uranus, Neptun und Pluto; sowie ein paar Pyramiden, die diesen Planeten zugeordnet werden.

Und? Was sagt der Astronom dazu?

Da muss man kein Astronom sein, um zu sehen, dass das Unsinn ist. Dem Jupiter und Saturn zum Beispiel sind sehr kleine, völlig unbedeutende Gebäude zugeordnet, aber der große Witz ist, dass das größte Bauwerk in Teotihuacan, nämlich die Sonnenpyramide, keinem Planeten zugeordnet wird! Sie steht da so verloren zwischen Saturnbahn und Uranusbahn herum!

Noch interessanter wird es, wenn man Don Erics Daten rechnerisch nachprüft! Hier ist einmal eine Tabelle mit den durchschnittlichen Abständen der Planeten von der Sonne in Astronomischen Einheiten (AE). Dieses Maß ist ja als der durchschnittliche Abstand von Erde zu Sonne definiert (149,6 Millionen km). Wenn wir diesen Abstand mit 96 Hunab gleichsetzen, so wie es Harleston rechnet, dann hätten die Planeten maßstäblich folgende Entfernungen in der Stadt Teotihuacan:

Tja, eine größere Abweichung haben wir bei der Venus. Wegen 0,722 × 96 = 69,31 dürfte der Venusbau allerdings nur etwa 69 Hunab Abstand haben. Die sonst so genauen Teotihuacaner haben sich hier um fast 3 Hunab verhauen!

Aber das sind doch nur 4,2 Millionen Kilometer. Nun sei doch nicht so kleinlich!

Der Mars müsste bei fast 146 Hunab zu finden sein, nicht 144 ... Die Distanzen passen also nicht ganz, so dass man sich fragen muss, ob die Interpretation als Planetenabstände legitim ist.

Nun sei doch kein Spielverderber, so erheblich sind doch die Abweichungen gar nicht!

Planet	**Sonnenabstand in AE**	**Sonnenabstand maßstäblich in Hunab,wahrer Wert**	**Sonnenabstand maßstäblich in Hunab,Don Erics Wert**
Merkur	0,388	37	36
Venus	0,722	69	72
Erde	1 (geht ja nicht anders)	96	96
Mars	1,517	146	144
Asteroidengürtel	2,7	259	288
Jupiter	5,2	499	520
Saturn	9,5	914	945
Uranus	19,2	1844	1845
Neptun	29,9	2874	2880
Pluto	39,3	3778	3780

Jetzt bist du wohl ein Fan von Don Erics Phantastereien geworden?

Na gib doch zu, dass seine Ausführungen uns schließlich dermaßen in ihren Bann gezogen haben, dass wir uns recht intensiv damit beschäftigen.

Okay, da hast du wiederum recht. Es geht weiter: "Direkt hinter der Zitadelle fließt der San-Juan-Bach in einem von den Erbauern der Stadt künstlich angelegten »Kanal«. Von dort aus bis zur Mittellinie der Zitadelle beträgt die Entfernung 288 hunab; weitere 520 hunab entfernt liegen die Ruinen eines unbekannten Baus, und diese Strecke entspricht maßstäblich der Distanz Sonne-Jupiter" (S. 237)

Passt das?

So ungefähr. Der Bach ist in etwa da, wo der Asteroidengürtel sein müsste. Nicht einmal den haben die Baumeister vergessen!

Der spielt ja auch eine wichtige Rolle, dort war ja angeblich irgendwann der Planet X!

Dann kommt erst einmal ein Fehler: "Weitere 520 hunab ..."! Weitere 520, also 288 + 520 = 808 ... Das wären 8,417 AE. Das soll Jupiter sein. Der liegt aber bei 5,2 AE.

Wie viele Hunab müsste der Abstand von der Zitadellenmittellinie betragen?

499 Hunab.

Ausgerechnet einen der mit bloßem Auge am besten sichtbaren Planeten, den die Indianer schließlich gut kannten, sollen sie plötzlich vergessen haben?

Nein, guck mal, Don Eric hat's nur falsch formuliert. Nicht <u>weitere</u> 520

Hunab, sondern genau 520 Hunab hätte er schreiben müssen. Dann weicht zwar die Distanz nur noch um 21 Hunab ab!

Naja, liegt aber wenigstens in der Nähe!

In der Nähe?! Aber 21 Hunab sind 22 Meter, die das Gebäude, welches auch immer es war, falsch stand. Das sind schlappe 33 Millionen Kilometer! Das wäre ja nur, warte mal, 85 mal die Entfernung von der Erde zum Mond! Wenn's weiter nichts ist...

Na gut! Ist doch schon eine ganz erhebliche Abweichung!

Das denke ich auch. Interessant ist auch, dass Don Eric selbst dann fündig wird, wenn gar nichts mehr da steht!

Wie das?

Er meint, es wären 945 Hunab für den Planeten Saturn. Dann schreibt er weiter: "In der Nationalbibliothek in Mexiko-City fand Harleston alte Pläne von Teotihuacan, in denen just an diesem Punkt ein Bauwerk eingezeichnet war: Es fiel Planierungsarbeiten zum Opfer, als hier für die Bequemlichkeit der Touristen eine Asphaltstraße angelegt wurde. Die Planer hatten also auch für den Planeten Saturn den Standort nicht vergessen" (S. 237)

Also nein! Den Saturn einfach so mirnichtsdirnichts wegzuplanieren! Das war mit "Terraforming" aber nicht gemeint!

Konzentration, bitte! Und hör mal auf hier auf dem Tisch herumzuhauen! Du schmeißt mir noch das Bier um! Das Gebäude stand also bei 945 Hunab. Das ist bemerkenswert!

Warum?

Weil es 914 Hunab hätten sein müssen! Also stand dieses (unbedeutende) Gebäude 31 Hunab neben der Stelle, wo es zu erwarten gewesen wäre!

Die Abweichungen werden ja immer größer. Das ist ja schon ein Fehler fast so groß wie die Entfernung von der Sonne zum Merkur! Mal sehen, ob es weiter so geht!

Was heißt weiter? Mehr Planeten sieht man nicht ohne entsprechende Technik.

Aber du vergisst ja, dass die Indianer ihr Wissen von den schlauen Aliens erhalten haben! Und diese waren ja schließlich allwissend! Fast so sehr wie Don Eric, hätte ich fast gesagt! (Ob er selber ein Alien ist???)

Was du nicht sagst! Also, die letzten Bauten stehen doch günstig.

Wenigstens beträgt da die Abweichung nicht ganze Häuserbreiten wie bei Jupiter und Saturn!

Damit hat Don Eric die Idee des Herrn Harleston einigermaßen gut verkauft.

Ja, man ist verblüfft, wenn man nicht nachrechnet.

Das tun sicher die wenigsten. Es passt ja auch fast.

Oder es wurde passend gemacht.

Wie meinst du das jetzt?

Offensichtlich war die Idee zuerst da und ergab sich bei der Betrachtung der Distanzen der Pyramidenstümpfe und Plattformen der Zitadelle. Dann war auch der Maßstab klar. Danach fehlten nur noch Bauten in geeigneten Abständen, um die anderen Planetenabstände zu repräsentieren!

Ja, denk' ich mal.

Was ist überhaupt der Anlass, das Modell unseres Sonnensystems auf den Plan der Stadt Teotihuacan hin zu prüfen?

Keine Ahnung! Wahrscheinlich gibt es an diesen Gebäuden und Pyramiden bestimmte Schriftzeichen, die auf diese Planeten hinweisen...

Nein! Nichts!

Davon habe ich auch nichts gelesen! Die "Planetenpyramiden" wurden offensichtlich unter Tausenden von Bauwerken in Teotihuacan willkürlich ausgewählt! Selbst ein Riesen-Ding musste dafür herhalten, ha, ha!

Ganz deiner Meinung! Schau dir mal diesen Stadtplan auf der nächsten Seite an!

Da ging es tatsächlich recht eng zu.

Sieht dein Astronomenauge da vielleicht Platz, den man freigelassen hat, um die Planetenbahnen anzudeuten und wichtige Pyramiden auf diesen freien Stellen?

Ich sehe in dem Gewirr von Gebäuden nichts derartiges! Was ich sehe, ist eine Stadt, die erstens groß genug war und zweitens dicht genug bebaut, so dass man problemlos alle Muster findet, die man sucht. Man kann alles mögliche hineininterpretieren.

Genau. Wer sucht, der findet!

Wobei ich sagen muss, wenn ich da suche, wo etwas für die Planeten Merkur, Venus, Erde und Mars sein müsste, finde ich nichts, gar nichts.

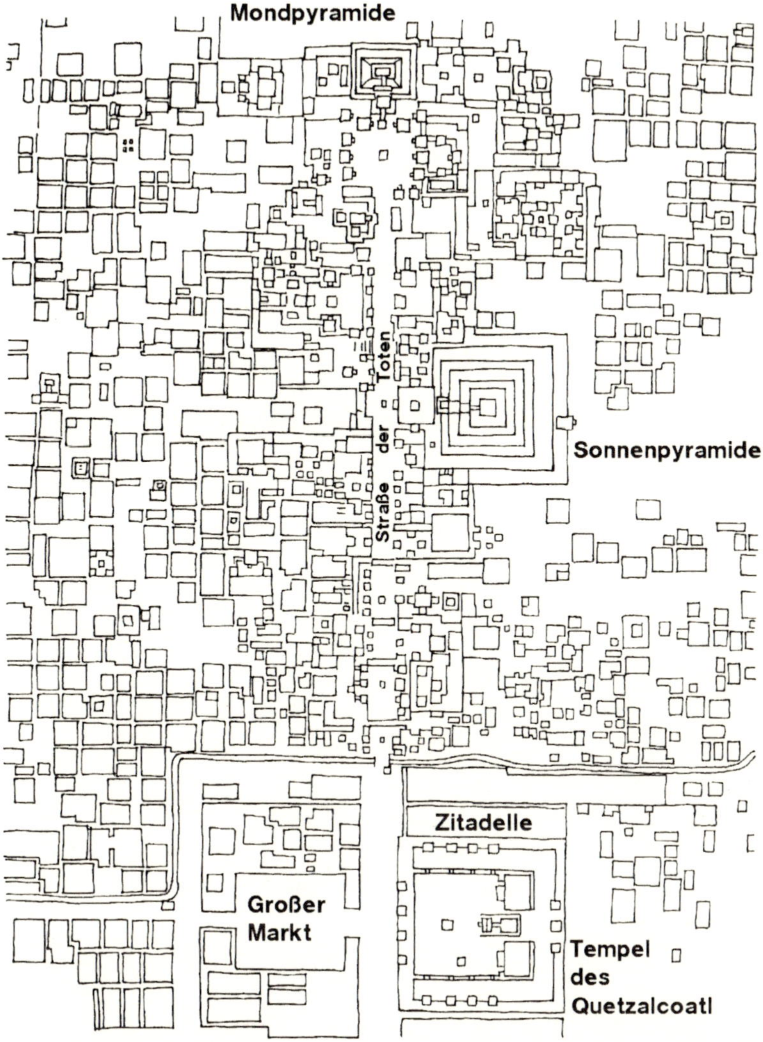

Nun, da kann ja der Leser selber schauen! Jetzt kann ich dir noch eine archäologische Entdeckung melden!

Ach so?

Ich habe herausgefunden, dass Manhattan auch nach Plänen der Aliens entstanden ist!

Wie das?

Erinnerst du dich, wie man die Stelle nennt, wo das World Trade Center stand?

Ground Zero!

Yes! "Zero" heißt "Null"! Das ist also der Nullpunkt! Wenn ich auf den Stadtplan schaue, dann entspricht ein Millimeter auf der Karte genau einem Hunab.

Das bedeutet, auch die Stadtplandrucker arbeiten im Dienste der Aliens!

Nach 37 Hunab finde ich einen Paketdienst, wo der Planet Merkur liegt.

Ah! Der Götterbote!

Nach 69 Hunab befindet sich ein Sexshop!

Oh! Venus!

Nach 96 Hunab kommt man zu einem Blumenladen.

Lass mich raten: sie verkaufen Blumen-Erde!

Nach 146 Hunab finde ich einen Waffenladen!

Uh! Mars!

Nach 264 Hunab bin ich an der Subwaystation "Canal Street".

Eh! Der "Kanal" für den Asteroidengürtel!

Nach 499 Hunab befindet sich ein Esoterikladen "The Lands Beyond"!

"Beyond" heißt "jenseits von"! Also "jenseits der sichtbaren Planeten": ergo: jenseits von Jupiter!

Nach 914 Hunab sind wir an der Subway-Station Herald Square, am Broadway. Heute befindet sich dort nichts Besonderes. Aber ich habe nachgeforscht und herausgefunden, dass sich dort 1969 just an diesem Punkt ein Plakat an der Metrostation befand: "With the Saturn-Rocket to the Moon! Watch the Moon-Landing!"

He! Saturn!

Nach 1844 Hunab sind wir genau im Central Park. Dort befindet sich ein Schild "Urinieren verboten!"

Oho! Uranus!

Nach 2874 Hunab sind wir in der Nähe der Washington Bridge. Dort befindet sich ein Laden in der Nähe, der Aquarien verkauft. Er heißt "In Neptuns Reich".

Yeah! Neptun!

Nach 3778 Hunab sind wir genau an der Endstation der Linie 1 - Van Cortlandt Park. Dort liegt vor der Metrostation ein Felsbrocken. Er hat die Form wie der Planet Pluto!

Sensationell! Solltest du mal Don Eric zusenden!

Tja, so ist das! Das gleiche Spielchen lässt sich in jeder beliebigen Stadt durchführen, zum Beispiel in Berlin, Hamburg oder Schnepfenthal! Nimm einfach ein Stück kariertes Papier und markiere die Kästchen die du gerade brauchst!!

Ein unterhaltsames Spielchen für die ganze Familie!

Passt auch auf den Berliner Zoo! Da wo maßstäblich die Erde liegt, geht es gerade durch das Affenhaus!

Aber jetzt mal im Ernst! Weißt du, was wir vergessen haben?

Was?

Na, diese ominösen 17 Grad!

Ach ja! Da sollten wir noch einmal Don Eric zitieren: "Der Weg der Toten - mit 17 Grad östlicher Abweichung - war die Nord-Süd-Achse und Hauptstraße der Stadt" (S. 242).
"Die schnurgerade, auf die Spitze des Cerro Gordo zulaufende Achse verlangte die 17-Grad-Abweichung von der absoluten Nord-Süd-Richtung" (S. 243).
"Aus zwingenden geodätischen Gründen wurde das 17-Grad-System erstmals in Teotihuacán angewandt" (S. 243).
"Das wäre nichts Besonderes und könnte eine spezielle Ordnung für Teotihuacán gewesen sein, wenn eben diese 17-Grad-Abweichung von der Nord-Süd-Richtung nicht auch bei anderen mesoamerikanischen Kultzentren festzustellen wäre - so etwa in Tula ... oder in Chichén-Itzá" (S. 242)
"Nun ja, Azteken und Maya haben das bewährte 17-Grad-System von Teotihuacán kopiert! ... könnte man vermuten, und das Rätsel wäre gelöst. So einfach lässt sich das Rebus nicht knacken. Teotihuacan lag nämlich längst in Trümmern, als Maya und Azteken ihre neuen Städte erbaut haben sollen. Und: Wenn schon in einem Koordinatensystem gebaut wurde, warum dann nicht in exakter Nord-Süd-Richtung?" (S. 242)

Ja, ein prima Rätsel! (Kein Rebus, denn das wäre ein Bilderrätsel.)

Da wollen wir mal dem guten Don Eric auf die Sprünge helfen: Die Kukulcan-Pyramide in Chichén Itzá zeigt ihr berühmtes Phänomen der Schattenschlange zur Tag- und Nachtgleiche. Da solltest du übrigens ein Foto beisteuern!

Ach ja, habe ich doch am 21. März 2005 fotografiert!

Nun kommt die Preisfrage: Warum ist die Pyramide nicht in Nord-Richtung ausgerichtet? Ganz einfach, weil sonst die Schattenschlange nicht erscheinen würde!!! Denn Tag- und Nachtgleiche heißt, dass die Sonne genau im Westen untergeht! Sie würde also voll auf eine Seite der Pyramide scheinen und auf der Seite der Nordtreppe keinen Mü Schatten ergeben! Wäre ziemlich langweilig! Dieses berühmte Bild ergibt sich nur bei einer gewissen Drehung der Pyramide in Richtung Osten! Damit kann es auch nichts mit Teotihuacan zu tun haben!

Hat es ja sowieso nicht!

Warum das?

Hier habe ich noch ein hübsches Zitat gefunden, in Knaurs Kulturführer Mexiko. Sie schreiben über die Kultstraße in Teotihuacan: "Der bislang ausgegrabene Straßenabschnitt beginnt im Süden von der Zitadelle aus und setzt sich ... über 2 km nach Norden fort - gemäß einer Orientierung, die nicht mehr als 15,5° von der astronomischen Nord-Richtung abweicht - und endet schließlich am Fuß der Mondpyramide." [Mehl93]

Darauf trink ich wieder einen!

¡Salud!

Prost!

Warte mal! Hier können wir noch ein spanisches Zitat hinterherschieben: "[La Calzada de los Muertos] está orientada 15º 30' al este del norte astronómico, como ocurre con casi todas las construcciones de este lugar." (http://es.wikipedia.org/wiki/teotihuacan)

Auf Deutsch?

Ach was, die Zahl "15 Grad 30 Minuten" muss ich wohl nicht übersetzten! Die Mathematik ist doch die universellste Sprache, sagst du immer.

Somit schließt sich wieder der Kreis von der Mathematik zur Linguistik!

So gesehen, war es doch nichts besonderes, dass ich von Mathe, Physik und Astro zur Linguistik gewechselt habe!

Naja, da glaube ich allerdings nach wie vor, dass so ein Fachrichtungswechsel an der Uni Jena nicht so oft passiert!

In dieser Hinsicht sind wir schon Exoten. Dein Weg war ja auch nicht unbedingt geradlinig: 2 Jahre Physik (Humboldt-Universität Berlin), Gymnasiallehrer Mathematik, Physik und Astronomie (Friedrich-Schiller-Universität Jena) und derzeit Informatik (Otto-von-Guericke-Universität Magdeburg). Und wann fängst du bei der NASA an?

Noch nicht sofort. Wenn es aber soweit ist, dann nur mit dir gemeinsam, weil ich dann einen vielseitigen Sprachspezialisten an meiner Seite brau-

che, um mit den Außerirdischen, an die ich angesichts der zahlreich im Universum herumschwirrenden Aminosäuremoleküle glaube, kommunizieren zu können.

Mal im Ernst! Das ist ein interessantes Thema, über das ich oft nachgedacht habe: Wie kommuniziert man mit Wesen, deren Sprache man nicht kennt? Wenn ich mir verschiedene Science-Fiction-Filme ansehe, dann muss ich sagen, die Körpersprache der Menschen ist den Außerirdischen gegenüber oftmals vollkommen aggressiv, so dass man einen Konflikt direkt provozieren würde!

Übrigens, wer eine Aufnahme der NASA von Teotihuacan sehen will, kann hier schauen:
http://asterweb.jpl.nasa.gov/gallery/images/teotihuacan.jpg

Kommunikation mit Außerirdischen...? Die Theorie dazu würde mich reizen. Man müsste eine künstliche "Sprache" entwickeln, die konsequent auf Logik basiert ...

... ja, ein Alphabet aus einfachen Symbolen wie etwa geometrische Figuren ... Und die Daten muss man leicht dekodieren können, nur so werden aus Daten Informationen.

Was du "dekodieren" nennst, nennen die Linguisten "übersetzen" und "interpretieren".

Übrigens hat mich eine Bekannte gefragt, was es mit den Codexen auf sich hat. Aus meiner Sicht sind das einfach solche Werke der Maya, wo sie mittels ihrer Hieroglyphensprache Daten wie z. B. Finsternisdaten kodiert, d. h. auf ihre Weise dargestellt haben.

Natürlich. Das Problem liegt also dann im "dekodieren", also in der richtigen "Übersetzung" dieser Daten. Und das Grundgesetz in der Linguistik besagt, dass man eine Übersetzung nur dann anfertigen kann, wenn man den Ursprungstext vollkommen inhaltlich verstanden hat.

Ja, und wo man sich nicht einmal darum bemüht, wie das bei Don Eric der Fall ist, da sind natürlich Hopfen und Malz verloren!

Dieses Grundgesetz gilt für einen Maya-Codex genauso wie für die im Popol Vuh beschriebenen Mythen der Maya, die mit ganz konkreten sprachlichen Symbolen arbeiten. In den folgenden Kapiteln werden wir uns näher mit den Mythen der Maya auseinandersetzen.

Und du wirst die überlieferten Daten dekodieren und den Lesern die Mayawelt aus Mayasicht präsentieren.

Genau, und du wirst mir dabei auf die Finger schauen und unmittelbar eingreifen, wenn meine Ausführungen Zweifel aufkommen lassen.

Da kannst du sicher sein, schließlich sollst du mich und die Leser nicht a'la Don Eric an der Nase herumführen. Und nun werden wir vor unserem neuen Arbeitsabschnitt einen Tequila unterhalb der Nase einführen.

¡Salud! Und dabei gebe ich das Versprechen ab, dass es noch sehr spannend wird.

Wie ein Krimi?

Noch besser als ein Krimi!

Okay, Salud auf den bevorstehenden Höhepunkt!

Ich habe noch was vergessen!

Was denn?

Die Kukulcan-Pyramide in Chicken Pizza, pardon, Chichén Itzá, ist gar nicht um 17 Grad nach Osten gedreht, sondern 21 Grad!

Ich werd' verrückt! Soviel Aufregung um nichts!

12. Geheimnisvolles Popol Vuh - Schlüssel zum Verständnis der Maya

Übrigens muss ich hier auch mal ein gutes Wort für Don Eric einlegen!

Na, er hat uns ja schon zu einer wissenschaftlichen Entdeckung verholfen!

Ja, aber nicht nur das. Ich meine dieses Zitat hier, am Anfang von Don Erics Kapitel 5. Da schreibt er: "Der Astrophysiker Heinz Haber, Herausgeber der Zeitschrift Bild der Wissenschaft, sagte mir in einem Gespräch: »Wir brauchen Ihre Götter nicht! »" (S. 159).

Mit "Göttern" sind hier die Außerirdischen gemeint.

Mir fällt da eine Fernsehsendung ein. Es ging darum, dass die Menschen heute, wo die etablierten Religionen vielen Menschen immer weniger als Leitmodell dienen, fast zwangsläufig sich mit dem Thema "Außerirdische" beschäftigen, quasi als Ausgleich.

Das stimmt. Das habe ich auch schon gehört. Ist wirklich ein faszinierendes Thema.

Also könnte man dem Professor Haber glatt widersprechen und erläutern, dass wir in der heutigen Zeit die fremden Götter doch brauchen!

Gewissermaßen erfüllt hier Don Eric ein modernes psychologisches Grundbedürfnis!

Jetzt kann ich mir auch den Erfolg seiner Bücher besser erklären!

Er leistet also quasi etwas Nützliches!

Könnte man so sagen. Da fällt mir ein, man hat diese moderne Besessenheit mit dem Thema der Außerirdischen schon als "modernen Mythos" bezeichnet. Die Ethnologen und Psychologen können dir übrigens erklären, dass der Mensch ohne Mythos gar nicht leben kann.

"Mythos" ist ja manchmal auch etwas Alltägliches, wie zum Beispiel, dass man sagt, Frauen seien schlechtere Autofahrer, obwohl statistische Untersuchungen zeigen, dass sie viel weniger Unfälle verursachen.

Aber trotzdem sagt man gerne: "Frau am Steuer - ungeheuer!"

Oder dass man die Frauen nicht verstehen kann! Selbst Einstein haut ja in dieselbe Kerbe! Er sagte einmal: "Manche Männer bemühen sich lebenslang, das Wesen einer Frau zu verstehen! Andere befassen sich mit weniger schweren Dingen, z.B. der Relativitätstheorie!"

Ha, ha! Diese Physiker! Jedenfalls ist das ein Thema, das mich im Laufe der Zeit immer mehr beschäftigt hat.

Was, die Frau?

Nein, die Mythologie! Früher hatte ich mich nur mit Maya-Astronomie und Hieroglyphenschrift beschäftigt.

Das stimmt! Unser Studienkumpel, der Cowboy, erinnerte mich vor kurzem daran, dass du wochenlang bei den Seminaren gefehlt hattest, und plötzlich standest du mit einem überhaupt nicht zum Thema passenden Anliegen in der Tür: "Ich brauche da mal Oppolzers "Canon der Finsternisse". Ich muss mal nachschauen ob da eine Finsternis bei den Maya sichtbar war, so wie es der Hieroglyphentext sagt!"

Ja, ja, das waren noch Zeiten! Aber seit ich zum ersten Mal das Popol Vuh las, habe ich mich mehr und mehr mit dem Thema Maya-Mythologie auseinandergesetzt.

Das verblüfft mich wieder einmal gar nicht. Wenn du dich mit etwas beschäftigst, dann richtig. Und nicht nur das, hier muss man es so formulieren: du widmest dich der Maya-Thematik mittlerweile mit ganzem Herzen.

Sicher. Denn es geht hier nicht mehr nur um Wissen. Da bin ich wirklich mit dem Herzen dabei.

Das denke ich. Und du hast mir klar gemacht, Sehenswürdigkeiten sind keine Trophäen! Man muss sich dessen bewusst sein, dass man geschichtsträchtige Plätze betritt. Und wenn man richtig hinhört, flüstern einem diese Steine zu, wer im Verlaufe der Zeit darüber gelaufen ist. Viel besser als die grauen Steine aber spricht das Popol Vuh zu uns, das heilige Buch der Maya, wenn ich dich richtig verstehe.

Richtig. Wenn man sich der Mythologie nicht verschließt, kann man dem Popol Vuh Anhaltspunkte über den Ursprung und die Geschichte der Maya entlocken, aber vielmehr noch, man lernt zu denken und zu fühlen wie die Maya!

Ich würde mich gern darauf einlassen, aber das ist natürlich ein sehr weites Feld, das du schon jahrelang beackert hast! Ich weiß ja nicht, ob du da einen kurzen Überblick geben kannst, denn das Thema ist ziemlich kompliziert.

Ich will es mal versuchen. Zuerst einmal muss man sagen, dass es sich hier um mehr als ein Buch handelt. Hier geht es um eine komplexe Mythologie, die sich in Jahrtausenden herauskristallisiert hat, und in mündlicher Form überliefert wurde. Episoden davon wurden dann in Codexen beschrieben, auf Stelen gemeißelt und auf Keramikvasen gemalt. Von den Stelen und Keramikvasen haben einige die Zeit überstanden, nur die Codexe sind verschwunden.

Aber woher weißt du dann, dass es diese Popol Vuh-Codexe gab?

Ganz einfach, weil es im Popol Vuh selbst erwähnt wird:

Xchiqelesaj rumal	Aber wir bringen es jetzt ans Licht,
maja b´i chik ilb´al re Popol Wuj,	denn man kann es nicht mehr sehen,
	das Buch des Rates,
ilb´al saq petenaq ch´aqa palo	das Buch, das vom Licht von jener Seite
	des Meeres erzählt,
utzijoxik qamujib´al,ilb´al	von der Zeit unserer Dunkelheit und
saq k´aslem; chucha´xik.	vom Anbruch des Lebens,
	wie man sagt. Wohl gibt es noch den
K´o nab´e wujil,	originalen Codex,
ojer tz´ib´am puch,	wie er in alter Zeit geschrieben wurde,
	doch verborgen ist er dem Blick des
xa ewal uwach ilol re, b´isol re.	Suchenden, des Forschenden.

Das ist ja richtig spannend! Stell dir nur mal vor, man würde diesen originalen Codex wiederfinden!

Dann würden viele Mayaspezialisten vor Aufregung einen Herzinfarkt bekommen! Jedenfalls haben in Guatemala kurz nach den Conquista viele Maya die lateinischen Buchstaben erlernt. Dann hat ein Quiché-Maya das Popol Vuh aufgeschrieben, etwa um 1540. Dieses Manuskript wurde dann von einem anderen Maya abgeschrieben. Diese Abschrift bekam dann der spanische Priester Francisco Jimenez zu Gesicht, der das Vertrauen der Maya hatte, denn er behandelte sie wie Gleichrangige, nicht von oben herab wie die anderen Spanier. Außerdem hatte er schon viele Jahre unter den Maya gelebt und sprach sehr gut ihre Sprache. Er hat dann das Manuskript kopiert und übersetzt. Das war irgendwann zwischen 1701 und 1722. Sein Manuskript wurde dann wieder von einem anderen Spanier kopiert. Und das ist die Abschrift, die wir heute kennen, die sich in der Newberry Library in Chicago befindet.

Worum geht es denn nun im Popol Vuh?

Kurz gesagt, es geht um die Abenteuer der Göttlichen Zwillinge Junajpu und Xbalanq´e. So werden sie auf einer klassischen Mayavase dargestellt. Diese Zwillinge besiegen die Dämonen, die den Urkräften entsprechen, die der Mensch kontrollieren muss. Sie ebnen den Weg für die Zivilisation der Maya und dienen als Leitmodell für das menschliche Verhalten. Das Popol Vuh beginnt natürlich mit der Erschaffung der Welt und kulminiert mit der Erschaffung der Mayamenschen aus der Maismasse. Am Ende wird die Geschichte der Quiché-Maya geschildert, wobei dann die Mythologie immer mehr in die konkrete Geschichte der Königshäuser der Quiché übergeht. Die Zwillinge verwandeln sich übrigens in Sonne und Mond.

Was begeistert dich eigentlich so sehr an diesem Buch?

Dass man jedes Mal etwas Neues entdeckt!

Wie viele Male hast du denn das Popol Vuh gelesen?

Das kann ich dir schlecht sagen! Auf Englisch mindestens 2 mal, auf Spanisch vielleicht 4 mal, auf Deutsch die Cordan-Version mehrere male und dann noch die restlichen deutschen Übersetzungen je einmal...

Wie viele gibt es denn da?

Bisher kenne ich 4 deutsche Übersetzungen: von Noah Elieser Pohorilles von 1913, von Dr. Leonhard Schultze Jena von 1944, von Wolfgang Cordan von 1962 und die posthume Veröffentlichung der Übersetzung von Eduard Seler von 1975, wobei er selber die Übersetzung etwa 1914 abgeschlossen hatte.

Wieso muss man denn die Maya-Bibel so oft übersetzen?

Natürlich würde eine sehr gute Übersetzung ausreichen, aber die Quiché-Maya-Sprache ist sehr schwierig. Das ist nicht wie Spanisch oder Italienisch. Da tastet man sich quasi langsam ran, und jedes Mal wird die Übersetzung besser, weil man ja die Vorgängerversion genau studiert. Dann kann man es fast nur noch besser machen.

Aber das Original ist doch in Latein geschrieben! Hier schreibt doch Don Eric: "Popol Vuh, das heilige Buch der Quiché-Maya. Aufgezeichnet um 1530 in lateinischer Sprache" (S. 163).

Ist natürlich falsch. Müsste heißen "in Quiché-Mayasprache, aber mit lateinischen Buchstaben".

Was mich nun interessiert, ist der kosmische Ursprung der Menschheit, der im Popol Vuh angedeutet wird. Denn Don Eric meint: "Könnte nach deutschen Übersetzungen der flüchtige Eindruck entstehen, alles Leben wäre, nach Maya-Auffassung, aus dem Meer gekommen... vermag Brasseur aus seinen Informationen zu kommentieren: »Es gab keine Menschen, keine Tiere, keine Vögel, keine Fische, keine Krebse, kein Holz, keine Steine, keine Täler, keine Kräuter, keine Wälder; es gab nur den Himmel. Das Bild der Erde zeigte sich noch nicht.« Wurde mit Meer jene Ursuppe angesprochen, in der Leben erst durch außerirdische Einwirkung entstand?" (S. 166)

Auch diesen Versuch können wir als Zaubertrick entlarven. Dazu brauchen wir uns nur die zitierte Stelle im Zusammenhang anzuschauen:

Wa´e k´ute nab´e tzij, nab´e uchan:	Dies ist die erste Kunde, die erste Erzählung.
maja´ b´i oq jun winaq, jun chikop,	Es ist noch nicht ein Mensch da,
	noch nicht ein Tier,
tz´ikin, kar,	kein Vogel, kein Fisch,
tap, che´,	kein Krebs, kein Baum,
ab´aj, jul,	kein Stein, keine Höhle,
siwan,	keine Schlucht, kein Gras,
k´im, k´ichelaj,	kein Wald.
xa utukel kaj k´olik.	Da ist nur der Himmel.
Mawi q´alaj uwach ulew,	Noch ist das Antlitz der Erde nicht enthüllt.
xa utukel remanik palo upa kaj, ronojel	Nur das sanfte Meer ist da, unter des Himmels weitem Raum
...	...

xa remanik ja´, xali´anik palo, xa utukel remanik. Xa ma k´o wi naki la´ lo k´olik; xa kachamanik, katz´inik chi q´eq´um, chi aq´ab´.	Da ist nur das ruhende Wasser, das sanfte Meer, einsam und still. Da existiert nichts weiter. Unbeweglich und leise ist es in der Finsternis, in der Nacht.
...	...
Kixnojin taj:	Und sie füllten die Leere aus:
- Are ri ja´ chel taj, chi jama´ taj!	"Möge das Wasser weichen und Raum geben,
Chiwinaqir wa ulew, ulaqel ta k´urib´! Ch´ata k´ut	damit die Erde selbst emporsteigen möge!" So sprachen sie
...	...
Ta xwinaqir k´u ri ulew kumal xa kitzij xk´oje wi uwinaqirik.	Und dann erschufen sie die Erde. Nur durch ihr Wort kam sie zum Vorschein.
Chiwinaqir ulew: - Ulew! Xecha´. (SC Xecha)	So stieg die Erde empor: "Erde!" sagten sie.
Lib´aj chi´ xwinaqirik:	Und augenblicklich war sie erschaf- fen.
k´eje ri xa sutz´, xa mayul uwinaqirik,	Wie aus einer Wolke, wie aus dem Morgennebel formt sie sich,
chi k´u pupuje´ik. Ta xtape pa ja´ ri juyub´,	kommt sie zum Vorschein. Und dann floss das Wasser von den Bergen,
jusuk´ nima´q juyub´ xuxik.	mit einem Male kamen die großen Berge hervor.
Xa kinawa, xa kipus	Nur durch ihre Gedankenkraft, durch ihre Offenbarung
xb´anataj wi, un´ojixik	wurden sie geschaffen, wurden sie erdacht,
juyub´, taq´aj, jusuk´ rach winaqirik uq´isisil, upa- chäjil uwach.	die Berge und die Täler. Sogleich erwuchsen auch die Kiefern und Zypressen und bedeckten das Antlitz der Erde.

Dann interessiert mich eine Stelle, wo die 4 Urväter beim Abschied den Stammeshäuptern ein mysteriöses verschnürtes Bündel übergeben: "Was mag die im Paket »verschnürte Kraft« gewesen sein? Wolfgang Cordan sagt, daß es in Maya hieße: Pisom K´ak´al = Niemand wußte, was es war. Dem Wortstamm nach vermutet Cordan, daß es sich um einen besonderen Stein gehandelt haben kann, den die Maya verehrten und fürchteten" *(S. 171)*

Das ist wieder ein typisches Beispiel für Don Erics glänzende Recherche-Fähigkeiten! Da muss ja jeder Dumme schon stutzig werden, wie zwei Wörter, die übersetzt angeblich "Niemand wußte, was es war" bedeuten, im Wortstamm "Stein" bedeuten können! Schauen wir doch mal bei Wolfgang Cordan rein! "Pisom K´ak´al - wörtlich: eingehüllt (pisom), Glanz (k´ak´al)."[Cord62a] Das ist schon mal gut übersetzt.

Aber was war dann dieses Bündel?

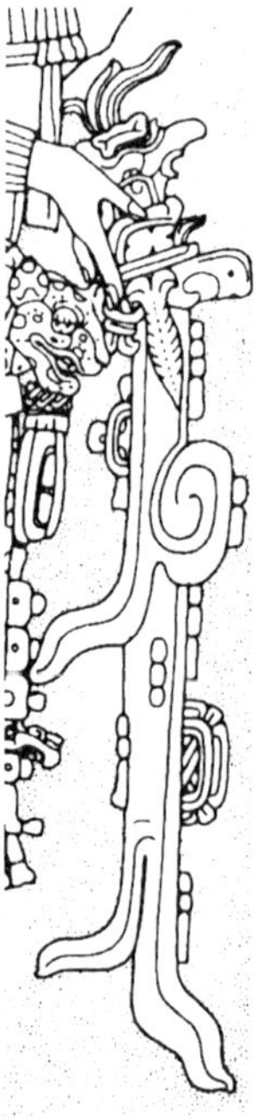

Auf der nächsten Seite haben wir ein Bild von dem Lintel von Yaxchilán, wo man das Heilige Bündel sehen kann. Es enthält typischerweise ein Jaguarfell für den Thronsitz, eine Jadekette mit Medaillon als Schmuck des Herrschers, eine Figur, die den Gott der Herrscherkrone darstellt, vielleicht auch ein Feuersteinzepter in Form des K´awilgottes wie es hier der König trägt, einen heiligen Codex mit dem Almanach der wichtigsten Daten, aber vor allem die Schwanzspitze des Stachelrochens oder Haifischzähne für das königliche Blutopfer. Hier sieht man die personifizierte Rochenspitze in der Hand eines Mayakönigs.

Wow! ... Ich frage mich was er sich damit durchsticht??

Darum schreibt Tedlock, als das Heilige Bündel übergeben wird: "This is for making requests of me". Also: "Das dient dazu, um mich anzurufen."

/Bem1/ Das heißt, mit der Stachelrochenspitze zapfen sich die Mayakönige Blut ab und verbrennen es, um durch die Visionsschlange

aus Rauch den Kontakt zu den Ahnen herzustellen. Cordan hat das nicht ganz treffend übersetzt mit "Das hier wird euch beistehen, wenn ihr mich anruft."[Cord62b]

Gibt es überhaupt eine gute Übersetzung vom Popol Vuh?

Nein. Nicht wirklich. Die beste spanische Version ist die von Adrian Recinos von 1947, aber noch besser ist die englische Version von Dennis Tedlock. Das ist auch die aktuellste, von 1985. Aber die beste Version ist die von Sam Colop.

In welcher Sprache?

In Quiché-Maya!

Ach ja, logisch! Die Originalversion muss ja die beste sein! Aber versteht halt keiner! Und ist denn die englische Version von Tedlock nun endlich fehlerfrei?

Fast! Da sind mir bis jetzt nur wenige Fehler aufgefallen!

Aber woher willst du denn wissen, dass da Fehler sind?

Manchmal ist das gar nicht so schwierig festzustellen. Aber vielleicht sollten wir da nicht so sehr ins Detail gehen, das wird doch den Leser nicht interessieren!

He, he, jetzt will ich's aber wissen! Ich denke der Leser auch! Sonst könnte ja jeder kommen: Ja, das ist noch nicht richtig übersetzt...! Leicht gesagt!

Ah, da fällt mir eine Stelle ein, die sogar mit Astronomie zu tun hat!

Prima!

Erinnere dich an den Venuskalender! Wie war die Formel?

5 Venusjahre sind 8 Sonnenjahre.

Gut. Fünf Venusjahre bedeutet, dass jedes Venusjahr mit einem anderen Tag beginnt. Denn 584 ist ja kein Vielfaches von 20. Es gibt also 5 verschiedene Tage, mit denen das Venusjahr beginnt. Wenn wir im Dresdener Codex nachschauen, dann sehen wir, welche Tage das sind: K´an, Lamat, Eb, Kib und Ajaw. Im idealen Venuskalender geht nur an diesen Tagen die Venus als Morgenstern auf. Wie die Maya schrieben: "ilaj lak´in chak ek´" - "es erschien im Osten der Große Stern".

Was hat das nun mit dem Popol Vuh zu tun?

Da gibt es eine Stelle, gegen Ende des Buches, wo die Quiché die Himmelsgötter anbeten. Da heißt es:

Aq´aroq! At oob´ uq´ij,	Warte! Du (Stern) der 5 Tage,
at Juraqan,	Du Wirbelwind,
at Uk´ux Kaj, Ulew!	Du Herz des Himmels und der Erde!

Aber Tedlock übersetzt: "Wait! On this blessed day, thou Hurricane, thou Heart of the Sky-Earth,..." [Tedl85a]

Er lässt die "5" also unter den Tisch fallen!

So ist es. Vielleicht liegt es daran, dass "fünf" meistens "jo´oob´" geschrieben wird, aber hier ist es "oob´". Jedenfalls sind die 5 Tage ein klarer Bezug auf die Venus!

Mehr noch: auf den Venuskalender! ... He, was ist denn das: "Juraqan"?

Ja, "jun raqan" heißt "ein Bein" in der Quiché-Sprache.

Super! Daher kommt also das Wort "Hurricane"!

Da gibt es übrigens noch mehr direkte Bezüge auf kalendarische Zeitperioden, zum Beispiel hier. Da werden Kalenderzyklen von 180 Tagen, 260 Tagen und 340 Tagen erwähnt:

K´eje k´ut ri ajawab'	Und die Herren
ta kemewajik chupan ri b´elej winaq,	fasteten 9 mal 20 Tage
lang,oxlajuj winaq,wuklajuj winaq	13 mal 20 Tage lang,
puch.	und 17 mal 20 Tage lang.

Bei Cordan, beziehungsweise Recinos, kommen wir nicht darauf. Recinos liest "winaq" hier als "hombres", was auch möglich, hier aber falsch ist. Das gleiche bei Cordan. Sie schreiben:

Así [hablaban] los Señores, mientras en el interior ayunaban los nueve hombres, los 13 hombres y los 17 hombres.	So sprachen die Fürsten, während die neun, die dreizehn, die siebzehn Männer mit ihnen fasteten.

Tedlock hat es richtig übersetzt. [Tedl85b]

Wie hast du diese Sachen nur herausgefunden?

Ich habe sie nicht herausgefunden. Sam Colop erwähnt diese Stellen in seiner Einleitung!

Und ich dachte schon, du wärst so clever gewesen und hättest selber Fehler in den Übersetzungen festgestellt!

Wenn du darauf bestehst...! Hier habe ich eine äußerst interessante Stelle, die ich nur mithilfe einer Keramikvase übersetzen konnte!

Jetzt wird's aber verrückt! Wie denn das?

Das ist die Szene, als sich Eins-Junajpu und Sieben-Junajpu in der Unterwelt befanden. Der Eins-Junajpu ist übrigens der Vater der Göttlichen Zwillinge. Diese Stelle wird von allen Übersetzern falsch übersetzt. Übrigens ist es faszinierend, die verschiedenen Versionen zu vergleichen.

Können wir ja mal machen!

Okay. Ich werde mal immer den Originaltext links schreiben.

Wir haben ja jetzt gesehen, dass das interessant sein kann!

Hier ist die Übersetzung von Noah Elieser Pohorilles von 1913:

K'ate k'ut xe'oponik pa q'equma ja,	Da traten sie in das Finstere Haus.

utukel q'equm upam chi ja.	Nur Finsternis war im Innern des Hauses,
Ta xkik'am k'ut kina'oj Xib'alb'a:	indes die von Sibalba sich berieten:
- Xa keqapusu chuweq,	Wir opfern sie schon morgen.
xa lab'e jusu, jusu kekamik	Sobald als möglich sollen sie sterben;
rumal ri qetz'ab'al, ri qachajib'al.	denn ihr Spiel ist eine Beleidigung für uns,
Kecha' k'u ri Xib'alb'a chi kib'il kib'.	sprachen die von Sibalba zu einander.
Are k'u ri kichaaj xa k'olok'ik cha,	
Saqi toq' ub'i' ri chaaj,	[nicht übersetzt]
uchaaj Xib'alb'a.	[nicht übersetzt]
Xa juq'ul kichaaj,	
xa jusuk' chiyojyox b'aq;	
chik'ow wi ri kichaaj Xib'alb'a.	

Also, "nicht übersetzt" ist schon mal nicht gut!

Dann haben wir die Übersetzung von Dr. Leonhard Schultze Jena von 1944:

K'ate k'ut xe'oponik pa q'equma ja, utukel q'equm upam chi ja. Ta xkik'am k'ut kina'oj Xib'alb'a:	Alsbald gelangten sie in das Haus der Finsternis, eitel Finsternis war im Innern des Hauses. Inzwischen gingen die von Xibalba zu Rate:
- Xa keqapusu chuweq,	"Morgen richten wir sie hin,
xa lab'e jusu, jusu kekamik	nur ja geschwind, geschwind sollen sie sterben,
rumal ri qetz'ab'al, ri qachajib'al.	denn ihr Spielgerät sei unser Ballgerät!"
Kecha' k'u ri Xib'alb'a chi kib'il kib'.	Sagten die von Xibalba zu einander.
Are k'u ri kichaaj xa k'olok'ik cha,	Ihr Kienspan aber war ein blut-klebriges Steinmesser,"

Saqi toq´ ub´i´ ri chaaj,	Blanker Dolch" ist der Name des "Kienspans",
uchaaj Xib´alb´a.	des Kienspans von Xibalba.
Xa juq´ul kichaaj,	Und eine gar zweischneidige Sache ist ihr Ballspiel:
xa jusuk´ chiyojyox b´aq;	In einem Augenblick können Knochen auseinandergerissen werden,
chik´ow wi ri kichaaj Xib´alb´a.	kann gar gewalttätig werden das Ballspiel mit Denen von Xibalba.

Das ist die Übersetzung von Eduard Seler von 1914, aber erst 1975 veröffentlicht:

K´ate k´ut xe´oponik pa q´equma ja,	Und danach kamen sie in das "Haus der Finsternis",
utukel q´equm upam chi ja.	reine Finsternis ist das Innere des Hauses,
Ta xkik´am k´ut kina´oj Xib´alb´a:	Da berieten miteinander die (Fürsten der) Unterwelt
- Xa keqapusu chuweq, xa lab´e jusu, jusu kekamik	"Laßt uns sie morgen opfern. Sie sollen so schnell wie möglich sterben
rumal ri qetz´ab´al, ri qachajib´al.	durch ihr Spiel-Handwerkszeug, durch unser Ballspielen,
Kecha´ k´u ri Xib´alb´a chi kib´il kib´.	das muss von uns in Verwahrung genommen werden". sprachen die von der Unterwelt zu einander.
Are k´u ri kichaaj xa k´olok´ik cha,	Aber ihre Kienfackel, das ist nur eine ovale (?) Pfeilspitze,
Saqi toq´ ub´i´ ri chaaj,	"Weißes Steinmesser" heißt die Fackel (Opfermesser),
uchaaj Xib´alb´a.	die Kienfackel der Unterwelt.
Xa juq´ul kichaaj,	Scharf geschliffen ist die Fackel.

xa jusuk´ chiyojyox b´aq;	In einem Augenblick wird der Knochen zerstört,
chik´ow wi ri kichaaj Xib´alb´a.	stark ist die Kienfackel der Leute von der Unterwelt.

Also, das sind schon völlig verschiedene Übersetzungen!

Jetzt schauen wir uns die Übersetzung von Wolfgang Cordan an von 1962. Übrigens werde ich links den spanischen Text von Adrian Recinos setzen, denn diesen hat Cordan in Wirklichkeit übersetzt, und nicht den originalen Quiché-Text.

Was denn? Geschummelt?

Naja, nicht 100%ig. Nur 90%ig. In seinem Buch heißt es, dass er das Popol Vuh aus dem Original übersetzt hätte, aber das ist natürlich gemogelt. Angeblich hat er auch die Hieroglyphenschrift der Maya gleich nebenbei mit entziffert!

Nicht schlecht!

Trotzdem empfehle ich sein Buch, denn es ist immer noch die beste Version in deutscher Sprache, und er hat auch einen sehr interessanten und verständlichen Kommentar über das Popol Vuh geschrieben.

En seguida llegaron a la Casa Obscura.No había más que tinieblas en el interior de la casa.Mientras tanto, los señores de Xibalbá discutían lo que debían hacer.	Darauf gelangten sie ins Haus der Finsternis,da drinnen war es ganz schwarz.Währenddessen gingen die Herren von Xibalba zu Rate.
- Sacrifiquémoslos mañana, que mueran pronto, pronto, para que sus instrumentos de juego nos sirvan a nosotros para jugar,	"Morgen werden wir sie opfern. Schnell, schnell sollen sie sterben, damit wir ihre Spielgeräte in unseren Gebrauch nehmen können."
dijeron entre si los señores de Xibalbá.	So sprachen untereinander die Herren von Xibalbá.

Ahora bien, su ocote era una punta redonda de pedernaldel que llaman zaquitoc; éste es el pino de Xibalbá. Su ocote are puntiagudo y afilado	Der Kienspan nun war eine Obsidianspitze von der Art, die Zaquitóc genannt wird. Das ist das Kienholz von Xibalbá. Dieses Fichtenholz war spitz und scharf,
y brillante como hueso; muy duro era el pino de los de Xibalbá.	und es leuchtete wie ein Knochen. Sehr hart das Holz derer von Xibalbá.

Also, ich begreife wirklich nicht, was Kienspan mit Obsidianspitze zu tun hat!

Keine Sorge, es ist nur eine falsche Übersetzung. Jetzt schauen wir uns mal die aktuellste Übersetzung an, von Tedlock. Ich schreibe mal links seinen englischen Text und übersetze ihn rechts ins Deutsche:

After that they came to the Dark House,a house with darkness alone inside.	Danach kamen sie ins Haus der Finsternis, ein Haus mit völliger Finsternis darin.
Meanwhile the Xibalbans shared their thoughts:	Währenddessen berieten die Herren von Xibalba:
"Let´s just sacrifice them tomorrow. It can only turn out to be quick; they´ll die quickly because of our playing equipment, our gaming things,	"Morgen wollen wir sie opfern. ganz fix wird das gehen; schnell werden sie sterben, durch unsere Spielausrüstung, unsere Spielgeräte,"
"the Xibalbans are saying among themselves.	sprachen untereinander die Herren von Xibalbá.
This ball of theirs is just a spherical knife. White Dagger is the name of the ball, the ball of Xibalba.	Dieser ihr Ball ist einfach ein kugel- rundes Messer Weißes Opfermesser ist der Name des Balles, des Balles von Xibalba.
Their Ball is just ground down to	Ihr Ball ist fein geschliffen, um ihn

make it smooth; the ball of Xibalba is just surfaced with crushed bone to make it firm.	glatt zu machen; mit zerstampften Knochen ist der Ball von Xibalba besetzt, um ihn hart zu machen.

Jetzt wird's aber verrückt! Was erst ein Kienspan, eine Kienfackel und ein Kienholz war, ist jetzt ein Ball!

So ist es. Denn das Wort "chaaj" heißt "Ballspiel", aber "chaj" heißt "Kienspan".

Also ein langes "a" oder ein kurzes ist das Problem?

Sicher. Im Originaltext sind diese Wörter nicht unterschieden, denn sie wussten ja, wovon sie sprachen.

Also ist ein Ball gemeint. Aber ich verstehe immer noch nicht, was der nun mit dem Messer zu tun hat!

Genau! Und ich wette, auch Tedlock wusste nicht, was die Stelle zu bedeuten hatte. Auch er hat nicht verstanden, worum es hier ging! Darum hat er die Stelle ja auch falsch übersetzt!

Was? Immer noch falsch! Was ist denn nun richtig?

Hier ist die Originalstelle, und wie man sie ungefähr übersetzen müsste:

K'ate k'ut xe'oponik pa q'equma ja,	Und sie kamen zum Haus der Finsternis.
utukel q'equm upam chi ja.	Vollkommene Dunkelheit herrschte im Inneren des Hauses.
Ta xkik'am k'ut kina'oj Xib'alb'a:	Währenddessen berieten die Herren von Xibalba:
- Xa keqapusu chuweq, xa lab'e jusu, jusu kekamik rumal ri qetz'ab'al, ri qachajib'al.	"Morgen werden wir sie opfern, unverzüglich, schnell werden sie sterben durch unsere Spielausrüstung, durch unser Ballspielzeug."

Kecha´ k´u ri Xib´alb´a chi kib´	So sprachen jene von Xibalba zueinander.
il kib´.Are k´u ri kichaaj xa ´olok´ik cha,	Doch jenes Ballspielzeug, das sie meinten, war rund;
Saqi toq´ ub´i´ ri chaaj,	Weißer Feuerstein war der Name ihres Spielzeugs,
uchaaj Xib´alb´a.	das war das Spielinstrument jener von Xibalba.
Xa juq´ul kichaaj, xa jusuk´ chiyojy-ox b´aq;	Scharf war ihr Spielzeug, so dass es Knochen zerbrechen konnte.
chik´ow wi ri kichaaj Xib´alb´a.	Hohl und hart war der "Ball" von Xibalba.

Moment mal, ein Ball aus weißem Feuerstein, das ist doch kein normaler Ball!

So ist es. Darum schreibe ich auch "Ball". Denn dieses hier erwähnte Objekt ist ein Opfermesser, aber rund wie ein Ball! Schau dir diese Zeichnung an! Das ist eine Keramikvase die ich noch nicht fertig gemalt habe, aber wir können alles sehen, was wir brauchen. Links siehst du einen Regengott, der ein Beil in der rechten Hand hält und ein rundes Opfermesser in der Linken. Er ist dabei, das Jaguarbaby zu opfern.

Das war also gemeint! Dieses runde Opfermesser! Also, wenn das Popol Vuh bebildert wäre, dann hätte man das schon längst begriffen!

Genau! Entscheidend ist übrigens auch das erste Wort in der letzten Zeile: "chik'ow" hat die Wurzel "k'ow", was "hohl und hart" bedeutet. Mit "hohl" ist hier gemeint, dass der Opferstein durchbrochen gearbeitet ist, also einen Griff hat, wo man ihn anfassen kann. Der "Opferball" der Herren der Unterwelt ist auch nicht geschliffen. Das ist eine Variante, die wir schon bei Eduard Seler finden, und die Tedlock wiederholt. "Schleifen" heißt "juuk'ik", aber hier heißt es "juq'ul". Das k' und q' sind zwei verschiedene Laute! Das ist also eine Vokabel, die wörtlich bedeutet, "etwas abschrecken oder abpellen oder schälen." Zum Beispiel sagen die Frauen: "Lee kixiik' lee ak' xaq juq'uul pa k'atana miq'in." [K'ich96] Das heißt: "Die Hühnerfedern kann man mit heißem Wasser ablösen." Gemeint ist also das plötzliche Ablösen, Putzen, auch Schälen. Im Falle des Opfermessers ist das Abschlagen der Außenhaut des Feuersteins gemeint, wo man kleine Blättchen abschlägt bis man die endgültige Form erlangt! Die Kanten sind natürlich scharf, deswegen übersetzte ich es auch so.

Nicht schlecht!

Wenn ich dieses Keramikmotiv nicht kennen würde, wäre ich nie darauf gekommen!

Was mich aber mächtig interessiert: Gibt es denn auch Stellen, die Tedlock falsch übersetzt hat, ohne dass sie etwas mit Bildern zu tun haben? Denn da bist du im Vorteil, denn du malst ja alles mögliche!

Ja, da gibt es eine weitere Stelle, die noch nie richtig übersetzt worden ist. Das ist die Szene, als die junge Frau Blutmond einen Baum anschneidet, um den blutroten Saft aufzufangen! Dieser gerinnt dann in der Xicara-Schale und sieht wie ein Herz aus. Dieses sollen die Eulenboten den Herren der Unterwelt bringen. Aber eigentlich waren sie geschickt worden, das Herz der Jungfrau zu bringen.

Moment mal! Das Märchen kenn' ich doch! Das ist doch Schneewittchen!

Ja, so ähnlich! Jedenfalls sagt die Jungfrau zu den Eulen:

K´ate nay pu rech Jun Kame, Wuqub´ Kame;	"Und was Eins-Tod und Sieben-Tod anbetrifft,
	nur das Blut und die Blutopfer sollen
xa kik´, xa jolomax rech.	ihnen gehören.
Ta chuxoq:	So sei es,
are chik´at chuwach,	das ist es, was ihnen dargeboten werden soll,
mawi are ri k´ux chik´at chuwach,	nicht aber die Herzen sollen vor ihnen verbrannt werden;
ta chuxoq!	So sei es!
Chikojo ri uwach che´.	Benutzt das Produkt dieses Baumes!"

Tedlock schreibt in der Fußnote selber, dass er das Wort "jolomax" nicht genau deuten kann. Er übersetzt es dann sinngemäß mit "nodules of blood" was so viel wie "Blutgerinnsel" bedeutet. Das Wort ist "jolomax". Er lässt sich von "jolom" irreleiten, was "Kopf" bedeutet, aber hier natürlich überhaupt nicht reinpasst. Aber die Wortwurzel ist "jol", was "aufdecken, aufschneiden" bedeutet. Mit dem Passivsuffix "max" ist die Übersetzung von "jolomax" also "das durch Aufschneiden Freigelegte [Blut]", also "Blutopfer". Im Englischen würde ich den Begriff "bloodletting" benutzen.

Also gibt es hier noch eine Menge Arbeit in der Übersetzung zu tun! Was mir hier noch auffällt, warum heißen die Götter Eins-Junajpu und Sieben-Junajpu, und auch Eins-Tod und Sieben-Tod? Warum diese Zahlen?

Das ist eben ein weiterer Grund, warum das Popol Vuh so geheimnisvoll für einen Uneingeweihten erscheint. Die Maya schreiben mit vielen sprachlichen Symbolen, die man in der westlichen Kultur nicht kennt. Wenn man den Symbolen aber auf den Grund geht, dann hat man ein Erfolgserlebnis nach dem anderen, und man lernt die Denkart der Maya immer besser kennen. Diese Zahlen in den Namen entsprechen ganz einfach dem Heiligen Kalender von 260 Tagen!

Wie das?

Gut. Wir nehmen den Tag 1 Ajaw. Welchen Koeffizienten hat dann der nächste Tag Ajaw?

Das wäre 20 Tage später: 20 = 13 + 7, d. h. das kleine Kalenderrad dreht sich einmal ganz und weitere 7 Positionen. Und 7 Positionen nach 1 Ajaw sind dann 8 Ajaw.

Sehr gut. Und dann?

Dann käme ... 2 Ajaw.

So ist es. Und die ganze Reihe heißt 1, 8, 2, 9, 3, 10, 4, 11, 5, 12, 6, 13 und 7 Ajaw. Danach kommt wieder 1 Ajaw. Wie viele Tage sind das?

Na, 13 x 20 = 260!

Genau! Also 1 Ajaw und 7 Ajaw sind der erste und der letzte Tag. Symbolisch gesehen sind 1 Ajaw und 7 Ajaw ein und dasselbe. Der komplette Ajaw-Kalender! Der Tag Ajaw an sich! Darum verschmelzen im Popol Vuh auch diese beiden Götter manchmal zu einer Person!

Ich wäre nie darauf gekommen!

Auf Schritt und Tritt finden wir also Hinweise zum Mayakalender! Auch die Jungfrau ist nichts anderes als eine Metapher für den Mondkalender!

Warum das?

Schau hier:

Are k´ut kiwinaqirik Junajpu, Xb´alanq´e.	So geschah die Zeugung von Junajpu und Xbalanq´e.
Ta xopon k´ut chi rochoch ri q´apoj,	Nachdem die Jungfrau nach Hause gekommen war,
xtz´aqat k´ut waqib´ ik´.	gingen sechs Monate ins Land.
Ta xnawachil rumal uqajaw,	Da bemerkte ihr Vater ihren Zustand,
ri Kuchuma Kik´ ub´i´ uqajaw.	Kuchuma Kik´ hieß ihr Vater.

Sechs Monate. Das hat ihr Papa aber spät mitgekriegt!

Natürlich! Aber es müssen eben die 6 Monate sein!

Moment! Die haben wir schon gesehen! Sechs Mondmonate sind ja 177 Tage! Das ist die Basis des Finsterniszyklus!

Na klar!

Aber das Spannendste hast du uns natürlich hier verschwiegen. Von wegen "So geschah die Zeugung..."! Wie geschah sie denn?

Da wirst du enttäuscht sein! Der Eins-Junajpu spuckte der Jungfrau in die Hand!

Und davon wird man schwanger?! Das wusste ich noch nicht!

Es ist wieder nur eine Metapher! Ein kodifiziertes sprachliches Symbol, wenn du so willst. Eine Metapher die ausdrückt, dass das Wesen des Menschen nicht allein auf der Blutlinie, also den Genen beruht, sondern auf dem Speichel, das heißt, auf dem Mund, auf dem Sprechen, wenn man zu den Kindern spricht, wenn man sie erzieht, also mit einem Wort: auf der Kultur. Diese Stelle gefällt mir sehr, und ich habe sie auch mal übersetzt:

- Xa retal mixnuya′ chawe ri nuchub′,	"Nur ein Zeichen habe ich dir gegeben mit meiner Spucke,
nuk′axaj.	meinem Speichel.
Are ri nujolom maja b′i kachokon chi wi,	Dieser mein Kopf ist von nun an zu nichts mehr nütze,
xa b′aq,	nur Knochen ist er nun,
maja b′i chi uchaq′	ohne Fleisch.
Xawi k′eje ujolom we ki nim ajaw:	Er ist genau so wie der Schädel eines großen Herren:
xa utyojil utz wi uwach.	nur das Fleisch gibt ihm ein gutes Aussehen.

Are k´ut ta chikamik,	Doch wenn er stirbt,
chuxib´ij chi rij winaq rumal	fürchten sich vor ihm die Menschen
ub´aqil.	wegen seiner Knochen.
K´eje k´ut xa uk´ajol	Doch sein Sohn ist
k´eje ri uchub´, uk´axaj, uk´oje´ik	wie seine Spucke, sein Speichel, sein Wesen,
we uk´ajol ajaw; we puch uk´ajol	egal ob er Sohn eines Herren, eines
na´ol, ajuchan.	Weisen oder Poeten ist.
Xmachisach wi, chib´ek,	Er wird nicht vergessen, wenn er dahingeht,
chitz´aqatajik,	sondern erfüllt erst seinen Daseinszweck.
mawi chupel ma pu ma´ixel	Es löscht sich nicht aus und geht nicht verloren
uwach ajaw, achij, na´ol, ajuchan.	das Wesen des Herren, des Mannes, des Weisen oder Poeten,
Xaxi chikanajik ume´al, uk´ajol.	sondern lebt fort in Tochter oder Sohn.
Ta chuxoq!	So sei es!
K´eje mixnub´an chawe.	So habe ich es auch mit dir getan.
Kataq´an k´ut chila´ chuwach ulew.	Und nun steige empor zur Erde.
Mawi kakamik,	Du wirst nicht sterben.
katok pa tzij.	Bewahre diese Worte!
Ta chuxoq!	So sei es!"

/Bem1/ Korrekt müsste es heißen: "Das dient Euch, um mich anzurufen." Denn im Original heißt es: "Are inatab´al wech", und "wech" heißt "ihr" oder "euch".

13. Die Stadt des Großen Wassers

Palenque ist für mich immer ein magischer Ort gewesen.

Warum?

Die Lage ist einmalig! An den nördlichsten Ausläufern der Sierra Madre de Chiapas gelegen, überschaut die antike Stadt das Tiefland in Richtung Norden, angelehnt an die mit tropischem Regenwald bewachsenen heiligen Berge. Die Architektur ist die feinste und harmonischste im ganzen Mayagebiet. Ganz zu schweigen von der faszinierenden Geschichte der antiken Könige und Königinnen von Palenque!

Ich sehe, du bist in jeder Hinsicht von Palenque begeistert.

Es ist nicht ohne Grund das Mekka der Mayaspezialisten. Hier finden ja auch die Konferenzen der Mesa Redonda de Palenque statt.

Ich wette, da bist du dann immer zu finden!

Logisch! Da erfährt man ja nicht nur das Neueste, sondern lernt auch die Mayaforscher kennen! Übrigens alle ausnahmslos vollkommen unkomplizierte und lockere Typen!

Vielleicht liegt das auch daran, dass die Mayaforschung eigentlich eine ganz junge Disziplin ist, da gibt es ja ständig neue Überraschungen!

So ist es! Vieles muss noch entdeckt und erforscht werden, und so manche Erkenntnis muss revidiert oder profundisiert werden! Da behauptet natürlich keiner, er würde alles genau wissen!

Nun ist ja Palenque vor allem durch den spektakulären Fund eines Sarkophages in einer Pyramide berühmt geworden. Das hat wohl auch mit zum Mythos Palenque beigetragen!

Zweifellos! Das war 1952, als man die Krypta in der Pyramide der Inschriften endlich öffnen konnte.

Das heißt, das war zu einer Zeit, als man die Hieroglyphenschrift noch nicht lesen konnte!

Genau. Deswegen wusste man fast nichts über den im Sarkophag bestatteten Herrscher.

Mayakönig oder Außerirdischer? Nun hat ja das Bild auf der Sarkophag-Platte zu vielen Spekulationen Anlass gegeben! Einige sehen da ein Raumschiff und einen Astronauten, der da verschiedene Apparate bedient! Wir sollten uns das Bild einmal anschauen!

Natürlich! Auf der nächsten Seite ist eine Zeichnung, die ich davon angefertigt habe, nach einem Vorbild von Merle Greene Robertson.

Also, die große Frage ist, was ist hier dargestellt? Don Eric sieht ja hier ein Raumschiff. Seit er darüber schrieb, hat die mexikanische Regierung angeblich verboten, dass die Einheimischen Reproduktionen davon anfertigen und an die Touristen verkaufen!

Das ist Schwachsinn! Alle 5 Meter verkaufen die Maya Bilder von der Grabplatte in Leder oder Nachbildungen in Kalkstein oder Gips an die Touristen. Das war noch nie verboten. Ich habe extra noch mal ältere Leute gefragt, sie haben mich nur angegrinst und gefragt wer auf so eine dümmliche Idee kommen könnte... Wer die Einheimischen kennt, weiß außerdem, dass sie sich nichts verbieten lassen! Als die Regierung in Mexico City beschloss, den originalen Sarkophag in die Hauptstadt bringen zu lassen, da kamen die Leute mit Macheten und Waffen, und meinten: "Nun probiert es mal!" Da hat man sich das wieder anders überlegt. Den Chiapaneken fährt man nicht so schnell über den Mund!

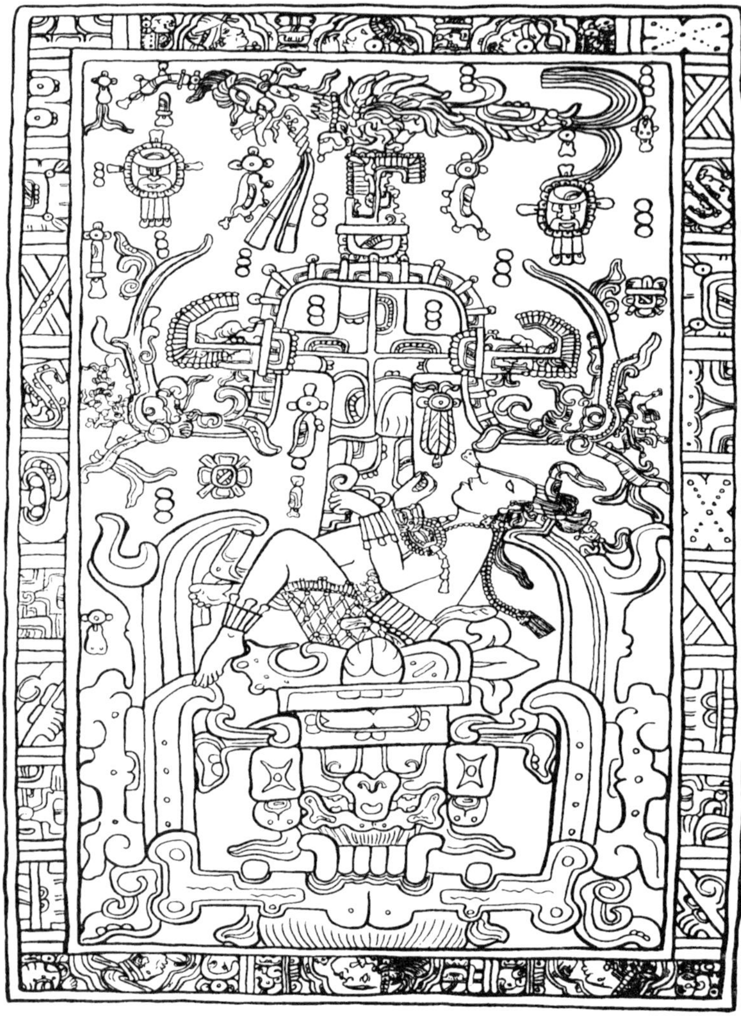

Also ist hier in Palenque immer noch der originale Sarkophag?

Natürlich. Nur dass man ihn leider nicht mehr sehen kann. Wegen Restaurierungsarbeiten hat man den Zugang zur Krypta gesperrt. Aber ich bin mehrere Male unten gewesen.

Und wie war's?

Natürlich einmalig, so in die Mayaunterwelt herabzusteigen! Die Luft war aber sehr stickig, und die Stufen sehr rutschig.

Das hätte ich mir auch gern einmal angeschaut!

Im übrigen belustigt mich die Aussage, die Abbildung von der Platte in seinem Buch stamme von einer Steinmetzarbeit "wie sie ein in Palenque lebender Indianer in monatelanger Arbeit vor einigen Jahren für mich angefertigt hat" (S. 296). Denn hier handelt es sich um einen billigen Gipsabdruck!

Das hast du mir gestern erklärt! Da an den kleinen Pünktchen und den abgerundeten Kanten erkennt man den Gipsabdruck! Aber man braucht schon ein geübtes Auge dafür! Aber sag mal, wer ist denn nun in dem Sarkophag begraben?

Die Person, die wir auf dem Sarkophag sehen: ein Mayakönig namens Noh K'inich Janab Kuy Pakal, kurz Pakal genannt, bzw. Pakal der Zweite. Diesen Namen wissen wir vom Hieroglyphentext, der um den Rand der Sarkophag-Platte läuft. Von diesem Text wissen wir auch seine Lebensdaten: 26. 3. 603 bis 31. 8. 683 n.Chr.

Moment mal! Aber Don Eric schreibt: "Dr. Ruz stellte fest, daß die Daten auf der Grabplatte nicht exakt bestimmt werden können, weil sie sich alle 52 Jahre wiederholen" (S. 287). Was sagst du dazu?

Dazu sage ich, dass man einem Studenten im ersten Semester so eine Aufgabe als Aufwärmübung geben würde! Tatsächlich gibt es kein Datum der Langen Zählung in diesem Text, nur Kalenderrunden. Trotzdem können wir mit 100%iger Sicherheit diese Daten in unseren Kalender umrechnen! Hier ist die Lesung des Hieroglyphentextes, wenn du vor dem Sarkophag stehst und von links nach rechts liest. Das ist der Anfang:

Ereignis	Lange Zählung	Kalenderrunde	Gregorian. Datum
Geburt von Pakal 2		**8 Ajaw 13 Poop**	
Tod von Pakal 2 nach 4 K´atun		**6 Ets´nab 11 Yaax**	
Tod von Ahkal Moo´ Naab 1		5 Kaban 11 Yaax	
Tod von K´an Hok´ Chitam		7 Kib 4 K´ayab	
Tod von Ahkal Moo´ Naab 2		9 Manik´ 5 Yaxk´in	
K´atun des Chan Bahlum 1		*7 Ajaw 3 K´ank´in*	
Tod des Chan Bahlum 1		11 Chikchan 3 K´ayab	
Tod von Frau Yohl Ik´nal		2 Eb 20 Keej	
Tod von Aj Ne Ohl Mat		2 Kimi 14 Mol	
Tod von Pakal 1		3 Chuwen 4 Wayeb	
K´atun von Frau Sak Bak		*1 Ajaw 8 K´ayab*	
Tod von Frau Sak Bak		4 Chikchan 13 Yaax	
Tod von Kan Bahlum Moo´		13 Kimi 4 Pax	

Das ist der Text, nicht mehr und nicht weniger.

Und nun? Ich würde ja gern die Tabelle komplett ausfüllen!

Kannst du machen. Dazu muss ich dir erst noch diese Information geben: die K´atun-Daten der klassischen Maya-Periode:

8. 5. 0. 0. 0.	12 Ajaw 13 K´ank´in	1. 4. 140
8. 6. 0. 0. 0.	10 Ajaw 13 Ch´en	18.12. 159
8. 7. 0. 0. 0.	8 Ajaw 13 Sots´	4. 9. 179
8. 8. 0. 0. 0.	6 Ajaw 18 K´ayab	22. 5. 199
8. 9. 0. 0. 0.	4 Ajaw 18 Keej	7. 2. 219
8.10. 0. 0. 0.	2 Ajaw 18 Yaxk´in	25.10. 238
8.11. 0. 0. 0.	13 Ajaw 18 Wo	12. 7. 258
8.12. 0. 0. 0.	11 Ajaw 3 Pax	29. 3. 278
8.13. 0. 0. 0.	9 Ajaw 3 Sak	14.12. 297
8.14. 0. 0. 0.	7 Ajaw 3 Xul	1. 9. 317
8.15. 0. 0. 0.	5 Ajaw 3 Poop	19. 5. 337
8.16. 0. 0. 0.	3 Ajaw 8 K´ank´in	3. 2. 357
8.17. 0. 0. 0.	1 Ajaw 8 Ch´een	21.10. 376
8.18. 0. 0. 0.	12 Ajaw 8 Sots´	8. 7. 396
8.19. 0. 0. 0.	10 Ajaw 13 K´ayab	25. 3. 416
9. 0. 0. 0. 0.	8 Ajaw 13 Keej	11.12. 435
9. 1. 0. 0. 0.	6 Ajaw 13 Yaxk´in	28. 8. 455
9. 2. 0. 0. 0.	4 Ajaw 13 Wo	15. 5. 475
9. 3. 0. 0. 0.	2 Ajaw 18 Muwan	30. 1. 495
9. 4. 0. 0. 0.	13 Ajaw 18 Yaax	18.10. 514

9. 5. 0. 0. 0.	11 Ajaw 18 Sek	5. 7. 534
9. 6. 0. 0. 0.	9 Ajaw 3 Wayeb	22. 3. 554
9. 7. 0. 0. 0.	7 Ajaw 3 K'ank'in	7.12. 573
9. 8. 0. 0. 0.	5 Ajaw 3 Ch'een	24. 8. 593
9. 9. 0. 0. 0.	3 Ajaw 3 Sots'	12. 5. 613
9.10. 0. 0. 0.	1 Ajaw 8 K'ayab	27. 1. 633
9.11. 0. 0. 0.	12 Ajaw 8 Keej	14.10. 652
9.12. 0. 0. 0.	10 Ajaw 8 Yaxk'in	1. 7. 672
9.13. 0. 0. 0.	8 Ajaw 8 Wo	18. 3. 692
9.14. 0. 0. 0.	6 Ajaw 13 Muwan	5.12. 711
9.15. 0. 0. 0.	4 Ajaw 13 Yaax	22. 8. 731
9.16. 0. 0. 0.	2 Ajaw 13 Sek	9. 5. 751
9.17. 0. 0. 0.	13 Ajaw 18 Kumk'u	24. 1. 771
9.18. 0. 0. 0.	11 Ajaw 18 Mak	11.10. 790
9.19. 0. 0. 0.	9 Ajaw 18 Mol	28. 6. 810
10. 0. 0. 0. 0.	7 Ajaw 18 Sip	15. 3. 830
10. 1. 0. 0. 0.	5 Ajaw 3 K'ayab	30.11. 849
10. 2. 0. 0. 0.	3 Ajaw 3 Keej	17. 8. 869
10. 3. 0. 0. 0.	1 Ajaw 3 Yaxk'in	4. 5. 889
10. 4. 0. 0. 0.	12 Ajaw 3 Wo	20. 1. 909

Wie du siehst, haben Pakals Kalenderpriester wohlweislich zwei K'atun-Daten eingefügt: "7 Ajaw 3 K'ank'in" und "1 Ajaw 8 K'ayab". Da es nun 949 verschiedene Kalenderrunden mit dem Tag Ajaw gibt (18980 ÷ 20 = 949), aber nur 20 K'atun-Daten in der klassischen Zeit, bleiben da nicht viele Optionen übrig! Sowohl das Datum "7 Ajaw 3 K'ank'in" als auch "1 Ajaw 8 K'ayab" tauchen zwischen den Jahren 140 n.Chr. und 909 n.Chr. nur ein einziges Mal auf!

Ja, das ist ganz eindeutig. Das sind also die Daten 9.7.0.0.0. 7 Ajaw 3 K'ank'in vom 7. Dezember 573, und 9.10.0.0.0. 1 Ajaw 8 K'ayab vom 27. Januar 633.

Genau. Diese dienen uns nun als Eckdaten. Jetzt können wir die Tabelle ausfüllen. Der Rest ist nur noch Fleißarbeit:

Ereignis	Lange Zählung	Kalenderrunde	Gregorianisches Datum
Geburt von Pakal 2	9.8.9.13.0.	8 Ajaw 13 Poop	26. März 603
Tod von Pakal 2 nach 4 K´atun	9.12.11.5.18.	6 Ets´nab 11 Yaax	31. August 683
Tod von Ahkal Moo´ Naab 1	9.4.10.4.17.	5 Kaban 11 Yaax	1. Dezember 524
Tod von K´an Joy Chitam	9.6.11.0.16.	7 Kib 4 K´ayab	8. Februar 565
Tod von Ahkal Moo´ Naab 2	9.6.16.10.7.	9 Manik´ 5 Yaxk´in	23. Juli 570
K´atun des Chan Bahlum 1	**9.7.0.0.0.**	**7 Ajaw 3 K´ank´in**	**7. Dezember 573**
Tod des Chan Bahlum 1	9.7.9.5.5.	11 Chikchan 3 K´ayab	4. Februar 583
Tod von Frau Yohl Ik´nal	9.8.11.6.12.	2 Eb 20 Keej	7. November 604
Tod von Aj Ne Ohl Mat	9.8.19.4.6.	2 Kimi 14 Mol	11. August 612
Tod von Pakal 1	9.8.18.14.11.	3 Chuwen 4 Wayeb	9. März 612
K´atun von Frau Sak Bak	**9.10.0.0.0.**	**1 Ajaw 8 K´ayab**	**27. Januar 633**
Tod von Frau Sak Bak	9.10.7.13.5.	4 Chikchan 13 Yaax	12. September 640
Tod von Kan Bahlum Moo´	9.10.10.1.6.	13 Kimi 4 Pax	1. Januar 643

Nun kommt hier noch ein Einwand von Don Eric: "Es gibt Datumsglyphen, die sich klar auf Herrscher beziehen, die von 603 bis 683 n.Chr. regierten. Pacal soll als Zwölfjähriger auf den Thron gekommen sein und fast 70 Jahre regiert haben. Mit diesem Alter wäre er ein Methusalem unter den Maya gewesen, denn die waren bei einem Durchschnittsalter von 35 Jahren recht kurzlebig" (S. 287).

Wer es noch nicht wusste: auch der Maya-Herrscher Noh K'inich Janab Kuy Pakal gehörte der Rasse Homo Sapiens Sapiens an. Und als solcher hatte er eine genetische Information in seinen Zellen, die er mit uns allen teilt, und konnte genauso alt werden wie wir auch. Wenn das Durchschnittsalter bei den einfachen Leuten durch schlechte hygienische Bedingungen und anstrengende körperliche Arbeit und teilweiser Unterernährung niedriger lag als heute, dann hat das mit der Genetik nichts zu tun. Die Herrscher litten natürlich nicht an Unterernährung und brauchten auch keine schwere körperliche Arbeit zu verrichten. Sie hatten fließendes Wasser und sogar Saunas in ihren Palästen, auch wenn es Don Eric bestreitet.

Saunas? Vielleicht auch Fitnesscenter und Solarien?

Zügele deine Phantasie! Noch heute benutzen die Indianer Saunas. Seit der Konquista sind sie bekannt. Sie werden Temazcal genannt in der Nahuatl-Sprache. Sogar in Codexen sind sie abgebildet. Pakal lebte von 603 bis 683 nach Christus. Pakals Nachfolger, sein Sohn Chan Bahlum der Zweite, wurde am 10. Januar 684 gekrönt. Da gibt es also nichts an den Daten zu rütteln. Wenn diese Zahl des Durchschnittsalters von 35 Jahren überhaupt stimmt, dann gehen da Sterbedaten von Säuglingen und Kindern mit ein, die die Zahl herunterdrücken.

Die Geschichte mit dem Durchschnitt erinnert mich an das gute alte Sprichwort: "Im Durchschnitt war der See einen Meter tief, und trotzdem ist die Kuh ersoffen!"

Da fällt mir noch ein, im Text wird doch geschrieben, dass er nach 4 K'atun gestorben war, also nach 4 mal 20 Jahren! Das stimmt schon mit dem Alter.

Ja, da gibt es wohl nichts mehr zu meckern! Aber es ist doch verwunderlich, dass er schon im zarten Alter von 12 Jahren gekrönt wurde!

Dynastie von Palenque

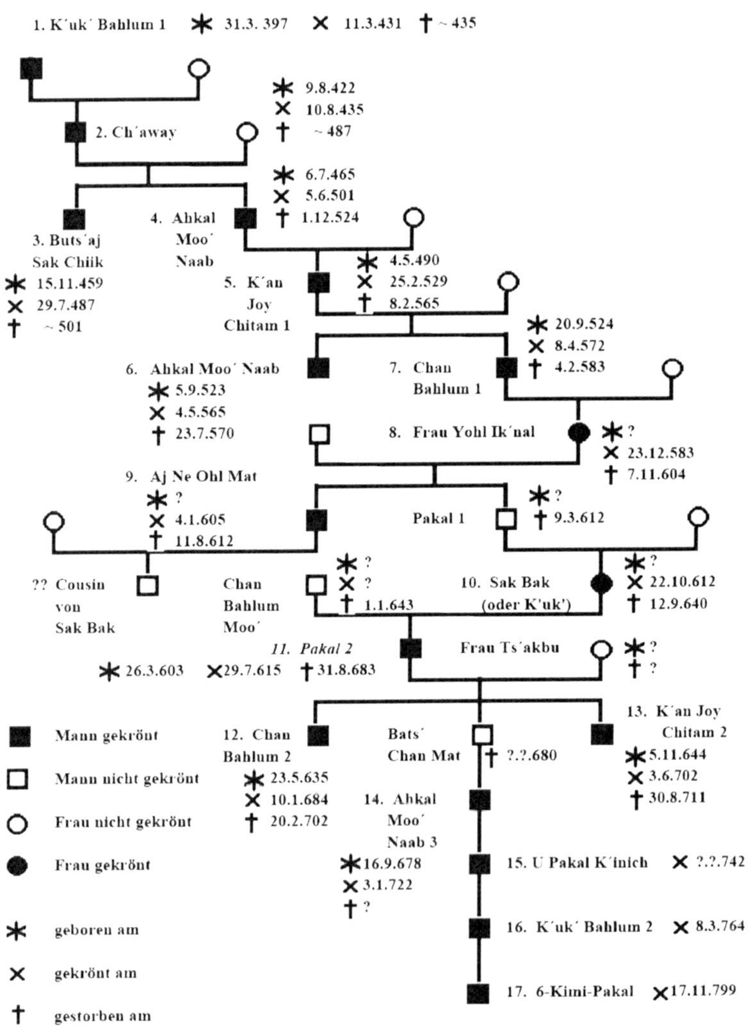

Ist es nicht! Wer die Geschichte der Herrscher von Palenque gründlich studiert, dem wird klar, dass er unbedingt früh gekrönt werden musste! Und das ist eine der spannendsten Geschichten der klassischen Maya überhaupt! Aber dazu müssen wir uns die Dynastie von Palenque anschauen!
So, ich lasse dir 10 Minuten Zeit, und dann sagst du mir, ob dir etwas auffällt!

Immer die Kleinen! ...

Gut. Ist dir etwas aufgefallen?

Ich sehe, dass die Erblinie wie erwartet die väterliche Linie ist. Aber manchmal werden interessanterweise auch Brüder hintereinander gekrönt. Der 7. Herrscher schien keinen Sohn gehabt zu haben. Somit wurde seine Tochter zur Königin gekrönt. Das war die Frau Yohl Ik'nal. Nachdem sie 604 starb, wurde ihr Sohn Aj Ne Ohl Mat gekrönt. Und dann kommt wieder ein Bruch in der väterlichen Erblinie. Denn als nächstes folgt wieder eine Frau als Königin, aber sie ist nicht die Tochter des 9. Herrschers, sondern seines Bruders. Das stellte sicherlich ein Problem dar!

Und ob! Hier gab es ernsthafte Streitigkeiten um das Thronrecht. Das wissen wir durch verschiedene Indizien. Wo lag denn eigentlich das Problem?

Also, nach dem Tod des 9. Herrscher Aj Ne Ohl Mat im August 612 wäre sein Bruder Pakal der Erste drangekommen. Aber er war 5 Monate vor ihm gestorben.

Genau. Nun war also die Frage: Wer hat das Recht auf den Thron? Der Sohn des letzten Herrschers oder die Tochter des Bruders des letzten Herrschers, die Frau Sak Bak (Weißer Reiher), auch als Sak K'uk' (Weißer Quetzal) bekannt?

Ich denke, der Sohn des letzten Herrschers hätte Anrecht gehabt!

Ja, hatte er natürlich. Aber genauso hatte auch die Tochter des Bruders Anrecht, denn ihr Vater wäre ja gekrönt worden, wenn er nicht unglücklicherweise vorher gestorben wäre!

Es war ein Präzedenzfall. Jedenfalls hat sich die Frau Sak Bak durchgesetzt und wurde nur 2 Monate später als Königin gekrönt, als 10. Herrscher seit dem Dynastiegründer. Aber welche Hinweise gibt es denn auf den Kampf um den Thron?

Beweisstück Nummer eins: Die Wände des Sarkophages des Sohnes der Königin Sak Bak, des 11. Herrschers, Pakal 2. An den Seitenwänden des Sarkophages sind 10 Herrscher abgebildet.

Naja, er war der 11. Herrscher, also hat er die 10 Herrscher vor ihm abgebildet. Was ist daran Besonderes?

Tja, dass es eben nicht die 10 Herrscher vor ihm sind!

Jetzt bin ich aber platt!

Ich sage dir jetzt, welche Personen er hat abbilden lassen: Seinen Vater Chan Bahlum Moo´ und seine Mutter Sak Bak je zweimal, seinen Großvater Pakal 1 einmal.

Aber der war doch nie Herrscher gewesen!

Trotzdem. Aber den Bruder seines Großvaters hat er nicht abgebildet, obwohl er Herrscher gewesen war! Dann seine Urgroßmutter, die Königin Yohl Ik´nal zweimal! Dann den 7. Herrscher einmal, dann den 5. Herrscher einmal. Den 6. hat er auch weggelassen! Und den 4. Herrscher einmal. Für den zweiten und ersten Herrscher war kein Platz mehr. Den 3. Herrscher hat er aber auch weggelassen!

Das ist ja sehr seltsam! Warum nur? Es hätte ja gerade so schön geklappt mit den 10 Herrschern vor ihm!

Weil er nur seine Erblinie betont! Und extra betont er die Rolle der Frau, indem er sowohl seine Mutter als auch seine Urgroßmutter zweimal erwähnt!

Die anderen hat er unter den Teppich gekehrt!

Wir sehen also, dass mit der Krönung von Pakals Mutter die Angelegenheit noch lange nicht erledigt war. Offensichtlich hatte sie Grund zur Befürchtung, dass nach ihrem Tode die väterliche Linie ihres Onkels sich den Thron zurückerobern könnte! Und genau darum lässt sie sich zu einem sehr ungewöhnlichen, ja geradezu skandalösen Schritt hinreißen!

Sie krönt ihren Sohn noch zu ihren Lebzeiten, um ihm den Thron zu sichern!

Ganz genau! Schon drei Jahre später, als ihr Sohn Pakal 2 erst 12 Jahre alt war, lässt sie ihn schon krönen, das heißt, sie selber setzt ihm die Krone auf, wie man auf dem Ovalen Tablett im Palast sehen kann!

Dann regieren sie also gemeinsam?

Sicher. Wobei sie ihm nach und nach die Amtsgeschäfte übergibt. Noch ein weiteres Indiz gibt es, nämlich in den Namen! Wenn du hinschaust, dann siehst du, dass sich ab Sak Bak alle Namen der väterlichen Linie von Sak Bak wiederholen!

Moment, Pakal heißt wie sein Großvater. Der (männliche) Herrscher vor Pakal 1 hieß Chan Bahlum. Diesen Namen erhält auch der Sohn des Pakal 2. Der Herrscher vor Chan Bahlum 1 hieß K'an Joy Chitam. Diesen Namen erhält auch der jüngere Sohn von Pakal 2. Sein Sohn wiederum erhält den Namen des Vaters von K'an Joy Chitam 1. Warum das?

Es mutet an wie ein Versuch, diesen Bruch in der väterlichen Linie zu kitten, indem man die Namen wiederholt. Als ob die Königin Sak Bak sagen wollte: Mein Sohn und seine Nachfolger sind die Reinkarnation meiner väterlichen Linie, also haben sie logischerweise Anspruch auf den Thron!

Sie hat an alles gedacht!

Wie es scheint, hat sie sogar ihren Namen zu diesem Zweck geändert, denn ihre Namensglyphe scheint keinen Quetzal, sondern einen Reiher darzustellen, wie er auch in der Emblemglyphe von Palenque auftaucht.

Also hieß Palenque die Reiherstadt?

Nein. Die Emblemglyphe bezeichnet das Land, also das "Reiherland". Die Stadt selber hieß "Lakam Há" - Großes Wasser!

Da ist Don Eric aber anderer Meinung! "Das spanische Wort palenque bedeutet »Einzäunung« oder »Turnierplatz«, wird gelegentlich auch mit »Ort der Palisaden« übersetzt. ... Im 16. Jahrhundert war das Urwaldkaff gewiß kein »Turnierplatz«, und ein Grund, es ... mit einer »Einzäunung« zu versehen, ist weit und breit nicht zu erkennen. »Ort der Palisaden« war es auch nicht, denn Palisaden wären Schanzpfähle einer Befestigung gewesen, aber das damalige Minidörfchen Palenque war ja keine Festung. Gibt es eine Lösung des Dilemmas? Ich vermute: ja! Lebender Kronzeuge für Maya-Historie ist mir wieder White Bear. Er berichtet, der Ort wäre zu Zeiten seiner frühen Vorfahren Palátquapi genannt worden, und dort hätten noch die Katchina, Besucher aus dem Weltall, unter den Indianern gelebt....So kann aus Palátquapi Palenque ... geworden sein" (S. 276).

Also die Katchina-Püppchen sollten wir dort lassen wo sie hingehören, nämlich 5000 Kilometer weiter nördlich bei den Hopi-Indianern. Wenn nicht die ganze Geschichte mit dem Weißen Bären (White Bear) sowieso erfunden ist, denn dieser Name klingt mir wie eine Kombination der Redewendungen "eine weiße Lüge erzählen" ("white lie" in Englisch, also "Notlüge") und "einen Bären aufbinden", dann würde ich vermuten, dass der gute alte Indianerhäuptling hier vielleicht das falsche Gras in seine Friedenspfeife bekommen hat und zu halluzinieren anfing. Vielleicht sollten wir hier nicht so respektlos sein, angesichts seines Alters, denn da er ja ein "lebender Kronzeuge für Maya-Historie" ist, hat er ja schon über tausend Jahre auf dem Buckel! Vielleicht handelt es sich hier um den im Kreuztempel erwähnten Urvater, der am 16. Juni 3122 vor Christus geboren wurde?

Da müssen wir gleich noch einmal darauf zurückkommen, auf diese frühen Daten! Aber woher kommt denn nun der Name "Palenque"?

Ach so. Na, eine fünfminütige Recherche im Internet bringt da schnell die Lösung für den, der es wissen will: durch die Ruinenstadt Palenque fließt ein Fluss, den die antiken Maya begradigt hatten, zum Teil sogar mit Gewölbe überbaut. Diesen nannten sie "Otulum", den "Eingemauerten", den "Befestigten". Dieser Name hat sich bis heute erhalten. Der antike Name der Stadt "Lakam Há" war verloren gegangen, nicht aber der Name des Flusses. Als 1567 der Priester Pedro Lorenzo de la Nada einen neuen Ort gründete, fragte er die einheimischen Chol-Maya, wie sie diese Stelle nannten, und sie sagten "Otulum". Den Namen "Befestigter Ort" übersetzte der Priester ins Spanische, denn er wollte einen spanischen Ortsnamen. Das ist die einfache Erklärung.

Der Name "Palenque" geht also auf einen alten Mayanamen zurück, und stammt somit nicht von den Aliens! Sorry, Don Eric!

Auch "Großes Wasser" (Lakam Há) als Stadtname beruht auf dem Fluss mit seinen vielen Kaskaden, wie auch der Name der Emblemglyphe (k'uhul bakil ajaw - der heilige Mann des Reiherlandes) mit Wasser zu tun hat, denn auf dem Weg nach Palenque sieht man im Sumpfland oft weiße Reiher. Das ist die Emblemglyphe von Palenque:

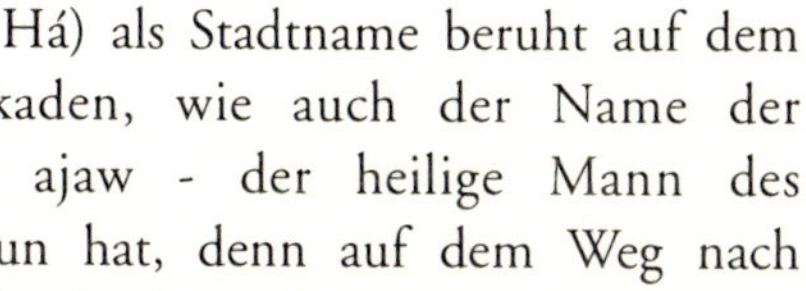

Ich sehe drei Emblemglyphen.

Es ist eine, aber in drei verschiedenen Schreibweisen.
In der Mayasprache sind die Wörter "Reiher", "Knochen" und "Schädel", aber auch "Gefangener" homonym, alle werden "bak" gesprochen, denn sie drücken das gleiche Konzept aus: dünn. Dünn wie ein Knochen ist natürlich der Reihervogel. Genauso der Gefangene, denn er ist nur noch Haut und Knochen nach einer Weile, denn er bekommt nicht gerade ein Festmahl gereicht!

Die Namen haben wir jetzt ausführlich erklärt. Nun erwähnt Don Eric den Weißen Bären noch einmal, im Zusammenhang mit diesen mysteriösen "tief in die Vergangenheit reichende Daten" *(S. 278) in den Hieroglyphentexten von Palenque:* *"...White Bear erzählt, die Vorfahren seines Volkes wären von Südamerika aus in Richtung Zentralamerika hinaufgewandert. Haben diese Indianer vielleicht die wichtigsten Daten ihrer Wanderung festgehalten? Gibt das ominöse Anfangsdatum des Kalenders vom 11. August [sic] 3114 v.Chr. vielleicht den Tag an, an dem die Katchina vom Himmel herabstiegen?... Wir wissen es nicht. Es läßt sich jedoch mit größter Wahrscheinlichkeit ausschließen, da es sich bei den Ziffern der Inschriften um fiktive Daten ohne Bezug auf reale Ereignisse gehandelt haben könnte: Sie sind zu genau, und es gibt zu viele" (S. 278).*

Gut. Schauen wir also mal rein in die Inschriften. Mal schauen, ob sie die Aliens oder die wandernden Katchina erwähnen...

Lange Zählung	Kalenderrunde	gregorianisches Datum	Ereignis	Tempel
12.10.1.13.2.	9 Ik´ 5 Mol	10. 3. 3309 v.Chr.	Krönung des Maisgottes (Eins-Junajpu im Popol Vuh) durch den Himmelsgott Itzamná	T 19 (Ahkal Moo Naab 3)
12.19.11.13.0.	1 Ajaw 8 Muwan	16. 6. 3122 v. Chr.	Geburt des Urvaters (Reinkarnation des Maisgottes)	T des Kreuzes, (Chan Bahlum 2)
12.19.13.4.0.	8 Ajaw 18 Sek	7. 12. 3121 v.Chr.	Geburt von Göttin "Erster Reiher" (Frau des Maisgottes)	T des Kreuzes, (Chan Bahlum 2)
13.0.0.0.0.	4 Ajaw 8 Kumk´u	13. 8. 3114 v.Chr.	vierter Tag der letzten Erschaffung der Welt	T des Kreuzes
0.0.1.9.2.	13 Ik´ 20 Mol	5. 2. 3112 v.Chr.	der Maisgott weiht die Milchstraße ein	T des Kreuzes
1.18.5.3.2.	9 Ik´ 15 Keej	21. 10. 2360 v.Chr.	Geburt des Mondgottes Xbalanq´e ("Versteckte Sonne")	T des Kreuzes,T 19
1.18.5.3.6.	13 Kimi 19 Keej	25. 10. 2360 v.Chr.	Geburt des Sonnengottes Junajpu, Zwilling von Xbalanq´e	T der Sonne,T 19
1.18.5.4.0.	1 Ajaw 13 Mak	8. 11. 2360 v.Chr.	Geburt des schlangenbeinigen Zeptergottes K´awil	T des Blattkreuzes
2.0.0.0.0.	2 Ajaw 3 Wayeb	18. 2. 2325 v.Chr.	Göttin "Erster Reiher" opfert Blut anlässlich des 2. Baktun	T des Blattkreuzes
2.0.0.10.2.	9 Ik´ 0 Sak	7. 9. 2325 v.Chr.	Krönung der Göttin "Erster Reiher" als erster Herrscher von Palenque	T des Kreuzes,T 19
5.7.11.8.4.	1 K´an 2 Kumk´u	11. 3. 993 v.Chr.	Geburt von K´ix-Chan, mythischer Herrscher olmekischer Abstammung	T des Kreuzes
5.8.17.15.17.	11 Kaban 0 Poop	28. 3. 967 v.Chr.	Krönung von Kix-Chan als Herrscher von Palenque	T des Kreuzes
8.18.0.13.6.	5 Kimi 14 K´ayab	31. 3. 397 nach Christus	Geburt von K´uk´ Bahlum 1	T des Kreuzes
8.19.15.3.4.	1 Kan 2 Kayab	11. 3. 431 n.Chr.	Krönung von K´uk´ Bahlum 1 (erster historischer Herrscher von Palenque)	T des Kreuzes
9.14.10.4.2.	9 Ik´ 5 K´ayab	3. 1. 722	Krönung des 14. Herrschers Ahkal Moo Naab 3	T 19

Ich sehe da nichts Außergewöhnliches, von "fremden Besuchern", von fremden "Gästen" oder "Katchinas" oder ähnliches, was man vielleicht erwarten würde!

Genau. Das Wort "Kachina" würde man ja lesen können...

Wie würde das in Hieroglyphenschrift aussehen, z. B. "es kam an der Kachina"?

Etwa so könnte es aussehen: "huliy katchina" - "es kam an der Katchina".

Prima.

Übrigens, wer sich die Daten im Tempel des Kreuzes anschaut, stellt fest, dass auch der Sohn des Pakal 2, also Chan Bahlum 2, das Problem der Rechtfertigung auf den Thron geerbt zu haben schien. Denn er erwähnt eine Göttin, die "zufälligerweise" einen ganz ähnlichen Namen hat wie seine Großmutter Sak Bak, und lässt einen Text verfassen, der sagt, dass diese Göttin gekrönt wird! Das war schon etwas ziemlich Mutiges, um nicht zu sagen Skandalöses!

Aber das erste Datum erwähnt doch die Krönung des Maisgottes!

Dieser Text der Krönung des Maisgottes wurde aber erst 130 Jahre später verfasst vom Herrscher Ahkal Moo´ Naab 3. Chan Bahlum wollte also mit seinem Text aussagen: Meine Großmutter war die direkte Reinkarnation der ersten Göttin. Und so wie diese Göttin gekrönt wurde, so wurde auch meine Großmutter gekrönt, und nach ihr mein Vater Pakal, und danach ich. Weil wir von dieser ruhmreichen Linie abstammen, die wichtiger als jede väterliche Linie ist, darum haben wir den rechtmäßigen Anspruch auf den Herrscherthron des Reiherlandes!

Und warum genau diese Daten? Gibt es da Gründe dafür, dass sie soweit zurückreichen?

Wenn sich die Herrscher der Maya auf die Götter berufen, dann müssen die Götter natürlich auf ein respektables Alter zurückschauen. Es macht auch Sinn, dass die ältesten Götter vor der letzten Erschaffung der Welt geboren wurden, denn sie waren es ja, die die Erschaffung der Welt durchführten. Auch die Erwähnung eines mythischen olmekischen Herrschers dient dem gleichen Zweck: der eigene Anspruch auf den Thron kann somit gestärkt werden. Das Datum dieses Herrschers fällt genau in die Zeit, welche die Archäologen für die Blütezeit der Olmeken-Kultur bestimmt haben: 1000 vor Christus.

Das ist schon eine gute Begründung. Aber ich habe noch etwas herausgefunden.

Was denn?

Es gab noch einen handfesten Grund, dass diese Daten so weit zurückliegen. Ich habe mal meine Vermutung überprüft, ob die Zeitspanne zwischen den Daten nicht Vielfache von Heiligen Zahlen entspricht. Dabei habe ich Überraschendes festgestellt! Schau dir in der Tabelle das erste und das letzte Datum an!

12.10.1.13.2. (10. 3. 3309 v.Chr. d.h. vor dem 13.8. 3114 v.Chr.) und 9.14.10.4.2. (3. 1. 722).

Genau. Zwischen beiden Daten liegen exakt 1 471 860 Tage. Jetzt schau dir noch einmal die heiligen Zahlen im Popol Vuh an!

Das waren die Kalenderzyklen von 180, 260 und 340 Tagen:

K´eje k´ut ri ajawab	Und die Herren
´ta kemewajik chupan ri b´elej winaq,	fasteten 9 mal 20 Tage lang,
oxlajuj winaq,	13 mal 20 Tage lang,
wuklajuj winaq puch.	und 17 mal 20 Tage lang.

Die Zahl 1 471 860 Tage ist ohne Rest durch diese 3 Zahlen teilbar!

Siehst du! Wenn man richtig in die Materie eintaucht, entdeckt man immer etwas Neues! Also sehen wir auch hier wieder, dass sich die Daten aus der eigenen Kalendermechanik der Maya erklären lassen, und nicht irgendwelche seltsamen Daten sind, die vielleicht von Außerirdischen stammen würden!

Eine Frage habe ich noch? Warum verging manchmal so viel Zeit, bis die Könige gekrönt wurden? Zum Beispiel K'an Joy Chitam 1 wurde erst 4 Jahre nach dem Tode seines Vaters gekrönt.

Die meisten Daten von Krönungen fallen auf eine besondere Konstellation der Sterne. K'an Joy Chitam 1 wurde am 25. Februar 529 gekrönt, als sich der Mars in Konjunktion zur Sonne befand. Oder Chan Bahlum 1 wurde erst 2 Jahre nach dem Tode seines Bruders gekrönt, am 8. 4. 572, als Venus wieder als Morgenstern aufging und direkt mit dem Mars zusammenstand.
Da gibt es eine Unmenge von ähnlichen Daten:
- Am 6. 9. 426 wurde Yax-K'uk'-Moo' gekrönt, der Dynastiegründer Copáns, als sich Merkur, Jupiter und Mars sehr nahe beieinander befanden und die Venus ihre maximale Leuchtkraft erreicht hatte.
- Am 10. 5. 682 wurde Itzam Balam von Yaxchilán gekrönt, als sich der Mars am ersten stationären Punkt und der Jupiter am zweiten stationären Punkt befand.
- Als die Gattin des Itzam Balam, Frau Haifisch, am 28. 10. 709 ein Blutopfer anlässlich der Geburt ihres Sohnes Vogel-Jaguar vollführte, befanden sich Jupiter und Saturn in Konjunktion nahe des ersten stationären Punktes.
- Als Yik'in-Chan-K'awil am 12. 12. 734 in Tikal gekrönt wurde, befand sich Saturn in rückläufiger Bewegung, Jupiter am ersten stationären Punkt, und die Venus hatte ihre stärkste Leuchtkraft erreicht.
- Als Vogel-Jaguar 4 den Gefangenen Aj Ukum am 4. 6. 750 präsentierte, kreuzte die Venus die Milchstraße, und Saturn und Jupiter befanden sich beide in rückläufiger Bewegung.
- Als man in Chichén Itzá am 13. 7. 881 ein Ballspiel durchführte, befand sich der Mars in Konjunktion und der Jupiter in rückläufiger Bewegung. Diese Daten letztendlich sind es, die uns auch dazu verholfen haben, die Symbolik auf der Sarkophag-Platte des Pakal zu verstehen!

14. Sherlock Holmes und der Fall des außerirdischen Astronauten

Ich habe den Eindruck, Don Eric macht sich über die Archäologen lustig, die seine "Feuerstrahlen" nicht sehen wollen: "Bei dem, was ich hinter der Figur naiv als Strahlen eines Feuers beschrieb, handelt es sich in Wirklichkeit um »ein sehr deutlich erkennbares Erdungeheuer«. Ich gehe heute noch zum Augenarzt, und ... der berühmte Archäologe möge mich begleiten..." (S. 296).

Nun, Don Eric glaubt, die Archäologen seien ein paar Spinner, die sich in ihrer Phantasie irgendwelchen ungereimten Mist ausdenken. Nichts ist weiter von der Wahrheit entfernt. Tatsächlich geht der Archäologe akribisch wie ein Kriminalkommissar vor, der einen komplizierten, noch dazu weit zurückliegenden Todesfall zu lösen hat. Der Kriminalkommissar weiß, dass niemand, den er befragt, ihm die vollständige Version erklären kann, aber dass er die Indizien, Beweisstücke und Zeugenaussagen, zu einer logischen Kette zusammenfügen muss, um somit zur unwiderruflichen Lösung des Falles zu gelangen. Genauso macht es der Archäologe. Und genauso werden wir verfahren, um den Todesfall des Pakal zu untersuchen! Also, pack die Lupe aus, Doktor Watson, es geht an die Arbeit!

Also, Frage Nummer 1, was hat es mit den "Feuerstrahlen" auf sich? Das sollen jedenfalls Don Erics "Feuerstrahlen" sein:

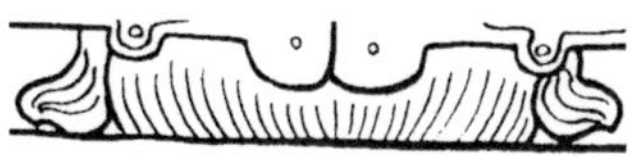

Machen wir es Schritt für Schritt. Beweisstück Nummer 1: jetzt schauen wir uns mal dieses Bild an, auf dem ein Mayakönig mit einer doppelköpfigen Schlange zu sehen ist. Aus den Schlangenrachen schaut je ein Zeptergott K'awil heraus.

Aber zeige besser noch mal das Bild nur mit den Schlangen!

Hier ist der nächste Schritt. Ich möchte die Aufmerksamkeit auf die spezielle Form der Stirn und auf die Barthaare lenken! Was ich nun machen werde: ich werde von der Sarkophag-Platte den linken Schlangenkopf nehmen, also vom großen Rachen, da wo der "Astronaut" reinfällt. Das ist die Stelle, die seine Füße berühren. Dann werde ich das Bild spiegeln und stauchen, und dann in das obere Bild mit den 2 Schlangen einfügen!

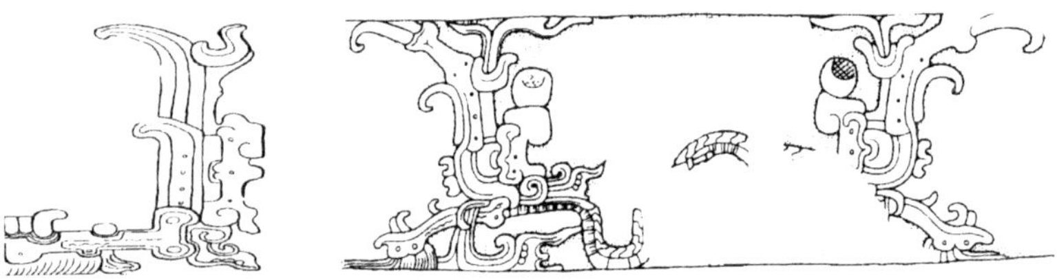

Hier ist das Ergebnis. Nun dürfte auch jeder Uneingeweihte sehen, dass auch links ein Schlangenkopf abgebildet ist, mit Zähnen und Barthaaren! Dann bitte ich, wieder mit dem unteren Teil der Sarkophag-Platte zu vergleichen, denn von dieser stammt der Schlangenkopf. Ich hatte ihn nur zur Hälfte gestaucht.

He, jetzt erkenne ich die zwei Schlangenköpfe auf der Sarkophag-Platte! Außer der Schlange, die ja in der Mitte der Platte noch gezeigt wird.

Auch mit dieser doppelköpfigen Schlange sollte jeder den unteren Schlangenrachen noch einmal vergleichen! Was wir bisher "Schlangenkopf" genannt haben, kann als geöffneter Rachen auch ein Eingang in einen Tempel oder symbolisch in die Unterwelt sein! Daher der Begriff "Erdungeheuer"! Wer jetzt noch Feuerstrahlen statt Barthaare sieht, dem kann ich an dieser Stelle leider nicht mehr helfen! Hier ist unser Beweisstück Nummer 2! Aus Chicanna.

Super! Sogar die Zähne des Unterkiefers sieht man!

Übrigens wurde die gesamte Mayastadt von den Archäologen nach diesem Tempel benannt: chi = Mund oder Rachen, can = Schlange, na = Tempel "Tempel des Schlangenrachens".

Wir sehen also, dass keine "Feuerstrahlen" dargestellt sind, sondern tatsächlich die Barthaare eines Monsters. Da scheint der Pakal hineinzufallen. Aber Frage Nummer 2: Wohin fällt er?

Aha! Das ist die Frage nach dem Tatort! Um die Frage Nummer 2 zu beantworten, schauen wir uns Beweisstück Nummer 3 an: den Rahmen der Sarkophag-Platte! Dort sind verschiedene, den

Archäologen wohl bekannte, Symbole zu sehen. Sie formen das so genannte Himmelsband!

Sonne Mond Venus Mars Nacht Himmel

Also dürfen wir vermuten, diese Szene findet im Himmel statt!

Vermuten ist nicht gut genug! Wir müssen beweisen! Dazu schauen wir uns Beweisstück Nummer 4 an: eine Zeugenaussage eines Ethnologen der Chortí-Maya: "Nach Auffassung der Chortís bedeutet der Tod kein Ende, sondern eine Wanderung auf neuen Wegen. ... Er betritt die Unterwelt durch die westliche Pforte des Kosmos, dieselbe, durch die auch die Sonne in das Reich der Toten hinabsteigt. Sein Weg in der Unterwelt führt ihn durch finstere Schluchten..." [Gira69b]

Also die Unterwelt Xibalba, genau wie im Popol Vuh beschrieben!

K'ate puch ta xeb'ek Jun Junajpu, Wuqub' Junajpu.	Und so machten sich Eins-Junajpu und Sieben-Junajpu in Begleitung der
Xk'am kib'e kumal ri samajel.	Boten auf den Weg nach Xibalba.
Ta xeqaj k'ut pu b'e'al Xib'alb'a, xuluxuj uchi kumuk.	An steilen Wänden kletterten sie über große Stufen hinab,
Xeqaj k'ut, ta xe'el chi k'u apanoq	bis sie zu einem reißenden Fluss kamen,
chuchi' jal ja' siwanub'	der zwischen den Felswänden hervorschoss.
nu' siwan k'ulku siwan, ub'i'	Die Enge Schlucht, die Tösende Schlucht, hieß die Stelle,
xe'ik'ow wi.	die sie passierten.

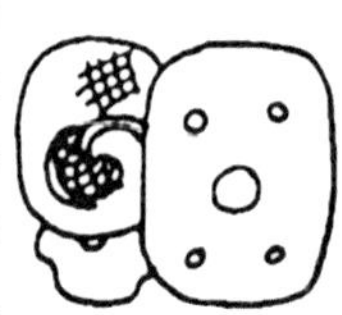

Der Westen heißt auf Maya übrigens "chik'in" - "wo die Sonne verschluckt wird". Das deckt sich also mit der obigen Aussage. Hier ist noch ein interessantes Beweisstück, Nummer 5: die Sterbedaten der Könige auf dem Rand der Sarkophag-Platte sind mit einem Verb geschrieben, das wörtlich bedeutet: "och bi" - "er betrat den Weg".

Das kann nur heißen, "den Weg nach Xibalba"! Aber die Unterwelt wäre ja dann unter unseren Füßen, nicht im Himmel!

Ein Einwand, den wir mit der nächsten Zeugenaussage entkräften können! Beweisstück Nummer 6, Zeugenaussage eines Ethnologen: "Bei Sonnenuntergang wechselte Xibalba auf den Platz über der Erde, um dort zum Nachthimmel zu werden." [Frei91a]

Pakal befindet sich also auf dem Weg nach Xibalba, ein Weg, der am Nachthimmel dargestellt wird. Aber wohin genau?

Nun, um Frage Nummer 3 zu beantworten, schauen wir uns Beweisstück Nummer 7 an, eine Zeugenaussage, die 450 Jahre zurückliegt, von Diego de Landa: "Sie sagten, nach dem Tod gebe es ein anderes ... Leben, ...dieses sei in ein gutes und ein schlechtes ... geteilt, ...die Seligkeiten, die sie nach ihren Worten erlangen sollten ... bestanden darin, dass sie an einen sehr angenehmen Ort kämen, wo sie nichts bekümmerte und es äußerst wohlschmeckendes Essen und Trinken im Überfluss gäbe, dazu einen Baum, den sie dort Yaxché nennen ..." [deLa90b]

Frage Nummer 4: gelangt auch Pakal in dieses Paradies des Ceibabaumes?

Eine Frage, die leicht zu beantworten ist, Dr. Watson! Der Ceibabaum ist groß auf der Platte abgebildet! Es ist das große Kreuz in der Mitte! Um zu beweisen, dass es sich um einen Baum handelt, schauen wir uns Beweisstück Nummer 8 an, eine Keramikvase (meine Zeichnung übrigens):

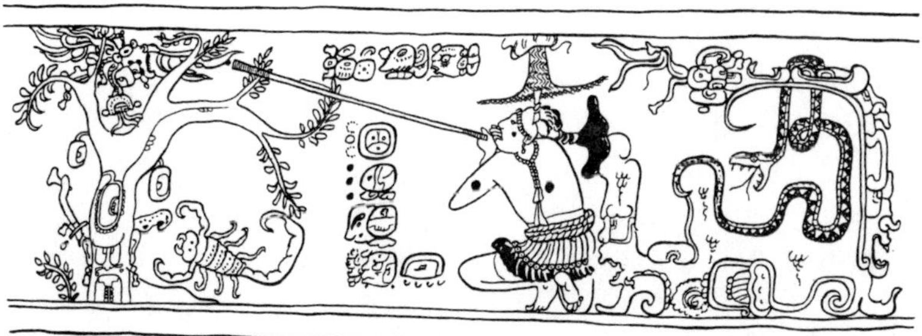

Ich sehe einen Baum, einen Vogel darauf, einen Skorpion und einen Blasrohrschützen.

Vergleichen wir jetzt den Vogel auf diesem Baum mit dem Vogel auf dem Kreuz der Platte! Es ist der gleiche Vogel, mit einem dicken Schnabel und schmuckbehangen. Und wir wissen genau, wer dieser Vogel ist, denn im Popol Vuh wird diese Szene genau beschrieben! Beweisstück Nummer 9:

Wa´e k´ute uwub´axik Wuqub´ Kaq´ix	Und nun erzählen wir, wie die beiden Jünglinge
kumal ka´ib´ k´ajolab´: xchiqab´ij ...	auf den Siebenpapagei mit dem Blasrohr schossen. ...
Are ri Wuqub´ Kaq´ix jun nima che´...	Siebenpapagei hatte einen großen Baum ...
chaqan chuwi che´ juta q´ij.	jeden Tag kletterte er auf diesen Baum.
Xiloma k´ut rechab´al kumal ri Junajpu, Xb´alanq´e.	Junajpu und Xbalanq´e sahen also wo er fraß.
Kik´alen chi k´ut chuxe´ che´ ri Wuqub´ Kaq´ix,	Am Fuße des Baumes lauerten sie dem Siebenpapagei auf.
e matzamoj ulo ka´ib´ k´ajolab´	Dann versteckten sich die beiden Jünglinge
pa xaq che´; ...	in den Blättern des Baumes. ...
K´ate k´ut ta xub´axik kumal junajpu:	Und so schoss Junajpu mit dem Blasrohr auf ihn:
taqal ub´aq´ wub´ chu kakate´,	der Stein des Blasrohres ging direkt auf seine Kinnlade zu,
churaquj uchi´ ta xpe chuwi che´	und mit einem Schrei fiel dieser aus der Höhe des Baumes
taqal chuwach ulew.	direkt auf die Erde.
Chimalmat k´ut ri Junajpu,	Duckend schlich sich Junajpu an,
anim xb´ek qitzij wi xb´e uchapa´;	dann rannte er, um ihn zu greifen.
k´ate k´ut ta xqupix ula uq´ab´ ri Junajpu	Doch es war der Arm des Junajpu,
rumal ri Wuqub´ Kaq´ix.Jusuk´ xtzaq	der von Siebenpapagei ergriffen
uloq xmejo uloq tzam uteleb´;	wurde. Plötzlich riss er ihn heraus,
ta xutzoqopij chi k´ut Junajpu ri	aus der Schulter drehte er ihn heraus.
	Und somit ließ Junajpu den
Wuqub´ Kaq´ix.	Siebenpapagei los.

Xawi utz xkib'ano,	Sie taten wahrlich gut daran,
ma nab'e kich'akatajik taj rumal	sich beim ersten Mal nicht von
Wuqub' Kaq'ix.	Siebenpapagei besiegen zu lassen.

Also Junajpu schießt auf ihn, und Xbalanq'e versteckt sich. Aber dann müssten ja 2 Figuren zu sehen sein!

Der Name Junajpu heißt wörtlich "Eins Blasrohrschütze". Darum ist die "1" oft auf seinem Körper gezeichnet. Wie zeichnen die Maya die "1"? Hol die Lupe raus, Watson, und schau genau hin!

Einen Punkt! Da ist er, einmal auf dem Arm und dann auf dem Rücken! Quasi wie 'ne Startnummer.

Der Name "Xbalanq'e" bedeutet wörtlich "Jaguar-Sonne" oder "versteckte Sonne", denn das Wort "Balam", oft für den Jaguar gebraucht, heißt eigentlich "der Versteckte". Jetzt sieh hinter den Baumstamm!

Da ist er! Er hat sich versteckt hinter dem Stamm, nur seine Jaguarpfote ragt noch hervor!

Von diesen beiden Göttlichen Zwillingen erfahren wir aus dem Popol Vuh, dass sie sich ebenfalls in Gestirne verwandeln:

Jusu k'u xe'aq'an chi kaj:	Augenblicklich erhoben sie sich gen Himmel:
jun k'u q'ij,	der eine wurde zur Sonne,
jun nay pu ik' chi ke.	und der andere zum Mond.

Von den Quiché-Maya wissen wir übrigens, dass mit der versteckten Sonne der Vollmond gemeint ist. Das heißt, Junajpu wird zur Sonne, und Xbalanq'e zum Vollmond. In den anderen Mondphasen ist der Mond eine Göttin.

Und der Vogel?

Nicht leichter als das! Hier ist Beweisstück Nummer 10: "Heutige Quiché-Sprecher benutzen seinen Namen als Terminus für die sieben

Sterne des Großen Bären. In den Mythen der Westindischen Karibik besitzt das Sternbild des Großen Bären einen gefiederten Kopfputz..." [Tedl85c]

Das ist ja phantastisch! Darum also Siebenpapagei, wegen der 7 Sterne!

Das Popol Vuh beschreibt, wie er sich rühmte die Sonne zu sein und dass er stolz auf seinen Schmuck war. Nun haben wir noch einen wichtigen astronomischen Bezug, Beweisstück Nummer 11:

K´ate k´ut xtikar kiki´ (SC kiki) chi roxij,	So begannen sie am dritten Tag, ihren Agavenwein zu trinken.
ta xeq´ab´ar puch konojel k´ajolab´;	Alle diese Burschen betranken sich tüchtig,
e k´u q´ab´arinaq chik konojel omuch´ k´ajolab´,	und dann blieben sie besoffen liegen, alle 400 Jünglinge.
maja b´i kakina´ chik.	Sie rührten sich nicht mehr.
K´ate puch xulik ri kab´al pa kiwi rumal Sipakna.	Und dann riss der Sipakna die Hütte über ihren Köpfen ein.
Xek´is ch´ayatajik konojel;	Alle wurden sie erschlagen.
maja b´i chik jun, ka´ib´ xkolotaj	Und keiner, nicht einer, rettete sich
chi kech wi omuch´ chi k´ajolab´,	von den 400 Jünglingen.
xekamisaxik rumal Sipakna,	Getötet wurden sie von Sipakna,
uk´ajol ri Wuqub´ Kaq´ix.	dem Sohn des Siebenpapagei.
K´eje k´ut kikamik omuch´ k´ajolab ri´.	Dies war der Tod der 400 Jünglinge.
Xcha´ chi k´ut are ri xe´ok chi ch´umilal:	Und man sagt, sie haben sich in Sterne verwandelt:
ri Motz ub´i´ kumal.	die Pleyaden werden nach ihnen benannt.
We k´ut xa saqb´al tzij lo.	Aber das ist vielleicht nur ein Wortspiel.

Hier steht ja nun ganz konkret, dass von Sternen die Rede ist! Am astronomischen Charakter der Figuren des Popol Vuh gibt es also nichts mehr zu deuteln!

Jetzt sieh dir das Gesicht auf dem Baumstamm an und vergleiche es mit diesem Gesicht!

Zweifellos das gleiche Gesicht, mit den großen Augen und dem eckigen Zahn. Nur das eine ist frontal, das andere im Profil. Woher stammt dieses Gesicht?

Von der Sarkophag-Platte, vom Himmelsband. Und das gleiche Gesicht ist auf dem Kreuz dargestellt. Da wo die Hand des Pakal sich befindet!

Genau! Kein Zweifel. Es handelt sich um eine Nase, keinen mysteriösen Steuerknüppel eines Raumschiffes!

Jetzt haben wir also schon den gleichen Vogel und das gleiche Gesicht auf dem Baum und auf dem Stamm. Es fehlt nur noch ein letztes Beweisstück, um zu zeigen, dass das Kreuz wirklich einen Baum darstellt. Dazu schauen wir uns einen Baum an, der wie ein Kreuz wächst.

Gibt es so etwas?

Komm mit. Ein kleiner Spaziergang wird uns gut tun. Vergiss die Kamera nicht!

Jetzt bin ich aber gespannt!

Siehe da! Beweisstück Nummer 12.

Ein Kreuzbaum! Welcher Baum ist das?

Eine Ceiba!

Genau wie es De Landa erwähnt!

Genau!

Jetzt fragen wir die Maya, was er bedeutet!

Dazu schauen wir uns Beweisstück Nummer 13 an, eine Zeugenaussage von Frans Blom: "Als ich mich bei einem Indio erkundigte, welchen Sinn das Kreuz habe, wurde mir gesagt, es sei Ahom Ché, Señor Santa Cruz. Der Ahom Ché war der geheiligte Baum, die Ceiba, der Yax Ché (yax = grün, der erste), der erste grüne Baum, Ursprung allen Lebens." [Gira69c]

Da gibt es also keinen Zweifel mehr: das Kreuz ist der Ceibabaum! Der Baum des Lebens. Nun war von einer Reise die Rede. Aber wo führt sie hin? Frage Nummer 5.

Um zu sehen, wie die Reise in der Unterwelt weitergeht, werden wir uns Beweisstück Nummer 14 anschauen:

Ta xe´opon chi k´ut pa kajib´ xalqat b´e,
k´a chiri´ k´ut xech´akataq

wi pu kajib´ xalqat b´e:
jun kaqa b´e,
jun k´ut q´eqa b´e,
saqi b´e jun;
jun k´ut q´ana b´e;
kajib´ b´e.
Are k´ut xch´aw ri q´eqa b´e:
- In kinik´amo,
in ub´e ajaw. Xcha´ ri b´e.
Chiri´ k´ut xech´akataj wi,
are xkitaqej ri ub´e Xib´alb´a.

Doch dann kamen sie an eine Kreuzung von vier Wegen.
Dort war es, wo sie besiegt werden sollten,
an der Kreuzung der vier Wege.
Ein roter Weg war es,
und ein schwarzer.
Weiß war einer,
und gelb ein anderer;
das sind die vier Wege.
Und der schwarze Weg sprach:
"Ich bin der Weg, den Ihr nehmen müsst! Ich bin der Weg der Herren."
sprach der Weg. Dort war es, wo sie besiegt wurden, als sie nach Xibalba geschickt wurden.

Sie nehmen den Weg in die Unterwelt Xibalba. Das wussten wir schon. Ich glaube, wir sind an einem toten Punkt angelangt!

Mitnichten, mein lieber Watson! Lies noch einmal! Welchen Weg nehmen sie? Nicht irgendeinen, sondern den schwarzen Weg.

Gut. Und wie hilft uns das weiter? Die Farben sind doch offensichtlich die symbolischen Farben, die bei den Maya mit den Himmelsrichtungen assoziiert sind: Der Norden ist weiß, der Osten rot, der Süden gelb und der Westen schwarz.

Nun, das ist zwar richtig, hilft uns aber hier tatsächlich nicht weiter. Es muss etwas anderes gemeint sein. Hier ist Beweisstück Nummer 15, vom Ethnologen Rafael Girard: "Nach Auffassung der Chortí-Theologen zeigt die imaginäre Linie, die die Sonne am Tag ihrer Zenitüberschreitung zieht, die Mittellinie der Welt an, eine Linie, die das himmlische Quadrat in zwei gleich große, aber in Beschaffenheit und Farbe unterschiedliche Sektoren teilt. ... Der erste steht unter der Herrschaft des Solargottes, der zweite unter der des Gewittergottes."[Gira69d] Weiter unten beschreibt er ein Ritual der Chortí-Schamanen, wobei mit Trinkschalen ein heiliges Pentagramm geformt wird: "Interessant dabei ist, dass zwei dieser Schalen schwarzes Boronté enthalten und die beiden anderen ein weißes, aus Mais hergestelltes Getränk. Auf diese Weise entsteht ein zweifarbiges kosmisches Quadrat mit einer schwarzen und einer weißen Hälfte. Dieses Symbol soll, wie mir erklärt wurde, das in einen hellen und einen dunklen Sektor geteilte Universum veranschaulichen."[Gira69e] Girard ergänzt diese Aussage durch dieses Bild des Dresdener Codex. Man achte auf das Sonnenzeichen genau an der Stelle, wo sich die beiden Hälften berühren!

Jetzt geht es immer mehr zur Sache hier! Langsam wird dieser Fall interessant! Die "Linie, die die Sonne zieht", das ist doch die Ekliptik, also die scheinbare jährliche Sonnenbahn am Sternenhimmel! Diese teilt den Himmel in einen weißen und einen schwarzen Teil. Da das Popol Vuh eine "Kreuzung" von vier Wegen erwähnt, schwarz, weiß, rot und gelb, müsste die Linie der Ekliptik dem roten und gelben Weg entsprechen. Die Frage ist dann nur noch: Welchen Weg kreuzt die Ekliptik?

Frage Nummer 6. Gut deduziert, Mister Watson. Die Frage ist, wie viele "Wege" gibt es am Firmament? Mir fällt da nur einer ein! Die Lösung drängt sich geradezu auf! Was soll es anderes sein als...

Die Milchstraße! Die große Weiße Straße!

Tatsächlich gibt es reichlich viele, um nicht zu sagen erdrückend viele, Indizien für diese Annahme! Beweisstück Nummer 16: "Einige Mayavölker sehen eine Schlange in dem Sternenband über dem Himmel, das wir als die Milchstraße kennen. ... Die Chortí sagen, dass die Milchstraße eine weiße Schlange ist, mit dem Maul in Richtung Süden und dem Schwanz nach Norden (Girard 1948) ... Sie scheinen sich die Milchstraße bildlich als einen Weg oder eine Achse vorzustellen, welche sich kreuzt mit der Ekliptik, der Sonnenbahn. ... Die Quiché nennen die Seite der Spalte der Milchstraße die »Eisstraße«

(Tedlock 1985). Der andere Quiché-Name für diese Seite der Milchstraße ist »Straße der Unterwelt« (xibalba be), welche in der Nähe von Sagittarius und Skorpius nach Norden bis hinauf zum Kreuz des Nordens (Cygnus) reicht, wo sich die Spalte schließt. Die entgegengesetzte Seite ist die »weiße Straße« (saki be). Die yukatekischen Maya ... nennen die Milchstraße auch die »weiße Straße«, derselbe Name, der den antiken Straßen gegeben wurde. ... die Lacandonen sagen, dass die Milchstraße der »weiße Weg unseres Wahren Herren«, Hachäkyum ist, welcher der Herr des Himmels ist, wohin die Lacandonen gehen wenn sie sterben (Duby und Blom 1969; Rätsch 1985). Das bedeutet, dass die Lacandonen zur Milchstraße gehen, wenn sie sterben." [Milb99b]

Wunderbar! Nun kann ich nicht länger warten: ich möchte endlich den Sternenhimmel untersuchen!

Geduld, Watson! Zuerst möchte ich ein weiteres Beweisstück, Nummer 17, vorlegen, das uns sehr wichtig sein wird. Ich möchte daran erinnern, dass bei den Maya das Wort "Schlange" eher als allgemeiner Begriff für "Reptil" verwendet wird. Darum sprechen die Archäologen auch oft von "Himmelsdrachen". Zum Beispiel hat die Himmelsschlange im Dresdener Codex Füße! Hier sehen wir dieses außerordentlich interessante Beweisstück! Ich möchte betonen, dass ich auf dieses Beweisstück besonders stolz bin, denn es ist 2000 Jahre alt, ein Motiv von der Stele 25 von Izapa!

Das ist interessant! Ein "Krokodilsbaum"! Und ein großer Vogel! Aber was für ein Vogel ist das? Und wer ist diese Figur?

Das ist der Siebenpapagei, und die Figur ist der Junajpu!

Moment! Das kann nicht sein!

Warum nicht?

Der Junajpu hat kein Blasrohr hier.

Aber er trägt den Gürtel des Ballspielers. Und die göttlichen Zwillinge sind Ballspieler! Außerdem trägt auch hier der Vogel reichhaltigen Schmuck, nämlich eine aufwändige Maske, ebenfalls in Gestalt eines Vogelkopfes. Der Schnabel dieser Maske ist wie der bekannte Schnabel des Siebenpapagei.

Aber es können nicht der Siebenpapagei und der Junajpu sein! Das würde ja heißen, dass das Popol Vuh mindestens 2000 Jahre alt ist!

So ist es! Und wir können es beweisen. Jenseits allen Zweifels!

Wie denn?!

Schau dir die Figur an! Was fällt dir auf?

Nichts besonderes...

Dazu braucht man keine Lupe, Watson, schau auf seinen linken Arm!

Ja, gut, das hatte ich nicht bemerkt ..., es scheint, er hat keinen Arm. Aber es sieht so aus, als ob er abgerissen wurde ... ?

Gut beobachtet, Watson! Und jetzt lies noch mal die Episode mit dem Siebenpapagei!

Moment ... hier ist es: "Duckend schlich sich Junajpu an, dann rannte er, um ihn zu greifen. Doch es war der Arm des Junajpu, der von Siebenpapagei ergriffen wurde. Plötzlich riss er ihn heraus, aus der Schulter drehte er ihn heraus. Und somit ließ Junajpu den Siebenpapagei los."... Sherlock Homes, ich bin platt! Das kann doch nicht wahr sein! Das ist ja sensationell!

Die Lösung liegt immer im Detail, Watson! Im Detail! Diese Szene ereignete sich nach dem Schuss mit dem Blasrohr, als er den Papagei ergreifen wollte, darum hat er kein Blasrohr mehr in der Hand!

Ja, wahrlich! ... Ich bin von den Socken! Arm ab, Rohr weg!

Da wir gerade bei Details sind, Watson, ich möchte mir erlauben, auf ein kleines Detail aufmerksam zu machen, welches bisher von allen Archäologen übersehen wurde!

Nun erstmalig erkannt? Welches?

Der Siebenpapagei sitzt hier, in dieser offensichtlich eher natürlichen Darstellung der bekannten Episode, nicht genau auf dem Weltenbaum. In den mehr stilisierten Darstellungen auf der Sarkophag-Platte und auf der Tafel im Kreuztempel tut er das nämlich. Nein, hier sitzt er rechts oben davon! Ein scheinbar kleines, aber, wie wir sehen werden, nicht insignifikantes Detail! Doch nun gibt es keinen weiteren Grund, sich nicht den Himmel über der Mayawelt anzuschauen!

Hier ist das Astroprogramm! Ich spüre es: neue Entdeckungen liegen in der Luft!

Ganz meiner Meinung! Wir nähern uns der endgültigen Lösung dieses faszinierenden Falles!

Hier haben wir die Milchstraße. Da ist der Große Bär, die Zwillinge, die Pleyaden, Orion, ... Wir sollten vielleicht eine Karte zeichnen.

Ich habe mir schon die Freiheit genommen, zwei Himmelskarten zu zeichnen, als Beweisstück Nummer 18, mit den Sternbildern der Maya, die uns interessieren. Eine Karte zeigt den nördlichen Himmel, die andere den südlichen. Und ich muss sagen, ich bin von dieser Zeichnung begeistert!

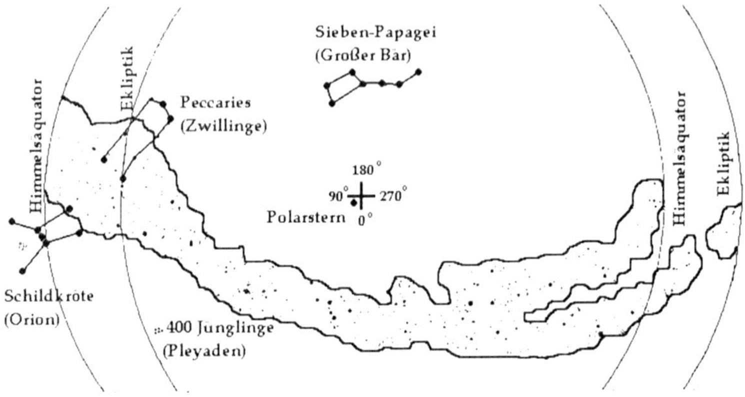

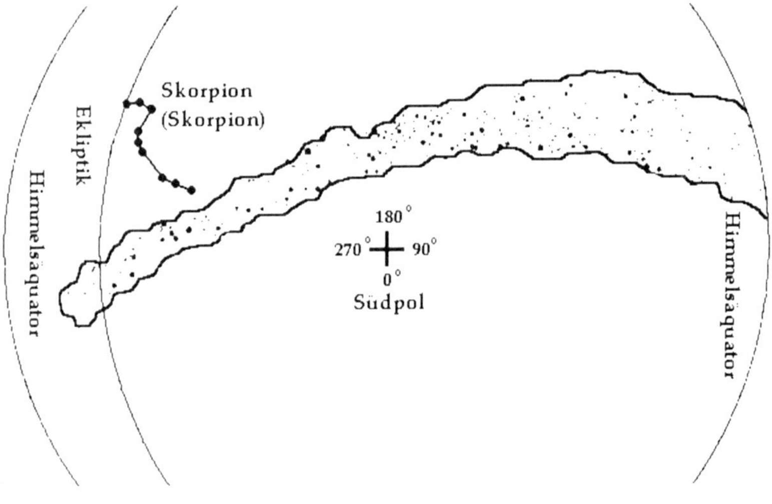

Warum?

Weil ich sie meinem 4-jährigen Sohn gezeigt habe, und als ich auf die

Figur der Milchstraße zeigte und ihm sagte: "Diese Figur ist ein Tier. Welches?" Da antwortete er: "Ein Krokodil!"

Ja, stimmt. Hatte ich nicht gewusst! Ist wirklich verblüffend! Was mich außerdem verblüfft, ist die Maya-Bezeichnung des Skorpions! Hieß dieses Sternbild etwa auch "Skorpion" bei den Maya?

So ist es! Nicht nur bei den Maya. Auch das Sternbild Orion ist nicht nur bei den Maya eine Schildkröte, sondern auch bei den Chinesen! Aber das ist nicht unser Thema heute.

Selbstverständlich, wobei es aber auch dazu äußerst interessante Dinge zu erzählen gibt.

Wir sollten auch das Sternbild der "3 Herdsteine" nicht vergessen. Erinnerst du dich an den Text von Cobá, der die 3 Herdsteine erwähnte? Auch gemäß dem Hieroglyphentext im Kreuztempel von Palenque wurden vom Maisgott 3 Herdsteine im Himmel plaziert.

Aber wo ist das Sternbild der 3 Herdsteine?

Das wissen wir von verschiedenen Mayavölkern. Das ist kein Geheimnis. Außerdem haben wir eine wunderbare Zeichnung vom Madrider Codex; Beweisstück Nummer 19.

Ah! Das ist also die Schildkröte! Sternbild Orion. Das hattest du doch schon erwähnt!

Das Symbol, das sie dreifach auf dem Rücken trägt, wird als Ideogramm als "tun" gelesen, das bedeutet "Stein". Die 3 Herdsteine werden also von einem der 3 Gürtelsterne und den 2 unteren Sternen von Orion gebildet. Sie formen ein gleichseitiges Dreieck, genauso, wie die Steine wirklich angeordnet werden. Und in der Mitte sieht man den Rauch vom Feuer.

Bei den Astronomen als Nebel M 42 bzw. NGC 1976 bezeichnet. Besser bekannt ist er als Orionnebel, ein verwaschener Fleck im Schwertgehänge des Jägers Orion. Die Schildkröte gibt dort auch keine schlechte Figur ab. Von dir gezeichnet sieht sie eher wie 'ne Flugkröte mit Rüssel aus.

Konzentration, Watson! Beachte lieber, dass sich die Schildkröte unterhalb des Himmelsbandes befindet. Direkt am Himmelsband sind 2 Symbole für die Sonnenfinsternis gezeichnet. Eine Sonnenfinsternis kann nur dort am Himmel stattfinden, wo sich die Bahn der Sonne, also die Ekliptik befindet. Entlang der Ekliptik befinden sich die Tierkreiszeichen, bei uns sind es 12, bei den Maya 13. Der Pariser Codex zeigt das gleiche Himmelsband, die gleichen Finsternissymbole, und die Sternbilder der Tierkreiszeichen. Was können wir daraus schlussfolgern, Watson?

Dass das Himmelsband die Ekliptik sein muss!

Genau! Dieses Himmelsband umrahmt die gesamte Darstellung auf der Sarkophagplatte, genauso wie oben im Bild die Ekliptik einmal den Nordhimmel, ein anderes Mal den Südhimmel umrahmt!

Also muss Pakal in einer der beiden Himmelshälften sein! Da er sich am Fuße des Kreuzbaumes befindet, und der Baum der Krokodilsbaum ist, wo der Siebenpapagei sitzt, kann es nur die nördliche Himmelssphäre sein. Denn dort ist ja die Krokodilsschnauze und auch nur dort ist das Sternbild des Siebenpapagei zu sehen! Dieser Teil der Milchstraße muss außerdem der schwarze Weg, der Weg nach Xibalba, der Weg in die Unterwelt sein! Und der andere Teil der Milchstraße muss der weiße Weg der Milchstraße sein! Pakal befindet sich symbolisch gesehen genau am Fuße des Kreuzbaumes, an der Schnauze des Krokodils, als ob er bei Antritt seiner Reise in die Unterwelt von diesem verschluckt werden würde. Und dann begibt er sich auf die Reise entlang der Milchstraße, so wie es die Lacandon-Maya heute noch erzählen!

Ausgezeichnet, Doktor Watson! An dieser Stelle können wir noch ergänzen, dass sich der Skorpion, den wir auf der Vase des

Blasrohrschützen sahen, am Fuße des Baumes befand. Das entspricht genau der Lage des Sternbildes Skorpion, das noch etwas unterhalb der Krokodilsschnauze liegt. Das Krokodil beißt sich ja in den eigenen Schwanz, wenn wir den Kreis wieder schließen, und am Schwanz, genau an der Ekliptik, befindet sich der Skorpion!

Phantastisch!

Nun aber sollten wir überprüfen, wie der Sternenhimmel bei den Maya aussah.

Na gut. Um genau zu wissen, was am Sternenhimmel der Maya passierte, müssen wir beachten, dass sich der Himmel verändert, abhängig vom Ort, von der Jahreszeit und von der Tageszeit.

Gut. Das sind zwar viele Variablen, aber wir können sie eingrenzen. Ich schlage vor, dass wir uns den Abendhimmel von Palenque am 31. August 683 anschauen! Denn es hieß ja: "Bei Sonnenuntergang wechselte Xibalba auf den Platz <u>über</u> der Erde, um dort zum Nachthimmel zu werden." [Frei91b]

Gut. Schauen wir mal! Zuerst einmal fällt auf, dass die Milchstraße im Laufe des Jahres ihre Position dramatisch ändert. Wenn wir den Abendhimmel untersuchen, dann sehen wir, dass sich das Reptil der Milchstraße im Mai und Juni direkt am Horizont entlangschleicht. Zweimal im Jahr aber wölbt sich die Milchstraße direkt über den Himmel, passiert also den Zenit. Dabei erstreckt sie sich im Februar und März von Südosten bis Nordwesten, aber im August und September erstreckt sie sich von Nordosten bis Südwesten, genau die andere Diagonale. Übrigens habe ich das Problem der Orientierung gelöst.

Welche Orientierung?

Nun, welche Seite zeigen wir im Buch als oben: Norden, Süden, Osten oder Westen? Die Schildkröte hängt an der Ekliptik, befindet sich also unterhalb der Ekliptik. Das ist nur der Fall, wenn wir das Himmelsbild so drehen, dass der Norden oben liegt.

Sehr gut beobachtet, Watson!

Auch mit den Sternbildern der Maya passieren interessante Sachen: Die 400 Jünglinge (Pleyaden) sind abends um 19 Uhr von Dezember bis März sichtbar. Genau wenn die 400 Jünglinge vom Sternenhimmel verschwinden, erreicht der Siebenpapagei (Großer Bär) seine beste Sichtbarkeit. Der Siebenpapagei verschwindet aber am Horizont genau im August. Sein Schwanz zeigt noch in die Höhe, er fällt also kopfüber auf die Erde, genau wie im Popol Vuh geschildert!

Nun zeig schon den Sternenhimmel am 31. August 683 nach Christus über Palenque!

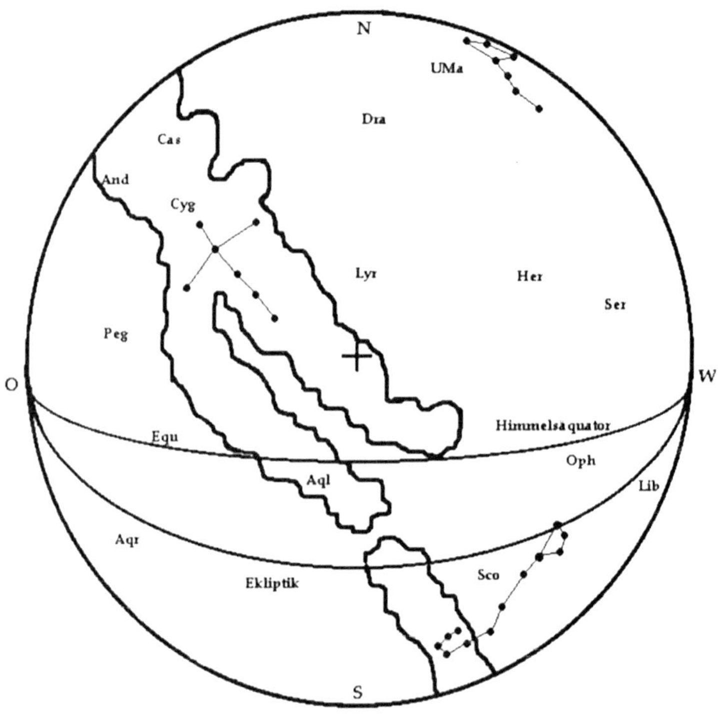

Okay. 19 Uhr. Die Krokodilschnauze zeigt exakt in die gleiche Richtung wie auf der Stele von Izapa, nach unten rechts, also im Südwesten. Wie du

beobachtet hattest, steht der Siebenpapagei nicht genau auf dem Krokodil, also im Norden, sondern rechts davon! Genauer gesagt, oben rechts im Nordwesten! Es ist eine äußerst bemerkenswerte Übereinstimmung!!!

Exzellent, Watson! Exzellent! Ich würde sagen, wir genehmigen uns einen edlen, gelagerten, goldenen Tequila, und stoßen an auf die erfolgreiche Lösung unseres bisher zweifellos kompliziertesten Falles: Wir haben das Geheimnis dieses berühmtesten aller antiken Mayakönige gelüftet!

Wir haben die Nuss geknackt! Wir haben gezeigt, dass die Motive auf der Sarkophagplatte den Maya wohlbekannten astronomischen Symbolen entsprechen, und dass sie komplett auf den mythologischen Auffassungen der Maya beruhen, die auf eine sehr lange Tradition zurückschauen können.

Konkret haben wir gezeigt, dass der Herrscher Pakal 2 im Moment seines Todes dargestellt wird, wo er in die Unterwelt Xibalba eintritt, indem er von einem großen Krokodil verschluckt wird, das dem Krokodilkopf entspricht, welches die Milchstraße am Nachthimmel formt.

Es ist erstaunlich, wie alles so gut zusammenpasst: Hieroglyphentexte, antike Keramiken, antike Stelen, das Popol Vuh, ethnologische Informationen und der noch heute existierende Ceiba-Baum!

Dieser existiert übrigens nur hier im Mayaland!

Mir steht der Schweiß auf der Stirn, und ich weiß nicht, ob es die tropische Schwüle oder die Anstrengung gewesen ist!

Wahrscheinlich beides! Es ist ja heute auch schon sehr spät geworden. Schau da, die Sterne prangen schon am Himmelszelt! Es war wirklich auch ein Marathon, aber ich fühle mich auf wunderbare Weise beflügelt, solch ein tiefes Geheimnis gelöst zu haben! Zum Wohl, Watson!

Zum Wohl! Also wie war das noch mal? In Zitrone beißen, Salz lecken, und hinter den Tequila!

Dazu sagen die Mexikaner noch diesen flotten Spruch: ¡Para arriba, para abajo, para el centro, para dentro! Wobei, nach ein paar Tequila heißt es dann nur noch: ¡Pa'rriba, pa'bajo, pa'l centro, adentro!

Übersetzung?

Frei übersetzt wäre etwa: "Hoch, und runter, dann die Mitte, und ringeschütte!"

Aber dieser Tequila Don Julio ist wirklich exzellent! Zu schade zum Schütten! ... Komisch! Jetzt wo wir uns so lange bemüht haben, Don Erics Thesen zu widerlegen, kommt mir das ironisch vor!

Was denn?

Nun, nach alledem stellt sich heraus, dass der König Pakal ja doch ein Sternenfahrer war! Sogar die genauen Sternbilder haben wir identifiziert!

Ja stimmt! Das ist schon irgendwie kurios! Gewissermaßen hatte unser verehrter Don Eric doch recht! Nur dass er kein Raumschiff benutzte, sondern ein einfacheres Schiff!

Was für ein Schiff?

Ein Kanu, genauer gesagt. So wie wir es hier auf dieser Darstellung sehen, einer Knochenritzung.

Aber woher weiß man, dass der König damit fährt?

Das ist etwas sehr interessantes, Watson. Die Archäologen haben herausgefunden, dass immer, wenn die Paddlergötter mit ihrem Kanu gezeigt werden, sich Sonne oder Mond, oder beide, auf der

Milchstraße befinden. Darüber hinaus fallen diese Daten fast immer in die Trockenzeit. Wann ist die Trockenzeit, Watson?

Von November bis April. Also schauen wir mal für den 1. Februar. Der liegt genau in der Mitte. Um 19 Uhr 45 steht übrigens die Schildkröte genau über uns.

Faszinierend! Wirklich faszinierend! Darum sitzt also der Maisgott in der Mitte des Kanus! Und fährt mit dem Kanu die Weiße Straße der Milchstraße entlang!

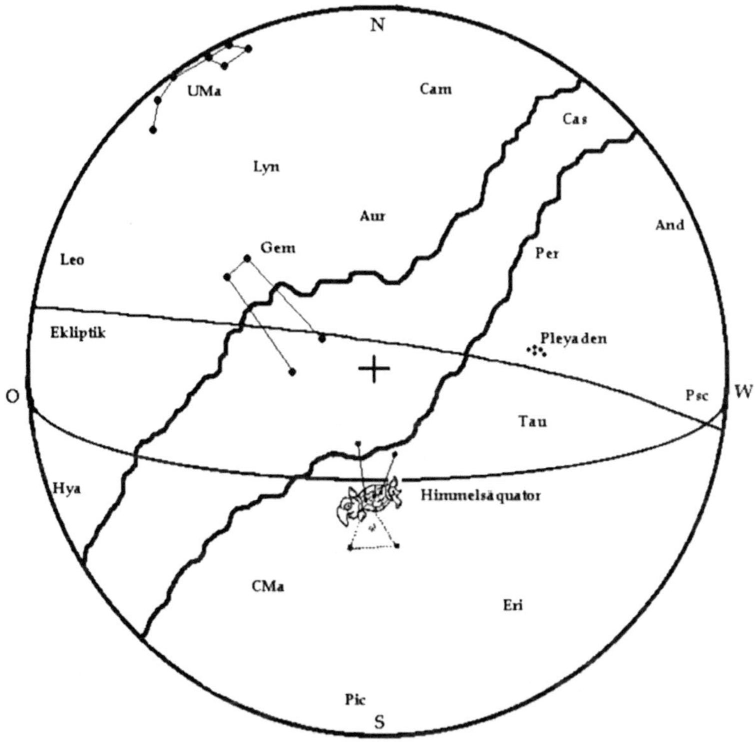

Jetzt verstehe ich nichts mehr!

Welches Sternbild befindet sich mitten am Himmel, Watson?

Die Schildkröte! Aber was hat das mit dem Maisgott zu tun?

Der Maisgott, mein lieber Watson, steigt aus dem Schildkrötenpanzer! Das ist die Wiederauferstehung des Maisgottes! Der Maisgott, Eins-Junajpu, war in die Unterwelt gestiegen und gestorben. Aber seine Söhne, die göttlichen Zwillinge Junajpu und Xbalanq´e verhalfen ihm zur Wiederauferstehung! Wie konnten wir das nur übersehen? Wir waren auf halbem Wege stehen geblieben, Watson! Hast du dich denn nie gefragt, wo die Reise des Pakal eigentlich hingeht? Wir wissen, wo er die Reise antritt, nämlich im Maul des Krokodils, was bei uns dem Sternbild Adler entsprechen würde. Aber wohin geht die Reise?

Ich habe da so eine Ahnung, dass ich zu schnell auf die Stopptaste gedrückt hatte!

Welche Stopptaste?

Na, beim Programm der Himmelssimulation! Da ist es noch einmal: der 31. August 683, als er starb. Wir hatten uns nur den Himmel von Abend

bis Mitternacht angeschaut. Aber wenn der Maisgott wiederaufersteht, dann verlässt er die Unterwelt! Dann verlässt er auch die Nacht! Wir müssen uns also die Morgenstunden des 1. September anschauen!

Nun mach doch hin! Geht das nicht etwas schneller!

Es ist das gleiche Bild! Exakt das gleiche Bild, abgesehen davon, dass der Jupiter genau neben den Pleyaden steht! Früh gegen 5 Uhr 45 steht die Schildkröte exakt an der gleichen Stelle!

Kann das sein?

Moment ... Ja! Muss ja sein! Denn der Himmel dreht sich an einem Tag so wie in einem Jahr. Also 24 Stunden entsprechen 12 Monaten, das heißt 1 Monat entspricht 2 Stunden Differenz. Der gleiche Himmel, aber 2 Stunden früher. Vom 1. Februar bis zum 1. September sind es genau 7 Monate. Und 7 mal 2 ist 14. Also 14 Stunden zurück, von 19 Uhr 45 ergibt 5 Uhr 45. Am 1. Februar um 19 Uhr 45 genau wie am 1. September um 5 Uhr 45 steht die Schildkröte, der Ort der Wiedergeburt des Maisgottes, in aller Pracht am Himmel.

Dahin reist er also! Zum Sternbild Orion! Zur Schildkröte, wollte ich sagen! Er bleibt also nicht in der Unterwelt, sondern Pakal2 ersteht auf, genauso wie der legendäre Maisgott wiederauferstehen wird. Somit dient er seinem Volk auch nach seinem Tod hinaus als Garant für das Wachstum der Heiligen Maispflanze, des Grundnahrungsmittels der antiken und der modernen Maya!

Jetzt kannst du noch einmal einschenken, Sherlock Holmes!

Ich glaube, ich brauch´ ´nen Doppelten jetzt!

Ich auch! Auf unsere genialen Erkenntnisse!

Wer hätte das gedacht! Am 1. September der gleiche Himmel wie am 1. Februar. Darum heißt es also im Kreuztempel, dass am 5. Februar die 3 Herdsteine platziert wurden. Da können wir jetzt also präzisieren, dass diese Aktion abends stattfand. Und am 1. September sind die 3 Sterne früh zu sehen. Am 1. September .... Watson, da hätte ich nur noch eine allerletzte Frage: Glaubst du, die Prophezeiung von der Wiedergeburt Pakals hat auch was mit dem Himmel zu tun?

Wann soll das eigentlich sein?

Das soll am 23. Oktober 4772 nach Christus passieren. Genau am Tag 1.0.0.0.0.8. 5 Lamat 1 Mol. Das sind 6 Stellen der Langen Zählung wohlgemerkt, das würde quasi 20.0.0.0.8. entsprechen. Aber 20 Baktun sind ja schon ein Piktun zu 2 880 000 Tagen.

Aber du hattest mir doch irgendwann erklärt, dass dieses Datum nur ein rundes Datum ist, weil es sich gerade so ergeben hat, da der Pakal am gleichen Tag der Kalenderrunde gekrönt wurde!

Ja, am Tag 9.9.2.4.8. 5 Lamat 1 Mol. Und genau 80 Kalenderrunden später überschreitet der Kalender der Langen Zählung die Piktun-Zahl.

Das kann dann offensichtlich nichts mit dem Sternenhimmel zu tun haben. Das wäre ja einen Monat und 3 Wochen später, also 3 Stunden und eine halbe früher das gleiche Himmelsphänomen. Nichts Besonderes! Quasi, statt um 5 Uhr 45 wird die Schildkröte um 2 Uhr 15 nachts hoch am Himmel zu sehen sein. Was wir ja mal überprüfen können ... Hier sehen wir es, just wie ich ... Houston, we've got a problem!

Was gibt es?

Am 23. Oktober 4772 wird die Schildkröte nicht um 2 Uhr zu sehen sein, sondern ...

Präzise um 6 Uhr! Nur eine viertel Stunde später! Quasi zur gleichen Zeit! Wie ist das möglich?!

Das ist das Stichwort: "präzise". Die Präzession, Holmes! Die Erdachse zeigt nicht immer an die gleiche Stelle, sondern sie eiert in 25 800 Jahren einmal einen 360-Grad-Kreis! Zu Mayazeiten zeigte der Polarstern nicht genau in Richtung Norden! Und zwischen 683 und 4772 liegen immerhin über 4000 Jahre! Das muss man schon mitberechnen!

Ja aber ... die Maya können das doch nicht berechnet haben, Watson! Oder doch?!

Es kann ein Zufall sein!

Ich bitte um einen Dreifachen!

Ich auch! Zum Wohl!

Trinken wir auf die Schöpfung und den unerschöpflichen Menschengeist!

Auf die Schildkröte!

Auf Noj K´inich Janaab Kuy Pakal! Großes Sonnengesichtiges Glänzendes Eulenschild!

Mir wird ganz schwindlig! Ich glaube, ich lege mich dort ins Gras!

Das ist eine gute Idee! Da können wir die Sterne besser bestaunen!

Jetzt erstrahlt sie in voller Pracht: die Schildkröte!

Der Ort der Schöpfung! ... Wenn ich es recht bedenke ... dann müsste die Achse, die der Maisgott in Drehung versetzte, also der "Wakaj Chan" - "der Aufgerichtete Himmel", die imaginäre Achse sein, die genau vom Schnittpunkt der Milchstraße mit der Ekliptik im Skorpion bis zum anderen Schnittpunkt der Milchstraße mit der Ekliptik in der Schildkröte verläuft. Mitten durch das All, während die Milchstraße und die Ekliptik wie zwei Bänder sind, die eine Kugel umspannen ... Oder? Ich frag mich auch, ob der 23. Oktober der Wiederauferstehung des Pakal ein Zufall ist, oder bewusst der Maisperiode vom 6. Februar bis 23. Oktober entspricht ...

Sag mal, Jens, du hörst wohl nie auf, oder?

Nein, Mario, kann ich nicht! Das Thema "Maya" ist einfach viel zu faszinierend!

Quellenverzeichnis

Kapitel 1 bis 14 und Rückseite

[Däni90] Erich von Däniken, *Der Tag, an dem die Götter kamen - 11. August 3114 v.Chr.*, Goldmann-Verlag, 1990, 4. Auflage, jeweilige Seitenangabe

Alle Zitate des Buches die als Quellenangabe nur eine in Klammern stehende Seitenzahl aufweisen, beziehen sich auf die hier genannte Quelle.

Kapitel 2

[wiki1] *http://de.wikipedia.org/wiki/Christoph_Kolumbus#Die_Entdeckungsreisen*

[Saue84] Carl Ortwin Sauer, *Descubrimiento y dominación española del Caribe*, Fondo de Cultura Económica, México, 1984.

[West90]Wilfried Westphal, *Die Maya - Volk im Schatten seiner Väter*, Gondrom Verlag, 1990, S. 170 bis 174

[Colo99] Sam Colop, *Popol Wuj - versión poética K'iche'*, Guatemala, CHOL SAMAJ, 1999, S. 78

Alle deutschen Passagen aus dem Popol Wuj wurden von Jens Rohark aus der Quiché-Version von Sam Colop übersetzt

Kapitel 4

[deLa90a] Diego de Landa, *Bericht aus Yucatan*, Reclam Verlag, Leipzig, 1990

Kapitel 5

[Roha96] Jens Rohark, *Die Supplementärserie der Maya*, Indiana, Band 14, 1996, S. 53 ff.

Kapitel 7

[nasa1] *http:// sunearth.gsfc.nasa.gov/eclipse/SEcat/SE0701-0800.html*

[nasa2] *http:// sunearth.gsfc.nasa.gov/eclipse/SEcat/SEcatkey.html*

[Stoc98a] *Anton Stock, Astronomie der Mayakultur, München1998, S.57*

[Stoc98b] *Anton Stock, S.72*

Kapitel 8

[toon1] *http://toonorama.com/encyclopedia/L/Liste_der_Asteroiden*

[gufo1] *http://www.guforc.com/news2/default.htm?/news2/250902.htm*

Kapitel 9

[Milb99a] Susan Milbrath, *Star Gods of the Maya - Astronomy in Art,* Folklore and Calendars, University of Texas Press, Austin, Texas, 1999, Seite 193

[Gira69a] Rafael Girard, *Die ewigen Mayas. Zivilisation und Geschichte,* Rhein-Verlag Zürich, 1969

Kapitel 10

[Fond94] *El libro de los libros de Chilam Balam,* Fondo de Cultura Económica, México, 1994

Kapitel 11

[Mehl93] Marianne Mehling (Hg), *Knaurs Kulturführer in Farbe - Mexiko,* Droemer Knaur, München 1993, S. 310

Kapitel 12

[Cord62a] Wolfgang Cordan, *Das Buch des Rates*, Diederichs Gelbe Reihe, München, 1962, Seite 213

[Cord62b] Wolfgang Cordan, S. 140

[Tedl85a] Dennis Tedlock, *Popol Vuh, Touchstone*, New York, 1985, 1996, Seite 192

[Tedl85b] Dennis Tedlock, Seite 193

[K´ich96] Diccionario K´iche´, *Proyecto Lingüístico Francisco Marroquin*, Antigua, Guatemala, 1996, Seite 110

Kapitel 13

- Siehe *http://www.enjoymexico.net/mexico/palenque-mexico.php* für eine spanische Erklärung und
- *Siehe http://en.wikipedia.org/wiki/Palenque* The_name für eine englische Version.

Kapitel 14

[Gira69b] Rafael Girard, S. 281

[Frei91a] David Freidel, *Die unbekannte Welt der Maya*, Albrecht Knaus, München, 1991

[deLa90b] Diego de Landa, S. 80

[Tedl85c] Dennis Tedlock, S. 237

[Gira69c] Rafael Girard, S. 233

[Gira69d] Rafael Girard, S. 99

[Gira69e] Rafael Girard, S. 184

[Milb99b] Susan Milbrath, S. 40/41

[Frei91b] David Freidel, S. 53

Don Eric und die Maya:
Die CD zum Buch dient zur Unterstützung der Nachvollziehbarkeit von Textpassagen aus dem Buch. Außerdem für die Weitergabe von hochwertigem Material zur Untermauerung und Vertiefung des Inhalts.